모험을 하지 않는
마법사

모험을 하지 않는 마법사 3
윈드시커 판타지 장편 소설

초판 1쇄 찍은 날 § 2003년 8월 25일
초판 1쇄 펴낸 날 § 2003년 9월 5일

지은이 § 윈드시커
펴낸이 § 서경석

편집장 § 문혜영
편집책임 § 유경화
편집 § 장상수 · 권민정
마케팅 § 정필 · 강양원 · 이선구 · 김규진 · 홍현경

펴낸곳 § 도서출판 청어람
등록번호 § 제1081-1-89호
등록일자 § 1999. 5. 31
어람번호 § 제1-0417호

주소 § 경기도 부천시 원미구 심곡1동 350-1 남성B/D 3F (우) 420-011
전화 § 032-656-4452 팩스 § 032-656-4453
E-mail § eoram99@chollian.net

ⓒ 윈드시커, 2003

값 7,500원

ISBN 89-5505-745-8 04810
ISBN 89-5505-742-3 (SET)

※ 파본은 본사나 구입하신 서점에서 교환하여 드립니다.
※ 저자와 협의하여 인지를 붙이지 않습니다.

윈드시커 판타지 장편 소설

모험을 하지 않는 마법사 ③

도서출판 청어람

CONTENTS

❸ 성장

chapter 21　미궁下 / 7

chapter 22　기습 / 25

chapter 23　각성 / 71

chapter 24　불타올라라, 질풍노도의 청춘이여! / 90

chapter 25　파리 / 121

chapter 26　지워지지 않는 과거의 무게 / 160

chapter 27　운명에 맞설 수 있기를… / 215

chapter 28　쓸 만한 것 / 255

chapter 29　리벤져ㅏ / 273

chapter 21
미궁 下

 그 뒤로 약 일주일간 나는 필립을 선두로 해서 뻔질나게 미궁을 출입해야 했다. 둘째 날도 소환된 마물은 케레큐스였는데 오전 오후, 하루에 두 번씩 그 살기 넘치는 놈을 상대로 싸움을 했다. 그 결과 여섯 번째 싸울 때쯤엔 죽음이란 단어를 떠올릴 정도로 강렬하게 느꼈던 케레큐스에 대한 공포심이 많이 수그러들고 있었다. 훈련다운 훈련은 공포심이 거의 없어진 그때서야 할 수 있게 됐다고나 할까?
 그저 살기 위해서 발버둥 치던 처음과는 달리 공포심이 없어지자 1클래스의 마법들을 골고루 사용해 가며 케레큐스를 상대할 수 있었다. 난 그때서야 이안이 내 실력을 자신하며 처음부터 케레큐스를 소환한 이유를 알 수 있었다. 그동안 마법 실력이 크게 늘어난 것도 아닌데 그 무섭던 케레큐스를 어렵지 않게 제압하다니! 더군다나 역시 실력을 쌓기엔 실전이 최고라는 걸 증명이라도 하듯 일주일이 흘렀을 땐 그렇게 심상을 잡기 힘들던 2클래스의 정신계 마법인 '슬립'도 마물을 상대로 쓸 수 있는 경지에 오를 수 있었다.

필립은 죽을 둥 살 둥 어거지로 마나를 모아 케레큐스를 잠재운 나에게 '목숨 아까운 줄 모르는 녀석'이라고 했지만 내겐 반어법이 섞인 칭찬으로만 들릴 뿐이었다.

그러나 1주일간 케레큐스와 뜨거운 우정을 나누며 키웠던 나의 자신감도 2주째에 접어들자 산산이 흩어져 버리고 말았었는데 그건 바로 새로 소환된 '브레알'이라는 놈 때문이었다.

달걀같이 둥글둥글한 몸에 수십 개의 촉수가 전신에 박힌 그놈은 마치 강장동물처럼 소화 기관이 하나뿐인—즉, 입과 항문이 같은 위치에 있다는 소리—놈이었는데, 청소부 같은 허접한 별명을 가진 케레큐스와는 비교 자체가 모욕적일 정도로 강렬한 인상을 가진 놈이었다.

특히 온몸에 난 촉수로 날 덮쳐 올 땐 마치 뱀 굴에 빠진 듯한 느낌을 줘서 오줌을 쌀 뻔한 적도 있었다. 뭐, 실제로 오줌을 지리진 않았지만 말이다.

그놈과의 첫 번째 싸움에선 촉수에 난 독침에 당해서 가지고 간 포션을 몽땅 써야 할 정도로 심각한 상처를 입기도 했다. 시기 적절하게 파이어 볼을 날려준 훼릴과 이안이 아니었으면 꼼짝없이 놈의 뱃속에 들어갈 뻔했다. 덕분에 한 이틀 정도 마물에 대한 공포감이 극에 이르러 훈련 같은 건 생각도 못할 지경이었다.

그러나 이안은 한번 시작한 이상 그 끝을 봐야 한다며 3일이 흐른 시점에서 날 다시 미궁에 던져 넣었다. 그땐 정말 스승이고 뭐고 이안에게 칼이라도 들이밀고 싶은 심정이었다. 하지만 내가 위기에 처하면 다시 구해줄 거란 믿음이 토끼뿔만큼은 있었기에 그날 있었던 브레알

과의 대련은 어렵게 나의 승리로 끝낼 수 있었다. 케레큐스와 싸울 때 뻔질나게 써먹었던 발경은 쓰지도 못하고 오로지 매직 미사일 연타로 이뤄낸 노가다 승리였다.

"후우우……."

간만에 피우는 담배라 연기를 깊게 들이마셨던 나는 옥상에서 두 팔을 벌리고 쭈욱 기지개를 켰다.

"영국에 온 것도 3주일짼가? 후우."

새벽의 차가운 공기를 타고 진한 담배 연기가 아스라이 흩어지자 지난 3주간의 지옥 같던 훈련이 머리 속에 떠올랐다. 팔을 슬쩍 들어 이리저리 돌려보니 자잘한 상처가 눈에 띄었다. 하나같이 포션으로 상처를 치료했기 때문에 이젠 희미하게 흔적만 남아 있을 뿐이지만 그 흔적이 워낙 많았고 또 컸기 때문에 입가엔 씁쓸한 미소가 떠올랐다. 왼쪽 팔꿈치에서 어깻죽지까지 올라온 큰 흔적은 케레큐스의 발톱에 당한 거구 군데군데 부황이라도 뜬 것처럼 붉은 멍 자국이 남은 건 브레알의 촉수에 당한 상처였다. 이런 상처가 온몸에 도배하듯 되어 있으니… 죽지 않고 살아 있는 게 용하다.

"아마… 예전의 나였더라면 절대 이런 짓 따윈 하지 않았겠지."

하루가 멀다 하고 살이 터지고 팔이 탈골당하는 부상을 입는다는 걸 알았다면 이안이 내게 마법사가 되지 않겠냐고 제안했을 때 거절하지 않았을까? 그럴 확률이 매우 높았다.

"하아아, 난 안정적이고 조용한 삶을 살고 싶었는데……."

그런데 지금의 내 생활은 어떤가? 머리 속에 아드레날린을 들이붓지 못해 안달인 익스트리머가 본다면 꿈에 그리는 생활이라고 할 만큼 흥미진진하고 격렬한 삶이 아닌가. 뭐, 그것도 이젠 만성화되고 있는 판국이지만 말이다. 케레큐스? 옆집 강아지 이름인가? 브레알? 거참, 발음하기 거한 동물이네~ 하는 게 지금의 내 상태였다. 놀랍지 않은가?

"오라버니, 식사하러 내려오래~"

"그래, 곧 내려갈게."

활기 찬 목소리로 훼릴이 전해준 말에 난 마지막으로 담배 연기를 길게 들이마셨다.

"오늘은 관광인가?"

3주간 목숨을 걸고 단행했던 지옥 같은 훈련 후에 가지게 된 단꿀 같은 영국 관광이 오늘의 스케줄이었다.

식당으로 내려가자 이미 아이들과 이안 등은 테이블에 앉아서 기다리고 있었다. 괜히 담배 한 대 피운다고 식사 시간에 늦은 나는 미안한 마음에 조용히 가서 내 자리를 찾아 앉았다.

"그래, 오늘은 관광을 하겠다고?"

"네. 우리에겐 별로 대단할 게 없는 곳이겠지만 아직 경험이 적은 한 군과 아이들에겐 좋은 경험이 될 거라 생각돼서요."

여전히 육류 위주의 아침 식사였기에 스테이크를 자르고 있던 이안이 대답했다.

"그럼 갈 곳은 정했나?"

"버킹검 궁전요!"

"대영박물관!"

필립의 말에 훼릴과 엘리가 식사를 하다 말고 손을 번쩍 들며 말했다. 어제저녁 식사 후에 늦잠을 자가며 필립의 서재에 들어가서 이것저것 뒤적이더니 관광할 곳을 고르고 있었던 모양이다.

"흠… 대영박물관은 몰라도 버킹검 궁전은 아무 때나 들어갈 수 있는 게 아닌데… 여왕 폐하가 없을 때만 공개되는 곳이라… 만약에 못 들어가게 된다면 아쉬운 대로 근위병 교대식이라도 보면 되겠지."

"그런 거보단 시내 구경이나 하면서 쇼핑하는 게 훨씬 재미있을 텐데……."

영국의 대표적인 자랑거리인 버킹검 궁전과 대영박물관을 보겠다는 엘리와 훼릴이 대견하다는 듯 대답해 주는 필립의 말에 알테어가 한마디 했다.

"알테어, 그건 사치 좋아하는 네가 좋아하는 거고. 어차피 영국에 있는 물건이래 봐야 한국에 가도 다 살 수 있는 것들인걸. 아니, 어쩌면 영국보다 더 많지도 몰라."

"이게! 동양의 쪼매한 나라하구 영국이랑 같니?"

스칼렛의 살짝 비꼬는 말에 알테어의 눈꼬리가 상큼하게 올라갔다.

"훙훙훙~ 난 한국의 경복궁이 버킹검 궁전보다 훠얼씬 더 좋은 거 같더라 뭐."

알테어와 앙숙인 스칼렛이 트집을 잡자 종국엔 말싸움으로 번졌고 단란하던 아침 식사 시간은 접시와 포크가 날아가는 걸로 파경을 맞이하고 말았다. 다행히 사고(?)는 없었지만 굳이 따지자면 필립의 접시에 나이프가 날아가 박히는 사고가 발생해 알테어의 외출이 금지된 게 사고라면 사고였다.

간단히 외출복으로 갈아입은 우리는 스칼렛만을 동행해서 차를 몰고 런던으로 향했다. 이안은 늙은이처럼 귀찮다며 서재에 틀어박혔고 필립 역시 런던은 이제 지긋지긋하다며 이안과 함께 서재에 틀어박혔다. 알테어는 외출 금지니 말할 것도 없었다. 나야 그 세 사람이 가든

안 가든 상관없었다. 오히려 여인네들만 대동해서 관광을 간다는 사실에 기분이 좋았다.

영국은 산세가 험한 편인 한국과는 달리 나지막한 둔덕이 많아 부드러운 곡선을 타고 흐르는 길이 많았다. 그 길을 따라 2시간 정도 달려 도착한 런던은 무척 아름다운 도시였다. 한 나라의 수도라 무척 크고 화려할 거라 생각했는데 군데군데 고풍스런 분위기의 건물과 복잡하면서도 단순한 건물들은 현대화된 도시와는 색다른 시각적인 즐거움을 줄 정도였다.

우리 나라의 서울이라면 무조건 최신식의 건물만을 선호해서 좀 멋진 건물이다 하면 무슨 SF영화에 나올 듯한 형이상학적인 건물을 말하는 데 비해 런던은 과거의 영화를 그리워하는지 척 보기에도 100년이 넘었을 듯한 건물들이 즐비했다. 이런 걸 고전의 미라고 하는 것인가 보다. 그리고 10여 미터 간격으로 늘어서 있는 가로등조차 하나의 예술품을 옮겨놓은 듯 미려한 곡선을 자랑하고 있어 마치 '퐁네프의 연인들'에 나오는 한 장면을 연상케 할 정도였다. 비록 나라도 장소도 다르지만.

"어딜 먼저 갈까?"

"버킹검 궁전!"

훼릴과 엘리는 의견의 일치를 봤는지 이구동성으로 외쳤다. 세리스는 어딜 가든 상관없다는 표정이었다. 이런 셋의 모습에 스칼렛은 룸미러를 보며 가볍게 웃었다.

"버킹검 궁전이라… 아마 지금은 여왕이―스칼렛은 영국 사람이 아니라 그냥 여왕이라고 했다. 영국인이라면 폐하란 호칭까지 붙였겠지만―집무하고 있을 테니까 그냥 밖에서만 구경할 수 있을 거예요."

"히에엥~ 안에도 보고 싶은데."

엘리는 건물 안을 못 본다는 말에 무척 실망했다.

"그냥 마법으로 들어가면 안 돼?"

"안 돼요. 영국 왕실엔 길드 쪽의 마법사가 지키고 있어서 잘못했다간 영국의 마법사 길드에 쫓기게 돼요."

"정말?"

난 스칼렛의 말에 깜짝 놀라고 말았다. 왕실에 마법사가 있다니?

"몰랐어? 이런이런, 정말 주인님은 기본 상식 같은 건 가르쳐 주지도 않았군요? 에헴. 바다 군, 잘 들어요. 빈민국이나 전쟁 중인 국가를 제외하고는 거의 모든 나라에 마법사 길드나 그 주변 국가의 길드 지부가 존재하고 있어요. 그리고 정부는 그런 마법사 길드의 존재를 눈감아주고 또 국가적인 차원에서 지원을 해주는 대신 약간의 대가를 받죠. 바로 마법이나 초자연 현상에 대한 국가 기밀의 보호라던가 국가 주요 인물에 대한 경호 같은 걸로."

스칼렛의 설명을 듣고 있자니 지금까지 내가 어렴풋하게나마 가지고 있던 몇 가지 의문을 전부 풀 수 있었다. 아무리 결계로 보호되고 있다 하지만 측량을 하면 분명히 그 땅의 면적이 나타날 텐데 동사무소의 어떤 지도에도 연금술사의 집이 나타나지 않았던 이유와 한국에서 영국으로 올 때 단 몇 분 만에 비자와 여권을 만들어 올 수 있었던 이유를 말이다. 정부의 지원을 받고 있었다니, 지금까진 전혀 생각지 못하고 있었는데 생각해 보니 당연한 일인 것 같았다. 마법사란 존재의 힘은 국가 규모의 전투력을 이길 수 없겠지만 현대의 무기로는 도저히 할 수 없는 일을 가능케 할 수 있으니 정부에선 마법사들을 존중해 주는 게 당연했다.

예를 들어 나 정도의 마법만 쓸 수 있어도 대통령 암살 정도는 충분히 가능할 테니 말이다. 그리 멀리 떨어지지 않은 곳에서 매직 애로우 한두 발만 날려주면 대통령 정도의 노년 아저씨는 즉사가 틀림없었다. 그뿐인가. 흑마법을 갈고닦아서 3클래스만 도달하면 저주를 씀으로써 자연사같이 보이게 죽일 수도 있다. 현실적으로 그런 마법사를 막을 수 있는 건 마법사밖에 없으니 정부와 마법사 길드의 연수는 지극히 당연한 일일 것이다.

길드 역시 국가의 지원을 받으면 사소한 불편 사항은 없을 것이고 정부는 정부대로 이 뛰어난 무력 집단을—원래 학자 집단이겠지만 정부의 입장에서 보자면 무력 집단 그 이상도 이하도 아닐 것이다—어느 정도 통제할 수 있으니 상부상조하는 관계랄까? 개인적으로 정부란 조직을 탐탁지 않게 여기지만 특별히 거부감을 가진 것도 아니어서 그러려니 했다.

"그래요. 그럼 우리 나라에도 있겠네요?"

"네. 청와대에도 한 분 계세요. 4클래스 마스터인데, 누군지는 확실히 모르겠지만 아마 정원사로 신분을 위장하고 있다는 말을 들은 적이 있어요. 원래 이런 건 비밀이지만 마법사라면 누구나 알 수 있는 사실이니……."

저, 정원사? 하하… 청와대의 정원사가 마법사라… 혹시 가지치기할 때 윈드커터 같은 마법으로 하는 건 아니겠지?

"그럼 예전에 김신조 일당이 내려와서 대통령 암살을 기도했었어도 실패했겠네요?"

"아뇨. 아마 청와대까지 들어왔다면 성공했을 수도 있었을 거예요. 길드에서 파견된 마법사가 움직이는 경우는 마법에 대한 방어일 뿐이니까요. 그 외의 상황에선 움직이지 않아요. 박정희 대통령이 암살당한 것도 그 때문이죠. 그것 때문에 한때 마법사 길드 측과 정부 간에 많은 신경전이 있긴 했지만."

호오~ 그런 숨겨진 뒷이야기가 있었을 줄이야… 새삼 마법사란 존재가 대단하게 느껴졌다. 물론 그 마법사 중의 하나인 나 자신이 대단하게 느껴진 건 말할 것도 없고 말이다.

"자, 저기가 버킹검 궁전이에요."

스칼렛이 차를 멈추고 손가락질한 곳을 가리키자 웅장하게 느껴지는 거대한 건축물이 눈에 들어왔다.

"우화아~"

분칠을 한 여인의 피부처럼 뽀얀 대리석으로 치장된 건물이 붉은색과 초록색의 타일이 깔린 광장의 맞은편에 서서 아름다운 자태를 뽐내고 있었다. 아름다운 여인이라고 하기엔 그 거대한 크기와 직사각형의 형태가 어울리지 않았지만 영국의 여왕이 살고 있는 곳답게 기둥 하나, 테라스 하나에서 느껴지는 고아한 미는 이 광장을 지켜보고 있는 마나님의 모습이라 하기에 부족함이 없었다.

영국의 날씨답지 않게 푸른 하늘을 배경으로 본 버킹검 궁전은 그야말로 하나의 예술품이었다. 하늘색 지붕과 겨울의 시린 듯한 푸른 하늘이 맞닿아 있는 모습은 하늘이 버킹검 궁전의 지붕인지 아니면 하늘이 궁전의 지붕까지 내려온 건지 착각이 들게 했다.

"저기가 여왕 할머니 집이야?"

언제 엘리자베스 여왕의 사진을 본 건지 할머니라고 하는 엘리의 물음에 난 쿡쿡 하고 웃으며 그렇다고 대답해 줬다.

"굉장히 넓은 데 사는구나아. 오빠, 그럼 저기 있는 반짝반짝하는 동상은 뭐야?"

"글쎄."

엘리가 손가락으로 가리키고 있는 곳엔 날개가 날린 여인상이 있었다. 아래쪽엔 날개 달린 여인들이 손을 펼치고 있는 모습과 어머니가 아이들을 다독이는 모양이 조각되어 있었고, 제일 위쪽엔 걸터앉아 있는 남자의 조각과 하늘을 향해 두 팔을 벌리고 있는 천사가 조각되어 있었다. 그리고 사자의 목덜미에 손을 올려놓고 있는 여인상도 있었는데, 내가 생각하기엔 영국의 왕실을 표현하고 있는 듯하기도 했고 또 명예혁명을 뜻하고 있는 것도 같았다. 아니, 하늘을 향해 손을 뻗고 있는 천사상은 영국의 국교인 성공회를 나타내는 걸까? 아~ 머리가 아파온다.

"이렇게 광장 안에 아무것도 없으면 쓸쓸하잖아. 그래서 만들어놓은 걸 거야. 그렇지?"

결국 난 이런 한심한 대답밖에 해줄 수 없었다. 굳이 틀렸다고 말할 순 없지만… 솔직히 넓은 광장에 아무것도 없으면 심심하잖아!

"응."

아무런 의심 없이 순진하게 수긍하는 엘리의 모습에 죄책감이 느껴졌지만 어쩔 수 없었다. 스칼렛에게 구원을 요청하는 눈빛을 던졌지만 그녀는 그저 재미있다는 듯 웃기만 할 뿐이니, 사실 그녀도 잘 모르는 게 틀림없었다. 그렇지 않다면 대답해 줬을 테니 말이다.

"저기 사자상이 그려진 깃발이 보이죠? 저게 버킹검 궁전에 여왕이 있다는 표시랍니다. 조금 있으면 점심 시간이니 근위병 교대식도 볼 수 있을 거예요."

스칼렛은 차를 광장의 한쪽 길가에 세웠다. 차에서 내린 우리는 넓은 광장을 가로질러서 버킹검 궁전의 정문까지 걸어갔다.

"휘이익~"

"Ye~ @$%@$%@$#%."

몇 걸음 걷지도 않았는데 주변이 소란스러워졌다. 뉘 집 강아지를 부르는 듯한 멋들어지게 꺾이는 휘파람 소리와 뭐라 알아듣지도 못하는 본토 발음 영어가 난무했다. 너무 시끄러워서 영어에 잼병인 내겐 이것도 하나의 고문처럼 느껴질 정도였다.

주변이 이렇게 시끄러워진 이유는 잘 알고 있었다. 보나마나 세리스나 스칼렛의 미모 때문일 것이다. 같이 살면서 많이 마주쳐서 그런지 이젠 만성화되어 있지만 그래도 가끔 미소를 지을 때면 나도 모르게 얼굴이 불타는 고구마가 될 정도로 예쁜 세리스와 동양적인 가녀린 선을 지닌 몸매에 모든 남자가 원하는 다소곳한 아가씨 타입인 스칼렛이 동시에 지나가는데 뭇 남자들의 시선을 한 몸에 받는 건 어쩌면 당연한 일일 것이다. 하지만 한국처럼 곁눈질로만 힐끔힐끔 보는 게 아니라 직접 대놓고 휘파람을 불어가며 관심을 표현하는 저들을 보니 역시 외국은 외국이었다.

다행히 대놓고 시비를 걸거나 집적거리는 사람은 없었기에 우리는 무사히(?) 버킹검 궁전 앞으로 올 수 있었다. 그곳엔 조금 뒤에 있을 근위병 교대식을 보려는 관광객들로 붐비고 있었는데 드문드문 한국인으로 보이는 사람들도 눈에 띄었다. 3주 가까이 디지털 문화와는 단절된 삶을 살아왔는지라 한국의 소식이 궁금했지만 괜히 번거로운 일로 번질 것만 같아 꾹 참았다.

"아, 나온다!"

누군가 소리를 지르자 사람들이 순식간에 몰려들어서 우리는 많은 인파 때문에 뒤로 밀리고 말았다. 이래선 잘 안 보이겠는데?

"오빠, 안아줘~"

"아, 역시 안 보이니? 좋아. 내가 잘 보이게 해줄게. 어잇차!"

"앗! 오라버니는 또 엘리만 목마 태워주고~"

훼릴이 엘리만 목마 태워준다고 투정했지만 내가 손을 잡고 군중을 헤치고 앞으로 나가자 이내 투정을 멈췄다. 우리가 파고들자 대부분이 관광객인 사람들이 눈을 째렸지만 세리스와 스칼렛의 미모에 이내 미소로 길을 비켜줬다. 역시 인물은 잘나고 볼 일이었다.

"멋지다아~"

"모자가 이상해."

"딱딱해."

아이들은 나름대로 근위병들의 절도있는 걸음걸이를 비평하고는 근위병 교대식을 흥미로운 눈으로 바라봤다.

영국의 근위병들은 그 독특한 복장으로 무척 잘 알려져 있다. 곰 가죽으로 만든 검은색의 높다란 털모자와 화려한 붉은색 상의는 아이러니하게도 러시아의 호두까기인형의 모습으로 많이 묘사되어 왔기에 내겐 무척 익숙한 모습이었다. 그런 20여 명의 근위병들이 나팔과 북을 들고 발걸음을 척척 맞추며 걸어오는 모습은 마치 거대한 지네를 보는 것 같았다.

비유가 좀 이상한가? 그래도 우렁차게 울려 퍼지는 나팔 소리와 척척 하며 들리는 발걸음 소리가 절묘하게 어우러져 만들어내는 멋진 리듬은 지켜보는 사람들의 심장 박동을 뜨겁게 달구기 시작했다.

"Baaaaaaaut!"

군대의 제식 용어가 다 그렇듯 영어권의 군대 용어도 대동소이한 건지 알아듣지 못할 단어를 지휘자가 엄청 늘어지게 외치자 근위병들의 동작이 칼로 끊은 듯 딱 멈췄다.

"오오~"

관광객에서 관중으로 변한 사람들이 모두 탄성을 질렀다. 하지만 난 작게 웃음을 터뜨렸다. 근위병의 악기에 작게 꽂혀 있는 악보를 봤기 때문이었다. 마치 기계같이 한 치의 오차도 없이 움직인다 해도 인간은 인간인 것이다. 실수하지 않기 위해서 꽂아둔 것이겠지만 내겐 그런 작은 악보가 그들을 좀 더 친숙하게 만들어줬다. 우리와 동떨어진 인간이 아니라 똑같은 인간임을 상기시켜 줬다고나 할까? 내가 그 사실을 귓속말로 옆에 서 있던 세리스에게 말하자 무표정하던 세리스의 얼굴에도 미소가 피어났다.

"About Face!"

근위병들은 지휘자의 구령에 절도있게 움직이며 엄숙한 분위기 속에서 교대식을 마쳤다.

"멋있었지?"

"응. 근데근데~ 오빠두 옛날에 군인이었을 때 저런 거 했었어?"

"나? 으응, 오빠는 저것보다 더 멋지게 했지."

엘리의 말에 난 얼버무리듯 대답했다. 내가 저런 걸 했냐고? 당연히 못했지! 이유야 간단하다. 영국의 근위병을 뽑는 기준도 마찬가지겠지만 우리 나라의 의장대도 하려면 키가 180㎝는 넘어야 가능했다. 지금 내 키는 178㎝. 죽어도 못할 키는 아니지만 나보다 키 큰 녀석들이 많았기에 내겐 저런 행사를 할 기회가 없었다. 위병소 근무 교대는 몇 번 해봤지만 어디 저런 거랑 비교할 수 있겠는가. 교대식이라고 해봤자 '여어~ 수고해라~' 하고 한마디 하면 되는데.

"헤에~ 한번 보고 싶다."

"아하하… 나중에 한번 보여줄게."

언제일지는 알 수 없지만.

교대식이 끝난 다음 우리는 광장을 조금 거닐면서 버킹검 궁전을 밖에서나마 구경한 다음 다시 장소를 옮겼다.

30여 분 정도 더 달려서 도착한 곳은 웨스턴 민스터 대사원. 영국의 정신적 지주라 불리는 건물이니만큼 그 웅장함과 고고함은 버킹검 궁전에 비해서 절대 뒤떨어지는 것이 아니었다. 그러나 원래 건축물을 보면서 관광하는 게 빠르게 진행되기 마련이기에 대사원의 구경은 차를 탄 채로 10분 만에 끝나고 말았다. 그 후로 국회의사당, 타워브리지를 거쳐 유명하다 싶은 건물들을 모두 구경한 우리는 마지막으로 대영 박물관으로 향했다.

지금까지 수도 없이 탄성을 내질렀기 때문인지 우리는 대영박물관에 들어가면서 아무런 말도 하지 않았다. 좋은 것도 많이 보면 질린다고 하더니 바로 그 꼴이었다.

대영박물관은 세계에서 가장 많은 문화 유산이 비치된 곳답게 그 입구부터 화려했다. 마치 그리스 신전을 보는 듯한 거대한 대리석 기둥과 높은 지붕은 감탄사 이전에 어이없다는 듯한 웃음이 먼저 나오게 만들 정도였다.

국립이라서 그런지 입장료가 무료였기에 우리는 입장료 대신 입구에 있는 기부금함에 1파운드(한화 1,900원 정도) 지폐를 한 장 넣고 안으로 들어갔다. 중앙에 위치한 사자상을 뒤로하고 발걸음을 옮기자 입구에서 느꼈던 그리스의 향취가 물씬 나는 그리스 관과 이집트 관이 보였다. 거대한 람세스 2세의 석상과 그 유명한 로제타 석판(사실 이게 뭐에 쓰인 물건인지는 모른다), 자연 건조된 미라로 왠지 끔찍하게 느껴지는 린도 인간 등 볼 거리가 무궁무진했다. 아이들의 손을 잡고 이것저것 구경하면서 안으로 좀 더 안으로 들어가자 네레이드 신전이 보였다.

"우와아~ 엄청 크다."

"집 안에 집이 있네?"

"어떻게 가져왔을까?"

"……."

분명 집 안에 집이 있는 건데 왜 이렇게 크게 느껴지는 걸까? 마치 아크로폴리스에 있는 거대한 아데나 신전을 이곳으로 옮겨놓은 듯한 거대한 석조 건물은 과연 내가 서 있는 곳이 대영박물관인지 의심이 들게 만들었다.

탁탁.

바닥에 느껴지는 매끄러운 대리석의 느낌이 이곳이 건물 안이라는 사실을 다시 상기시켜 줬다. 그리고 그곳을 지나 우리는 한국관으로 들어갔다. 우리 나라의 어떤 문화가 소개되어 있을까 하는 생각에 잔뜩 기대를 했다. 하지만 그곳에 들어가서 느낀 감정은 감탄이 아니라 모욕감이었다. 아니, 자존심에 상처를 입었다고 해야 하나?

화사한 금발 머리를 하고 있는 큐레이터(안내인이라고 생각하자)가 외국인을 상대로 열심히 설명하고 있는 문화재들은 모두 우리 나라의 보물들이었다. 한국으로 가져간다면 모두 국보로 지정되고도 남을 물건들, 역사적으로 의의가 깊은 문화재들이 우리 나라가 아닌 다른 나라의 전리품 같은 걸로 전시되고 있는 사실이 무척 안타깝게 느껴졌다.

"와아~ 이쁘다. 오라버니, 이게 고려청자라는 거야?"

이리저리 기웃거리던 훼릴이 유리관 안에 놓여져 있는 푸른색 도자기를 손가락으로 가리키며 말했다.

"응, 고려청자 맞아. 다른 말로 상감청자라고 하는데 도자기의 표면에 음각으로 공간을 만든 다음 흰색 점토로 그 부분을 메워서 무늬를 집어넣는 기법을 썼기 때문에 그렇게 불러. 세계에서 오직 고려청자에서만 볼 수 있는 독특한 기법이지."

역사나 골동품에 관심은 없었지만 중, 고등학교 때 공부한 기억이 있어서 아는 대로 설명해 줬더니 훼릴이 대단하다는 눈빛으로 날 쳐다봤다.

"오라버니, 굉장히 박식하네?"

"으흠~ 내가 한유식 하지. 음하하하!"

겉으로 자화자찬하며 웃긴 했지만 내가 말한 내용이 우리 나라 중학생만 돼도 다 안다는 사실을 알면 어떤 반응을 보일까?

"응?"

뒤늦게 나와 훼릴을 따라 엘리와 세리스, 그리고 스칼렛이 도착했을 때였다.

"뭐지?"

끊임없이 내 피부를 타고 흐르던 오라가 미미한 양이지만 분명한 마나의 움직임을 포착했다. 아이들이 놀라지 않게 서서히 오라를 개방해서 주변을 탐색해 봤지만 더 이상의 마나는 느껴지지 않았다. 지금까지 단 한 번도 일반인들 사이에서 마나의 움직임을 느껴본 적이 없었던 나는 아무래도 께름칙한 느낌을 저버릴 수 없어서 스칼렛의 귀에 대고 작게 말했다.

"스칼렛 누나, 방금 마나가 움직였는데 못 느꼈어요?"

"마나? 못 느꼈는걸? 잘못 느낀 거 아냐?"

"그런가?"

스칼렛도 느끼지 못한 걸 아직 초보에 불과한 내가 느꼈다고 우길 수도 없는 일이라 그러려니 하고 넘어갔지만 찜찜한 기분은 떨쳐 버릴 수 없었다. 마치 쓰레기통을 열었을 때 그 안에 있는 바퀴벌레와 시선이 딱 마주쳤을 때의 느낌과 같았다. 께름칙하고 재수없는 느낌.

'기분 탓이겠지.'

애써 느낌을 부인한 나는 아이들과 함께 바로 옆에 있는 중국관에 들른 다음 밖으로 나왔다. 대영박물관을 벗어나자 그 께름칙한 느낌의 시선은 느껴지지 않았지만 그래도 뭔가 찜찜한 기분이었다.

"이번엔 어딜 갈까?"

운전석에 앉은 스칼렛이 말했다.

"그냥 집으로 돌아가죠."

"아니, 왜?"

한참 관광에 기분이 업되고 있었는지 스칼렛이 되물었다.

"그냥요. 왠지 기분이 안 좋아서……."

"기분이?"

사실 좀 전에 느낀 그 불쾌한 느낌의 마나 때문이긴 했지만 다른 사람들에게까지 긴장감을 안겨주고 싶지 않아서 단순히 기분이 안 좋다고 얼버무렸다. 그러나 엘리를 비롯해서 아이들은 그렇지 않은 듯 얼굴 한가득 걱정스런 표정으로 내게 달려들었다.

"오빠, 멀미야?"

"마물의 독기가 남아 있는 건가?"

엘리가 걱정되는 듯 작은 손을 내 이마 위에 올려놓고 열을 재는 등 부산을 떨었고 훼릴은 포션을 찾는다고 온 가방을 헤집었다. 다만 세리스만 말없이 내 머리를 끌어당겨서 무릎베개를 해줬다. 스포츠카라

지나가는 사람들이 날 보고 부러운 듯 휘익 하고 휘파람을 불어댔다. 평소 같았으면 부끄러워서 벌떡 일어났겠지만 오늘은 왠지 기분이 착 가라앉아서 그냥 그대로 있었다.
"정말 몸이 안 좋은 모양이네. 어쩔 수 없군. 그럼 필립님의 탑까지 천천히 달려볼까?"
영국의 날씨도 아직은 겨울이기에 뺨으로 느껴지는 공기는 차가웠다. 하지만 바퀴를 통해 올라오는 미묘한 진동은 세리스의 허벅지를 통과하면서 미묘한 율동으로 바뀌었고 머리카락을 거칠게 쓰다듬던 바람도 내 머리를 쓰다듬는 세리스의 손길에 미풍으로 바뀌고 말았다.
'아아, 포근해…….'
난 그렇게 간만에 느끼는 따뜻하고 포근한 느낌에 싸여 차 안에서 잠이 들었다.
필립의 탑에 돌아온 우리는 왜 이렇게 일찍 돌아왔냐는 알테어의 물음을 뒤로하고 일찌감치 잠자리에 들었다.

chapter 22
기습

"한국으로 돌아가겠다고?"

"네."

필립이 언성을 높였다. 하긴 그럴 만도 했다. 힘들게 감시자들을 따돌리고 영국으로 왔는데 다시 돌아가겠다니! 하지만 이안은 그런 필립의 언성에도 불구하고 흔들림없이 대답했다.

대화의 시작은 아침 식사가 끝난 직후 티타임 때였다. 모두 모여 홍차 한 잔의 여유를 즐기고 있을 때 이안이 필립의 연구실에서 나오더니 느닷없이 한국으로 가자고 말한 것이 사건의 발단이었다.

"곧 있으면 타라투스의 비밀 기지를 공격할 텐데, 그때까지만이라도 참고 기다리지 않고 이렇게 빨리 가려는 이유가 뭔가?"

타라투스의 비밀 기지를 공격한다라… 난 필립의 그 말에 약간 안도감이 느껴졌다. 얼마 가지 않아 다시 일상생활로 돌아갈 수 있을 거란 생각도 들었다.

"그래 봤자 타라투스의 뿌리를 뽑아버릴 수도 없잖습니까. 이 세상에 흑마법사가 있고 마녀가 존재하는 한, 그리고 교황청의 오만함이 없어지지 않는 한 타라투스는 언제고 부활할 텐데요. 언제까지 영국에 살 것이 아니라면 지금 당장 한국으로 간다고 해도 별반 달라질 게 없습니다. 그리고… 이번 귀국엔 여러 가지 의미가 있으니까요."

여러 가지 의미?

"한 군, 우리가 영국에 온 지 며칠이 지났지요?"

"에에… 한 달 정도 지난 걸로 아는데요."

우리가 2월 초에 왔고 지금 달력에 표시된 바로는 3월 7일이니 딱 한 달이 되는 시점이었다.

"한 군과 아이들의 여권 기간도 다 되어가는 형편이니 어쨌든 한국에는 가봐야 할 것 같습니다. 그리고 기다리는 사람도 있을 텐데 너무 오랫동안 연락을 끊고 지내는 것도 좋지 않죠. 스칼렛, 떠날 준비를 부탁해."

"네."

필립은 스칼렛에게 떠날 채비를 하라는 이안의 모습을 물끄러미 보다가 남아 있던 홍차를 한번에 들이키며 말했다.

"안 봐도 알겠군. 길드장 놈에게서 뭔가 모종의 지시를 받은 거겠지. 하지만 자네, 후회할 거야. 과거에도 그랬지만 길드는 너무 독선적이야. 알테어!"

"쿨럭쿨럭, 네."

느닷없이 자기 이름을 불리자 막 한 모금 들이키던 홍차가 기도로 넘어갔는지 몇 번 기침을 하던 알테어가 대답했다.

"짐 정리를 도와줘라. 그리고 지하실로 내려가서 포션도 몇 병 가져오고."

"예."

알테어는 군말없이 대답하고는 곧장 지하실로 내려갔다. 평소와 달리 투정도 없이 따르는 걸로 봐서 그녀도 이안의 말에 섭섭함을 느낀 모양이었다.

"별다른 재주도 없는 늙은이에 불과해서 줄 거라곤 그것밖에 없군. 되도록 사용되는 일이 없길 바라지만, 그래도 만약을 대비해서 가져가게. 그리고… 후우, 아닐세."

필립은 이안에게 말을 하다 말고 나에게 뭐라 말하려고 했지만 이내 한숨과 함께 2층으로 올라가 버렸다.

"오라버니, 필립 아저씨랑 알테어 누나가 많이 섭섭해하는 것 같더라."

"으응."

훼릴이 자기 옷가지를 가방에 넣으며 종알거렸다. 그녀나 나 이곳이 싫진 않지만 역시 집이 좋은 거다. 좋지 않은 분위기에서 이별을 함에도 집에 간다는 설렘에 이렇게 기분이 들뜨다니.

짐을 다 챙겨서 차에 실은 우리는 마지막으로 알테어와 필립에게 작별 인사를 했다.

"필립님, 요 한 달 동안 여러모로 보살펴 주셔서 정말 감사드립니다. 마물과의 대결에서 필립님이 지켜봐 주시지 않았다면 정말 죽었을지도 몰라요. 나중에 다시 찾아올 땐 선물이라도 듬뿍 사 들고 올게요. 그리고 알테어 누나, 필립님 너무 괴롭히지 말구 적당히 해요(?)."

"뭐, 뭘 적당히 하라는 거냐!!"

필립의 얼굴이 순식간에 벌게졌다. 이런이런~ 늙은 아저씨를 놀릴 생각은 아니었는데… 건방지게 느껴졌을라나? 하지만 점잖게 가만히 있을 줄 알았던 필립이 의외로 발끈하는 반응이 재미있게 느껴지는 건 어쩔 수가 없었다.

"걱정해 줘서 고마워~ 너두 너무 무리하지 말구."

아하하… 막판에 또 한 방 먹고 말았군. 한 달 동안 같은 건물에 살면서 이것저것 눈에 띈 게 많아서 대충 지레짐작으로 말한 건데 사실이었나 보다. 한밤중에 담배라도 한 대 피우러 나갈 때 몇 번 민망한 소리를 들었더니… 불타는 혈기의 청년을 벽 하나 두고 뭔 짓을 하는 건지… 쩝. 그래도 노년의 나이에도 청춘을 즐기는 필립이 부럽기도 하고 불쌍하기도 했다. 왜 불쌍하냐고? 뭐, 알테어가 양성체의 몸이란 걸 다시 한 번 상기시켜 준다면 충분한 설명이 될 것이다.

"안녕히 계세요!"

"알테어 언니, 또 올게!"

엘리와 훼릴이 차 뒤로 멀어지는 알테어와 필립에게 손을 흔들며 작별 인사를 했다. 영원히 못 볼 것도 아닌데 정이 많이 들었는지 엘리의 눈에 맺힌 작은 이슬방울이 보인다.

"엘리, 다음에 또 오면 되잖아. 울지 마."

난 엘리를 끌어당겨서 허벅지 위에 앉혀놓고 엘리의 에메랄드 빛 머리카락에 코를 파묻은 채 조용히 말했다. 울음을 참는 아이에게 건네주는 따뜻한 말 한마디는 울음을 터뜨리게 하는 열쇠가 된다던가? 결국 엘리는 꾹 참고 있던 울음을 내 품 안에서 터뜨리고 말았다. 게다가 훼릴마저 울음소리에 전염되어 버렸는지 '쳇' 하는 소리와 함께 고개를 바깥으로 돌리며 눈물을 닦았다. 세리스는 줄곧 고개를 바깥 풍경으로만 돌리고 있어서 어떤 표정을 짓고 있는지 알 수 없었다. 하지만 운전을 하고 있던 스칼렛이 룸미러를 살짝 조정할 때 확인해 보니 어느덧 눈시울이 빨갛게 변해 있었다. 역시 표정만 냉막할 뿐 속은 엘리만큼이나 여린 세리스였다. 그래도 언니답게 눈물은 흘리지 않았다. 대견하게도 말이다.

"갈 때도 비행긴가요?"

"응. 티켓이랑 여권은 모두 내가 챙겨놨으니까 걱정 안 해도 돼요."

스칼렛은 보조석 위에 놓여 있는 작은 갈색 가죽 핸드백을 턱 끝으로 가리키며 내 말에 대답해 주었다. 그러고 보니 저 갈색 핸드백은 알테어가 스칼렛에게 준 선물이었다. 맨날 티격태격 싸우기만 하더니 사실은 사이가 좋은가 보다.

공항에 도착한 우리는 대기실에서 약 1시간 정도 기다려야만 했다. 그사이에 스칼렛은 그동안 고맙게 썼던 자동차를 돌려주기 위해서 공항 경찰을 마인드 컨트롤해 견인시켰고 이안은 입국 수속을 위해서 여러 가지 절차를 대신 밟아주었다. 나와 아이들은 공항 대합실 여기저기를 구경하며 한가로운 시간을 보냈다. 하지만 한가로운 시간도 잠시뿐, 난 이안과 스칼렛의 시야에서 멀어지자마자 또다시 예전의 그 께름칙한 시선을 느껴야만 했다.

'이번엔… 놓치지 않아.'

어떻게 된 일인지 몰라도 훼릴이나 세리스, 엘리는 전혀 눈치를 못 채고 있었다. 별수없이 은밀하게 오라를 개방해서 주변을 탐색하기 시작했다. 저번처럼 누군가에게 말해서 괜히 낌새를 챘다는 눈치를 줄 필요는 없었기 때문이다.

내가 오라를 개방하자 제일 먼저 훼릴이 뭔가 이상하다는 것을 눈치 챘다. 그 다음으로 세리스와 엘리가 눈치 챘고 엘리가 뭐라 말하려 하자 훼릴이 잽싸게 입을 막아버렸다. 다행히 이런 우리의 행동이 크게 특이한 건 아니었는지 예의 그 찜찜한 시선은 끊이지 않고 있었다.

"Oh~ what a beatiful girls!"

영국에서도 세리스와 훼릴, 그리고 엘리의 귀여움과 미모는 그 가치가 하락하지 않는지 주변의 수많은 아줌마들과 남자들의 시선을 독차지했다.

'쳇, 귀찮게시리…… 응?'

그때 우리 쪽을 향해 일직선으로 다가오는 남자 셋이 눈에 들어왔다. 특별히 이상한 기운이나 오라를 뿜어내고 있진 않았지만 왠지 개방된 나의 오라가 그 세 명에게 집중되고 있었다. 세 명 모두 검정 계열의 정장에 갈색 중절모를 쓰고 있었지만 이곳에 있는 거의 대부분의 셀러리맨들이 이런 복장으로 다니고 있어서 이상하게 보이진 않았다.

선두의 사람은 둘둘 말린 영자 타임지를 들고 있었고 나머지 두 사람은 지갑 대용으로 쓸 만한 백이나 하드케이스 가방을 들고 있었다. 아무리 눈을 씻고 봐도 수상한 기색은 없었다. 하지만 나의 오라는 그들에게서 뭔가 불길한 느낌을 포착하고 있었다.

쿡쿡.

아이들 중에서 가장 뛰어난 육감을 가진 훼릴도 나와 비슷하게 느꼈는지 팔꿈치로 내 옆구리를 찔렀다.

"모두들, 불시의 사태에 대비할 수 있게 준비해 둬."

"…응!"

조금 무거운 어조로 작게 말하자 아이들도 각자 은밀하게 오라를 개방하기 시작했다. 훼릴과 엘리는 내 뒤로 물러섬과 동시에 오라를 개방했고 세리스는 내 왼쪽에 서서 내력을 끌어올렸다. 물론 나는 이미 오라를 개방해 둔 상태였기 때문에 좀 더 신중을 기하는 차원에서 주변의 마나를 서서히 날 중심으로 끌어 모아두는 중이었다. 이것은 언제든지 간단한 시동어를 외치는 것만으로도 매직 애로우를 날릴 수 있도록 미리 사전 준비를 하는 조치였다.

이안은 얼마 전부터 마물과의 대결 전에 하는 나의 이런 행동을 보고 메모라이즈라고 했었다. 마법에서 고급 기술에 속하는 거라며 대견해했다. 메모라이즈는 마법을 머리로 기억하는 게 아니라 마법적인 방법으로 오라에 미리 마법의 수식과 이미지를 기억시키는 기술이다. 난 이 기술을 마물과의 대련을 통해서 조금은 흉내를 낼 정도로 수련했었다. 고차원적인 마법을 메모라이즈할 수준은 안 되지만 1클래스의 마법은 서너 가지 정도를 하루 동안 메모라이즈로 유지시킬 수 있었다.

그러나 가는 날이 장날이라고 했던가? 불행히도 오늘 아침엔 특별히 마법을 쓸 일이 없다고 생각했기 때문에 특별히 메모라이즈를 하지 않았었다. 그래서 난 3분이 채 안 되는 시간에 매직 애로우 일곱 발 분량의 주문 두 개를 메모라이즈해야 했다.

"당신이… 한… 바다?"

어느덧 세 걸음 정도 떨어진 곳까지 온 세 명의 남자 중 제일 앞에 선 중절모의 남자가 서툰 한국어로 물어왔다. 대답을 하려는 찰나 그가 들고 있던 둘둘 말린 영(英)자 타임지의 안쪽에서 검은색 막대기가 눈에 들어왔다.

'스태프?'

그리고 그 순간 뒤에 서 있던 두 명의 남자가 들고 있던 백과 하드케이스 가방이 흐릿해지더니 두 개의 검으로 변했다.

"뭐, 뭐야?!"

내가 놀라서 소리치자 옆에 있던 훼릴이 나지막한 목소리로 대답했다. 아니, 대답이라기보다는 혼잣말에 가까웠다.

"일루젼……."

일루젼, 환상 마법 말인가? 그럼 지금까지 백과 가방으로 보고 있었던 게 전부 환상?

"내가 한바다라면?"

"홋~"

사내는 비릿한 표정과 함께 코웃음을 쳤다. 나의 침착한 태도가 못마땅하다 이건가? 그때 주위에서 웅성거리는 소리가 커지기 시작했다. 어느새 공항의 사람들이 우리에게서 거리를 두고 앞에 선 남자들이 들고 있는 검을 힐끔거리고 있었다. 이런, 시선을 끄는 건 좋지 않은데…….

"볼일은 당신에게 있는 게 아니다."

"그럼?"

지금껏 자신의 무기를 꺼내지 않고 있던 사내가 검집에서 검을 뽑는 폼으로 그의 눈앞에서 무기를 꺼냈다.

'스태프… 가 아니라 단검?'

스태프라 생각했던 나의 짐작과는 반대로 그가 꺼낸 무기는 단검이었다. 은은하게 초록색 광택을 내는 검신이 기분 나쁜 단검을 왼손에 거꾸로 잡은 사내는 나지막하게 말했다.

"오랜 세월이 지났어도 결코 지워지지 못할 상처를 남긴 그대여."

그는 더 이상 한국어로 말하지 않았다. 목울대를 한껏 부풀린 듯 풍부한 떨림이 울어나는 목소리로 말하는 영어는 완벽하게 해석이 돼 내 귀로 들어오진 않았지만 얼추 비슷한 의미로 의역이 되어 들어왔다.

부끄럽지만 한 달이란 시간 동안 알테어에게 영어 회화 실습을 받은 노력의 산물이라고 할까? 세리스를 비롯해서 엘리와 훼릴이 일주일 만에 영어를 마스터해 버리는 바람에 종속자로서 지지 않기 위해 노력한 결과였다. 갈잖은 열등의식에 비롯된 노력이라곤 하지만 어쨌든 나에겐 장족의 발전이었다.

"나 타라투스의 송곳니 프레이트나. 그대 문 나이트를 맞아 싸워 이곳에서 죽을 각오로 왔다."

나직하게 프레이트나라고 자기 이름을 밝힌 사내의 손에 들린 초록색의 단검에서 은은하게 빛나기 시작했다. 마나? 검기일지도 모른다는 생각에 황급히 오라의 가지를 뻗어 탐색했다.

'응? 검기가 아냐?'

그의 검에서 흘러나오는 초록색의 기운은 검기나 마나가 아니었다. 지금까지 단 한 번도 느껴보지 못한 생소한 기운이었다.

"검을 뽑아랏!"

지금껏 억양없는 어조로 말하던 프레이트나의 입에서 느닷없이 큰 소리가 나더니 단검에서 초록색 기운이 폭발적으로 솟아났다.

"문 나이트 세리스! 카아아앗!"

"위험해!"

나직한 목소리로 말한 것은 나와 아이들의 모든 신경을 자신에게 집중시키기 위해서였던 것일까? 지금까지 전혀 신경 쓰지 못하고 있던 뒤의 두 명이 전광석화와 같은 동작으로 세리스를 향해 검을 휘둘렀다. 그리고 내가 당황하고 있는 사이 프레이트나도 초록색 기운이 넘실거리는 단검을 고쳐 잡으며 세리스에게 달려들었다.

"매직 애로우!"

쉬이잉~

미리 마나를 끌어 모으고 있었던 터라 시동어를 외치자마자 눈앞에 팔뚝만한 우윳빛 광택이 나는 마법의 화살 두 개가 만들어졌다. 그리고 마법의 구현이 끝나는 것을 확인한 나는 더 이상 볼 것도 없이 그 두 개의 화살을 프레이트나에게 집중시켰다. 먼저 공격한 두 명의 사내보다 아무래도 심상치 않은 기운을 뿌리던 그의 단검이 더 위험스럽게 느껴졌기 때문이다.

펑펑!

마물을 상대로 했을 땐 백발백중이던 매직 애로우가 허공을 치고 말았다. 역시 어느 정도 수준있는 실력자를 상대하기엔 부족했는지 프레이트나의 등 뒤 30㎝ 후방에서 폭음과 함께 자연 소멸됐다.

"오라 실드!"

프레이트나가 마법사였던가? 그럼 세리스는!

"세리스!"

아무런 대비도 없이 공격당한 세리스가 무사할 리가 없었다. 하물며 마땅히 검을 막을 만한 무기도 없었는데! 순간 귀에서 세리스의 비명소리가 들려오는 듯했다.

채챙!

"크윽?! 이럴 수가!!"

그러나 예상외로 검을 휘둘러 가던 최초 두 명의 사내는 날카로운 금속음과 함께 뒤로 물러섰고 프레이트나는 뭔가 낭패를 당했는지 단검을 땅에 떨군 채 뒷걸음질치고 있었다.

"어떻게… 응?! 그래, 변신 팔찌!"

크게 상처 입었을 거라 생각했던 세리스는 양손에 각각 길이가 다른 두 개의 쌍검을 들고 있었다. 은은하게 마나를 끌어 모으고 있는 양손의 아티팩트는 무광택의 은빛을 뿜어내면서 세리스를 위압감 넘치는 한 명의 검사로 만들어주고 있었다. 바람도 없는데 자유롭게 넘실대는 은발의 머리카락과 두 개의 은빛 쌍검은 그녀가 왜 문 나이트라고 불리는지 충분히 이해하고도 남게 했다. 물론 이런 모습 때문에 그런 호칭이 붙은 건 아니겠지만 지금의 내 눈은 그렇게 보고 있었다.

"그런 아티팩트를 숨기고 있었을 줄이야… 의외로군. 하지만 이게 끝은 아니다! 알버트, 로이든, 전위를 맡도록! 난 지원하겠다."

프레이트나의 말이 끝나기가 무섭게 두 명의 검사는 돌격형 준비 자세를 잡더니 세리스를 향해 쳐들어갔고 프레이트나 그 자신은 열심히 공격 마법 주문을 영창해 가기 시작했다.

"미친! 나는 마네킹으로 보이는 거냐!"

지난 한 달간 죽음을 각오한 마물과의 수련으로 한 사람의 마법사로 인정받기에 충분하다고 자부하는 날 뒷전으로 돌린 채 세리스만 상대하자 난 은근히 부아가 치밀었다.

"의지로 적을 친다. 샷… 컥?"

사람을 죽일 생각은 없었기 때문에 비교적 단위 면적당 위력이 떨어지는 샷건을 날리려는데, 무슨 해머 같은 게 내 옆구리를 강타했다. 날아가는 와중에도 정신을 잃지 않고 이유를 살펴보니 역시 프레이트나와 비슷한 정장을 입은 거인 같은 남자가 발차기를 하고 있는 자세로 여유를 부리고 있었다.

"Hey~ Babe~ 네 상대는 나라구."

큭! 발날을 세운 발차기가 아닌 걸로 봐서 태권도는 아닌 것 같은 게 옆구리가 엄청 아팠다. 숨 쉬는 덴 지장이 없지만 계속 뜨끔뜨끔한 게 이 한 방으로 갈비뼈에 금이 간 게 틀림없었다.

"오라버니! 이익! 끝없는 업화의 불꽃이여, 파이어 볼!"

파앗!

"앗!"

"빨강 머리 꼬마야~ 너두 상대가 따로 있단다."

타라투스의 원군이 한 명은 아니었다. 내가 당하자 그때까지 정신을 놓고 있던 훼릴이 내가 당함과 동시에 파이어 볼을 급조해 날렸지만 어디선가 날아온 아이스 볼트 세 개에 파이어 볼은 소멸되고 말았다.

발에 차인 옆구리 반대쪽의 팔로 억지로 몸을 일으켜서 시선을 돌려 확인해 보니 눈매가 여우를 닮은 금발의 여자가 역시 검은색 정장을 입고서 폼을 잡고 있었다. 등장 한번 통일성있어 좋구만.

속으로 우리 일행 중에 엘리가 남아 있어서 원군이 한 명 더 있을 거라 생각하고 주변을 살폈지만 아직 꼬맹이에 가까운 엘리한테까지는 별다른 마크가 필요없다고 느꼈는지 비슷한 복장을 하고 있는 인물은 눈에 띄지 않았다.

"검은색 정장이 타라투스의 유니폼이라도 되는 거야 뭐야? 퉤!"

입 안에 고여 있던 가래와 피가 섞인 침을 뱉으며 난 천천히 자리에서 일어섰다. 여유를 부릴 때는 아니었지만 아직 세리스 쪽은 별다른 상황 변화가 없는지 간간이 금속음만 들릴 뿐이었다. 덕분에 훼릴과 나, 그리고 엘리는 덩치와 금발의 여우를 마주하고 대치 상태에 들어갔다.

'이럴 때 이안과 스칼렛은 뭘 하는 거야?'

주변을 살펴보니 공항은 거의 아수라장에 가까웠다. 처음엔 무슨 몰래 카메라로 생각하고 있던 사람들이었지만―하긴 난데없이 칼을 든 미소녀의 난투극이라니 착각할 만도 하다―폭음과 주변의 기물들이 터져 나가자 뒤늦게 비명을 지르며 공항의 대합실을 빠져나가고 있었다.

 거기다 공항 경찰들이 권총을 들고 제지에 나서려고 했지만 또 어디선가 나타난 검은색 정장의 타라투스 조직원에게 하나둘씩 소리없이 제압당했다. 총성 한 번 울리지 않고 조용히 제압된 걸로 봐서 아마 꽤 많은 마법사들이 이곳에 투입된 듯했다.

 도대체 몇 명이나 온 거야? 정황으로 봐서 이안과 스칼렛에게도 타라투스의 조직원들이 갔을 것 같다는 확률 높은 추측이 가능했다.

 '힘들겠는걸……'

 하지만 이상하게 마음이 침착해졌다.

 마치 나와는 아무 관계 없는 사람들이 움직이고 있는 한 편의 무성영화를 보는 듯한 느낌이 드는 이유가 뭘까? 더군다나 지금 세리스는 칼을 든 남자 두 명과 위험한 마법을―확신은 서지 않지만―쓰는 마법사 한 명이랑 싸우고 있었다. 그리고 내 눈앞에도 덩치 좋은 떡대와 금발의 여우가 막아서고 있는데.

 '스태프를 꺼내야 하나?'

 주머니 안에 있는 스태프를 꺼내려 하니 뭔가 찜찜하게 느껴졌다. 과연 인간을 상대로 마법을 쓸 수 있을까 하는 의문이 들었던 것이다. 물론 세리스와는 거의 매일 밤마다 대련을 했지만 그건 쌍방 간의 믿음이 존재했기에 나의 모든 실력을 발휘할 수 있었다. 즉, 내가 아무리 변화무쌍한 공격을 하든 세리스는 모두 막아낼 수 있다는 믿음과 세리스가 날 다치게 하지 않을 거란 믿음이 있었던 것이다. 하지만 지금 내 눈앞에 서 있는 떡대랑 여우는 그런 믿음을 줄 수도, 또 받을 수도 없는 사람들이었다.

자칫 잘못하면 '살인자'가 될 수도 있는 것이다. 물론 반대로 '희생자'가 될 수도 있겠지만 말이다.

"우선 가볍게 자기소개부터 할까? 난 트레이시, 그리고 이쪽의 근육덩어리는 타케시라고 해. 방금 봤다면 느꼈겠지만 난 빙계 마법이 주특기고 타케시는 종합 무술 7단의 유단자야. 거기다 여러 가지 아티팩트로 무장되어 있지. 후후후, 상대하기 까다로울 거야."

트레이시라고 자기 이름을 밝힌 여우눈의 금발 머리는 자신만만한지 무척 여유로운 태도로 우리를 지그시 내려다보고 있었다. 나와 아이들을 깔보는 눈빛이었다. 너희 따위는 언제든지 바비인형의 목을 따버리는 것처럼 쉽게 처치할 수 있다는 듯 말이다. 그 눈빛에 난 엉뚱한 데서 슬슬 열이 받기 시작했다. 깔보다니? 우릴?

순간 머리 속으로 그리운(?) 마물들의 얼굴이 스쳐 지나갔다. 그래, 너희들이 가진 깜찍하고 큐티한 이빨과 맹독이 묻어나는 촉수의 위험성에 비하면 이 정도는 아무것도 아니지! 하마터면 너희들의 숭고한 희생을 헛되게 할 뻔했구나~

"그쪽 소개는 잘 들었어. 치사하고 드럽게 남의 뒤통수를 갈기길 좋아하는 아주 지저분한 근육덩어리와 여우란 것 정도는 확실히 알겠는걸?"

"거기다 얼굴도 못생긴 게 노력도 하지 않는 여자란 것도 말해야죠, 오라버니."

역시 나의 삐뚤어진 면에 가장 잘 어울리는 훼릴의 한마디였다.

"뭐야!"

이런이런~ 이런 별것 아닌 말장난에 도발당하다니, 악당치고는 열

혈 캐릭터잖아? 트레이시와 타케시는 내가 시작하고 훼릴이 끝맺은 말에 금방 흥분하고 말았다.

"아깐 잘도 내 파이어 볼을 소멸시켰겠다아~ 그 꼴 보기 싫은 머리카락을 몽땅 태워주겠어. 엘리, 지원 부탁해!"

"응! 황혼의 노을보다 붉은빛으로 세상을 불태우는 자여, 나 그대에게 한 줌의 힘을 빌어 적을 태우려 하니 내게 손을 뻗으라. 그대의 숨결을 내 두 손에 실으라. 불을 피우고 타올라 커지고 커지니 손을 뻗어 움켜쥐어라!"

훼릴이 날카로운 목소리로 빠르게 주문을 영창하기 시작했다.

부우우웅—

'대단해!'

몸 주위에 둘러져 있던 오라에 좀처럼 느껴보지 못했던 강력한 마나의 움직임이 느껴졌다. 이 정도 느낌이라면 최소한 4클래스 급의 공격마법이 틀림없었다.

"요 앙큼진 것! 타케시, 엄호!"

"OK."

트레이시도 훼릴이 영창하고 있는 주문의 위력을 느꼈는지 얼른 맞대응에 들어갔다. 난 트레이시의 지시로 타케시가 훼릴에게 달려들자 그의 앞을 막아섰다. 어차피 지금의 내 수준으로 타케시를 맞서서 마법으로만 싸운다는 건 어불성설에 가까웠기에 지금 내 몸엔 단전을 중심으로 마나가 집중되고 있었다. 근접전엔 '샷건' 이랑 '발경' 만한 게 없다.

"의지로 적을 친다, 샷것!"

파파팟!

"Ooops! Boy~! 위험한 장난은 그만두는 게 좋아!"

쳇! 역시 통하지 않는 건가? 타케시는 그 곰 같은 덩치에 어울리지 않게 민활한 스텝을 구사하며 십여 개의 에너지 볼이 쏘아져 나가는 샷건을 모두 피해 버렸다. 거기다 일본인인 주제에 말투는 버터 발음이라 샷건을 피한 사실이 더 더욱 재수없게 느껴졌다.

'그래도 이게 끝은 아니지.'

"하아압!"

발바닥을 완전히 지면에 붙인 채 내가 가진 모든 힘을 발목에서 종아리로, 종아리에서 허벅지로, 그리고 허리와 가슴, 어깨를 지나 팔뚝 전체로 실어 보내기 시작했다. 순간적으로 어깨와 팔꿈치에 묵직한 기운이 느껴졌다. 바로 발경이었다.

파아앙!

마치 장풍을 쓰는 폼으로 발경을 타케시의 몸통을 향해 날리자 커다란 가죽 북이 터지는 소리가 나면서 타케시의 신형이 2미터 정도 뒤로 튕겨 나갔다. 팔을 교차시키며 방어를 했는지 타케시의 옷소매가 너덜너덜하게 변해 있었다.

"Oops! my god! 이 녀석 마법사가 아니었던 거야?"

'멀쩡하군.'

과연 종합 무술 7단의 소유자다웠다. 거의 축생 수준의 반사 신경이랄까? 만약 나였더라면 절대 막지 못했을 기습이었는데도 그는 비교적 여유있게 막아냈다. 그때 내 귓가에 훼릴이 영창하던 주문의 시동어가 들렸다. 그리고 그와 동시에 트레이시의 입에서도 시동어가 터져 나왔다.

"서핑 살라만더!"

"브리즈 스파이크!"

시동어가 완성되자 쭉 뻗은 훼릴의 양손 사이에 훼릴의 몸만한 불덩어리가 만들어졌다. 그리고 불덩어리는 서서히 초승달 모양을 갖추기 시작하더니 훼릴이 손바닥을 한 번 까닥하자 바닥을 타고 트레이시를 향해 질주하기 시작했다. 그것도 하나가 아니라 두 개, 세 개 연달아였다. 순간적으로 대단하다는 생각밖에 들지 않았다.

하지만 트레이시 역시 만만한 상대가 아니었는지 훼릴과 거의 동시에 주문의 영창과 함께 시동어를 외치자 그녀의 발끝을 기점으로 천연수정 같은 얼음의 기둥들이 파바박! 하고 숏아올랐고 그 얼음의 기둥들은 훼릴이 만든 불꽃의 파도와 정면으로 부딪쳤다.

콰아아앙!

"으윽!"

"…굉장한걸!"

높은 클래스의 마법이 격돌해서 그런지 충격파도 장난이 아니었다. 한순간 귀가 멍멍할 정도의 굉음이라니… 다행히 귀가 민감한 엘리는 마법이 충돌하기 전부터 귀를 막고 있었는지 별문제없어 보였다. 단, 훼릴과 트레이시는 이 마법의 충돌로 꽤 큰 데미지를 입었는지 비틀비틀거리며 서로를 노려보고 있었다. 그러나 약간의 시간이 흐르고 먼저 회복한 건 트레이시였다. 훼릴이 귀고리에 담긴 마나를 이용한 것을 생각하면 무척 의외의 결과였다. 하지만 금방 그 이유를 알 수 있었다. 트레이시는 타케시가 건네준 아티팩트에서 마나를 공급받았기 때문이다. 즉, 유리한 줄 알았던 조건은 똑같았던 것이다.

"온유와 사랑의 손길이여, 지친 자에게 안식을. 파인블레스."

나와 훼릴이 트레이시의 빠른 회복에 놀라고 있는 동안 어느 틈에 문을 완성했는지 엘리가 뒤에서 회복 마법을 걸어주었다.
파인블레스, 상대방의 주변에 마나를 활성화시켜 피로를 없애주는 마법이었다. 즉, 몸 안에서 흐트러진 마나를 진정시키는 데 무척 뛰어난 마법이었던 것이다.
생각지 못했던 엘리의 후방 지원 덕에 훼릴은 트레이시와 근소한 차를 두고 다시 마주 설 수 있었다. 다시 주문으로 대결할 생각인가?
"나의 적을 꿰뚫어라. 매직 애로우!"
난 매직 애로우 세 개를 만들어서 시차를 둔 채 트레이시에게 날렸다. 주문을 영창하는 중간에 훼방을 받게 되면 주문을 실패할 경우가 높아서이기도 했지만 진짜 목적은 트레이시가 아니라 타케시의 다리를 잠깐이라도 묶어두기 위해서였다.
"Shit!"
예상대로 타케시는 손을 들어 날아오는 세 개의 매직 애로우를 쳐갔다. 훗, 그것도 함정인데…….
펑! 펑! 팡!
"크윽!"
타케시의 입에서 가래 끓는 소리가 났다.
'헤헤헤, 타케시가 트레이시를 막아설 걸 알았기 때문에 매직 애로우를 구현할 때 호밍 기능보다는 '시한 폭파'라는 기폭제를 달아두는 편이 훨씬 효과적일 거라고 생각한 게 적중했군.'
난 타케시가 낭패를 당한 사이 훼릴과 엘리의 허리에 손을 두르고 잽싸게 세리스가 싸우고 있는 곳으로 자리를 옮겼다. 트레이시는 그때 주문을 영창하는 중이었는지 우리에게 별다른 마법을 쓰지 못했다.
"세리스, 곧 갈게!"

세리스는 상황이 그리 나쁘지 않았는지 양손에 든 검을 휘두르며 대답했다.

"넷!"

조금 지쳐 보이긴 하지만 활기 찬 세리스의 목소리 덕에 난 상황을 반전시킬 수 있을 거란 희망을 품었다. 그러나 10여 미터밖에 되지 않는 세리스와의 간격은 쉽게 줄어들지 않았다. 프레이트나와 나머지 두 명이 교묘하게 세리스를 나와 떨어지게 만들고 있는 데다 트레이시의 주문이 나와 아이들의 진로를 막아섰기 때문이다.

때문에 나와 훼릴은 다시 한 번 트레이시와 마법으로 공방을 벌여야만 했고, 그건 우리에게 점점 불리하게 다가오기 시작했다. 바로 마법의 구현 방식이 달랐기 때문이다. 나를 비롯해서 아이들이 배운 마법은 백마법으로, 좀 더 구체적으로 말하자면 원소 마법이었다. 즉, 자신이 가진 오라로 마나를 몸 안의 통로로 끌어 모아 물, 불, 땅, 바람으로 형질을 변화시키거나 그것들에 어떤 작용을 하게 만드는 마법이었다. 그래서 마법을 쓰면 쓸수록 시전자는 정신적 피로감과 함께 마나를 받아들이는 몸도 피로를 느끼게 되는 것이다. 하지만 트레이시가 시전하는 마법은 원소 마법이긴 하지만 흑마법으로 악마와의 계약 마법이었다.

계약 마법의 특성은 백마법과 마찬가지로 시전자의 오라를 이용해서 마나를 끌어 모은다는 점은 같았지만 마법을 구현하는 점에 있어서는 판이하게 달랐다. 백마법이 시전자의 정보 처리 능력과 고도의 정신력을 요구한다면 악마와의 계약 마법은 계약한 악마에게 일정한 제물만 바친다면 과도한 정신력의 소비 없이 주문의 영창과 수식의 계산만으로도 마법의 구현이 가능했다. 그것도 순수하게 자연의 마나를 사용하는 백마법과는 달리 악마의 '마력'도 빌려 쓰기 때문에 위력도 월등하게 강한 마법을 말이다.

"빌어먹을… 악마한테 영혼이라도 팔아넘긴 거야 뭐야? 이 정도로 마법을 써댔으면 인간답게 좀 지쳐 줘야 되는 거 아냐?"

입에서 단내가 나기 시작했다. 특별히 갈증이 나진 않았지만 쉴 틈도 없이 날아오는 트레이시의 빙계 마법을 화염계 마법으로 소멸시키다 보니 내 몸마저 타오르는 것 같았다. 트레이시의 얼음 마법에 한 방 맞으면 시원해질까 하는 망상까지 들 정도였다. 하지만 간간이 파이어 애로우 정도를 쓴 내가 이럴 정돈데 파이어 볼을 몇 번씩이나 쓴 훼릴은 어떨까 하는 생각에 금방 고개를 흔들며 정신을 추슬렀다.

"하아… 하아… 오빠, 내가 도와줄게. 바람에 실려오는 숲의 향기……."

"그만!"

난 뒤에서 회복 마법을 쓰려는 엘리의 입을 막았다. 그렇지 않아도 체력이 달리는데 숨이 턱에 걸린 주제에 계속 회복 마법을 써서 안색이 창백했다. 나보다 자기 자신이나 신경 쓸 것이지 왜 이렇게 바보 같은 거야!

그때였다.

차아앙!

"캬악!"

"세리스?!"

날카로운 금속음이 울림과 동시에 세리스의 찢어지는 듯한 비명 소리가 났다. 그리고 내 눈에 어깨 위로 마치 피를 분수처럼 뿜으며 내 쪽으로 튕겨져 날아오는 세리스의 모습이 들어왔다. 마치 슬로 모션처럼 내 눈에 그 모든 상황이 박혀들었다. 세리스의 몸에서 뿜어져 나오고 있는 붉은 피는 그 한 방울 한 방울이 모두 또렷이 보였고, 땅에 떨어지며 일으킨 진동에 피어오르는 먼지 하나하나까지 선명하게 보였다.

"세리스!!"

그 순간 눈에 들어오는 것은 트레이시의 손에서 뻗어 나오는 얼음의 화살도, 놀란 채 눈을 똥그랗게 뜨고 있는 훼릴과 엘리도, 그때가 기회라는 듯 충혈된 징그러운 두 눈을 빛내는 타케시도 아니었다.

오직 세리스!

세리스뿐이었다.

그런데 그런 그녀에게 상처를 준 프레이트나란 빌어먹을 개새끼가 예의 그 초록색 빛을 뿜어대는 단검을 들고 세리스에게 달려오고 있었다. 상처 준 것도 모자라서 아주 쐐기를 박으려고?!

"멈춰, 이 개새꺄아! 라이딘인!!"

주문을 영창할 시간 따윈 없었다. 라이딘이 내가 쓸 수 있는 3클래스 최대급의 주문이고, 또 내 주제에 시동어만으로 쓸 수 있는 마법이 아니란 것 정도는 잘 알고 있었지만 그런 건 염두에 없었다. 다만 격렬한 감정을 못 이겨 눈앞의 저 증오스러운 존재를 없애 버리고 싶다는 생각뿐이었다. 난 쓰러진 세리스의 앞을 막아서며 두 손을 앞으로 쭉 내밀었다.

치지직— 치직—

내가 가진 모든 오라를 총동원해서 모은 마나와 내 몸속에 내재되어 있던 내력까지 쏟아 붓자 손바닥 위에 스파크가 일기 시작했다.

"죽어버렷!"

"촤아아아악!"

대기를 가르는 강렬한 파공성과 함께 손바닥에서 한줄기 뇌전이 뻗어 나갔다. 빛살처럼 쏘아져 나간 뇌전은 눈 깜짝할 사이에 프레이트나에게 닿고 있었다. 이 정도의 마나를 집중해서 쏘아낸 마법이라면 상처나 '쇼크' 정도로 끝나지 않고 충분히 감전사를 시키고도 남을 위력이란 게 머리 속에 떠올랐지만 더 이상 '살인' 이란 명제에 망설여지지 않았다. 나의 생명 절대 사상에 위배되긴 하지만 난 저들보다 세리스의 목숨이 천 배 만 배는 더 소중하기 때문이었다.

"끄아아악!"

"알버트!!"

하지만 뇌전에 적중한 건 달려오던 프레이트나가 아니라 그 옆에 있던 검객 알버트였다. 프레이트나도 트레이시에게 뒤지지 않는 마법사였는지 순간적으로 룬 실드나 오라 실드를 전개해서 피한 것 같았다. 빌어먹을!

"오라버니!!"

"응?"

프레이트나를 전기구이로 만들지 못한 사실에 분통을 터뜨리려고 할 때 귓가에 훼릴의 다급한 음성이 들렸다.

"어어?"

나의 시야에 들어온 것은 첨탑의 끝처럼 뾰족하기 그지없는 두 개의 얼음송곳이었고 그중 하나는 또다시 내 시야를 막는 붉은 머릿결에 막히면서 검붉게 물들어 버렸다. 그리고 내 어깨에서 느껴지는 차가우면서도 불에 지진 듯한 화끈한 통증.

"아… 아?"

내 입술이 말을 듣지 않았다. 뭐라고 말을 하고 싶은데, 무슨 소리라도 지르고 싶은데 내 입술은 그저 떨어졌다 붙었다 하면서 그저 한심하기 그지없는 탄식만 내뱉을 뿐이다.

"훼릴!"

훼릴이었다. 내 앞을 막아서서 얼음송곳을 막은 것은 훼릴의 작디작은 몸이었다. 수정처럼 투명한 빛을 발하는 얼음 조각이 등 뒤로 삐죽 튀어나와 있는 작은 몸이 내 품 안으로 서서히 쓰러졌다. 생 떽쥐베리의 '어린왕자'의 마지막 장면처럼 '마치 고목나무가 쓰러지듯' 쓰러지는 훼릴의 모습은 내 머리 속을 하얗게 만들었다. 얼른 나도 주저앉으며 쓰러진 훼릴을 안아 품속으로 끌어당겼지만 훼릴은 마치 푸줏간의 고깃덩어리인 양 일말의 미동도 없었다. 눈가가 찢어졌는지 붉어지는 시야에 훼릴의 심장을 관통하고 있는 얼음덩어리가 눈에 들어왔다. 심장이 관통당했다……

"아, 안 돼! 야! 야! 훼릴! 정신 차려!! 괜찮아? 괜찮은 거지? 아냐, 말하지 마. 대답하지 마! 그냥 가만히 있어!"

모든 게 혼란스러워졌다. 절대 괜찮지 않을 거란 걸 잘 알고 있었다. 심장을 관통당하고 살아 있는 사람을 본 적은 없으니까. 하지만 내 이성과 감성 모두 훼릴에게 더 이상 어떤 불행한 일이 일어나지 않았으면 하는 바람에 그 사실을 부정했다.

"엘리! 어서 치료 주문을 부탁해!"

"으응!"

어느새 다가와 선 엘리가 다급하게 회복 주문을 영창하기 시작했다. 하지만 엘리의 회복 주문은 그저 반짝 하고 훼릴의 상처 주변에서 잠깐 빛을 발할 뿐 어떤 상황의 호전도 일어나지 않았다.

"아, 안 돼… 마법이… 마법이 듣질 않아. 어떡해? 오빠, 어떡해?"
"무슨 소리야? 차근차근 침착하게 해보란 말야!"
엘리가 잘못한 것도 아닌데 난 짜증을 냈다.
또각, 또각, 또각.
대리석을 울리는 조용한 하이힐 소리에 난 시선을 돌렸다. 어느샌가 트레이시가 눈앞에 와 있었다. 한껏 거만하고 모든 것이 끝났다는 표정으로.
"어차피 이렇게 될 일이었어. 그저 너희들의 반항으로 시간이 늦추어졌을 뿐이지."
"왜! 왜 우리를 공격하는 거야!"
마치 피를 토하듯 거칠게 외치는 내 모습에 트레이시는 미간을 살짝 찌푸리더니 손을 살래살래 흔들며 말했다.
"바보로군. 정말 모르는 거야? 당연히 너희들이 우리 타라투스의 행사에 걸림돌이 되기 때문이지. 세리스만 해도 큰 위협이 되고도 남는데, 한때 우리의 가장 큰 힘 중의 하나였던 적법사까지 가세한다면 너무 싱거운 승부가 되지 않겠어? 또 그 잠재력을 알 수 없는 엘프까지 있는 데야… 후후, 어차피 죽을 사람에게 너무 많은 말을 했군. 그 목숨, 이제 내가 거둬주지."
"큭!"
그 따위 이해관계 때문에 나와 내 동생들이 희생을 당해야 한다고? 도저히 납득할 수 없었다. 애초에 우릴 건드리지 않으면 공격할 생각도 없었는데, 그저 자기네들의 지레짐작만으로 남의 생사를 결정하는 타라투스의 행사에 끊임없는 증오심이 일어났다. 하지만 그것은 힘이 없는 자의 원망일 뿐 내겐 더 이상 손끝 하나 움직일 힘이 없었다. 주문도 없이 시동어만으로 만들어낸 '라이딘'이 내가 가지고 있던 모든 기력을 앗아가 버렸기 때문이다.

팔짱을 끼고 있던 트레이시의 양팔이 스르륵 풀리며 오른손이 높이 들렸다. 그리고 예의 그 얼음의 화살을 만들어냈던 주문이 영창되자 그녀의 손에 세 개의 얼음송곳이 형성됐다.

'이렇게 죽는 건가?'

난 나도 모르게 눈을 꼭 감고 말았다. 내 정수리에 꽂혀 버릴 저 차갑고 투명한 얼음을 마주 볼 자신이 없었기 때문이다. 그러나 그때 내 옷자락을 잡아당기는 익숙한 느낌에 정신이 번쩍 들었다. 세리스였다. 의식을 잃었다고 생각한 세리스가 내 옆에 누운 채 내 옷자락을 잡아당기고 있었다.

'그래! 이대로 포기할 순 없어. 내 목숨은 나만의 것이 아니라 이 아이들의 것이기도 한걸!'

눈이 번쩍 떠졌다. 고개를 들자 쏟아져 내리는 얼음송곳이 보였.

"이야아아아아!"

그래, 이제 내가 가진 건 오직 깡다구밖에 없다! 군대에서 2년 2개월 간 쌓아온 깡다구가 어떤 건지 여기서 확실히 보여주마! 손가락 하나 까딱할 수 없을 것 같은 육체적 피로도, 세리스와 훼릴이 동시에 쓰러져 버리는 바람에 일어난 정신적 공허함도! 이미 군대에서 몇 번씩이나 겪어봤었다. 육체적 피로가 아무리 심하다 한들 유격 훈련에 비할쏘냐! 정신적 공허함이 아무리 크다 한들 고참의 갈굼에 '자살 충동'을 느꼈던 이등병 생활에 비할쏘냐! 이겨낼 수 있다.

사나이 한번 죽지 두 번 죽냐!!

"꺄악!"

거의 포기한 것처럼 보이던 내가 갑자기 머리를 들이밀며 자신을 덮쳐 오자 트레이시가 비명을 질렀다. 어깨에 박혀 있는 얼음송곳에서 극심한 통증이 느껴졌지만, 난 체중을 실은 몸통박치기로 트레이시를 넘어뜨릴 수 있었다. 이대로 몸 위에 올라타서 눈이라도 찔러 버리면…

퍼억!

"커억!"

막 손가락을 들고 트레이시의 눈을 찔러가는 순간 나는 옆구리에 둔탁한 통증을 느끼며 오른쪽으로 나가떨어지고 말았다. 고통에 눈물이 찔끔 나왔지만 겨우 실눈으로 상대를 확인해 보니 바로 타케시였다. 정의의 사자도 아닌데 무척 나이스한 타이밍에 나타나는구만.

"포기할 줄 모르는 종자군."

자못 감탄했다는 듯 타케시가 중얼거렸다.

"이런 Shit!! 죽여 버리겠어!"

하지만 그것은 타케시의 감정일 뿐이었는 듯 트레이시는 얼른 몸을 일으키더니 쌍소리와 함께 날 덮쳐 왔다. 언제 받았는지 그녀의 손엔 로이든에게서 뺏어 든 검이 들려 있었다. 굳이 마법을 써서 죽이는 것보다 검으로 목을 베어버리는 게 더 감칠맛나는 모양이다.

하하… 세리스, 이젠 진짜 끝인가 보다. 엘리… 미안하다. 그리고 훼릴… 미안…….

지난 모든 시간들이 마치 파노라마처럼 머리 속을 스쳐 지나갔다. 아이들을 처음으로 만났던 순간, 마법을 처음 성공시켰던 순간들… 정말 특별한 기억들이다. 그리고 이젠 편안한 마음으로 죽음을 기다리려는 찰나 귀에 카랑카랑한 목소리가 파고들었다.

"멈춰!"

파파파팟!

그와 동시에 수십 줄기의 빛줄기들, 얼핏 보면 뭔지 모르겠지만 거의 미동도 하지 않고 피부 근처에 뭉쳐져 있는 나의 오라는 그것들이 전부 매직 애로우란 걸 말해 주고 있었다. 그것도 모두 각기 다른 속성을 가진 걸로 말이다.

열 개? 아니, 스무 개?

수십 개의 매직 애로우는 끊임없이 나타나 사방팔방으로 쏟아져 나가 주변에서 구경만 하고 있던 타라투스의 졸개들을 모두 쓰러뜨렸다. 트레이시를 비롯해서 우리와 직접적으로 싸웠던 타라투스 요원들의 실력은 만만치 않았는지 쓰러뜨리진 못하고 멀찍이 떼어놓는 데 그쳤다.

'누, 누구?'

난 힘겹게 소리가 들린 방향으로 시선을 돌렸다. 이젠 정말로 기력이 다해 버려서 목을 돌릴 힘도 없었다.

'이안? 이안!!'

"이안!!"

1시간 전.

이안은 스칼렛과 함께 한국으로 돌아가기 위한 출국 수속을 2층의 안내 데스크에서 밟고 있었다. 애초에 약간 불법적인 방법으로 들어왔던 만큼 돌아갈 때도 비합법적인 수단을 동원하는 수밖에 없었다. 바로 주한 영국대사관과의 직통 전화 한 통이 그것이었다.

"프레드릭 외교관님 부탁드립니다."

"누구시라고 전해 드릴까요?"

"이안이라고 하시면 될 겁니다."

"네, 잠시만 기다려 주세요."

원래 대사관으로의 직통 전화는 까다로운 절차를 걸쳐서 연결돼야 하는 것이지만 이안은 이미 이런 경험이 여러 번 있었는지 별 수고 없이 곧바로 영국 최고 외교관과 연결될 수 있었다.

"연결해 드리겠습니다."

뚜뚜뚜—

"오~ 마스터 이안, 오랜만이군."

짤막한 착신음이 고막을 두드리더니 이내 중후하면서도 부드러운 목소리가 들렸다.

"안녕하십니까, 프레드릭 외교관님."

"나야 언제나 안녕하지. 그래, 오늘은 무슨 일이신가? 할 일이 없어 날 호출한 건 아닐 테고 말이야. 영국에 있다더니 무슨 사고라도 친 건가? 굳이 어려운 일이 아니라면 내 눈치 보지 말고 마법으로 해결해."

이안은 쾌활하게 말하는 프레드릭 외교관의 말에 잠깐 어이가 없어졌다. 이게 한 국가를 대표하는 외교관이 할 말이란 말인가? 하지만 이것 역시 그리 대수로운 일이 아니었는지 이안은 피식 하고 웃으며 말했다.

"외교관이란 직책이 울겠습니다. 진짜 그렇게 말해도 되는 겁니까?"

"허허허, 자네들 마법사란 족속들을 평범한 사람인 내가 이해하는 것도 어려운데 하물며 평범하지 않은 마법사인 자네가 범상치 않은 날 이해하는 게 더 이상한 거겠지. 그래, 용건은 뭔가?"

이안은 속으로 여전히 괴곽한 성격을 가진 노인네라고 중얼거리며 천천히 본론을 꺼냈다. 진짜 이런 성격으로 잘도 외교관을 해먹는군.

"다른 게 아니라 남자 한 명과 여자 아이 세 명의 신원을 보증해 주셔야겠습니다. 올 땐 어떻게 왔는데 가는 건 좀 힘들더군요. 체류 기간도 훨씬 지나 버렸고 해서 힘 좀 써주셔야겠습니다. 그들의 신원은 제가 보증하겠습니다. 제 제자랑 동생들이거든요."

"네 명? 자네 무슨 밀입국업이라도 하는 건가? 뭐, 자네가 보증한다니 별말은 안 하겠네만… 대신 나중에 자네가 술 한잔 사야 해. 조금만 기다리게. 귀찮게 복잡한 절차 거칠 것 없이 내가 전화 한 통으로 끝낼 테니. 지금은 이 전화 한 통으로 끝내주지만 담부턴 확실히 정상적인 절차를 밟아주게나. 그럼 이만 끊네. 여긴 전화가 한 대뿐이거든. 좋은 여행 되길 바라네."

"고맙습니다. 조만간 제가 좋은 술로 한잔 대접하도록 하지요."

뚜뚜뚜—

통화 단절음이 나고 얼마 지나지 않아 공항 데스크에 전화가 울렸다. 그리고 꽤 높은 직책의 사람이 여러 번 교대로 전화를 받더니 이내 이안을 찾았다. 공항 직원 특유의 깔끔하고 실용적인 디자인의 정장을 차려입은 콧수염의 남자가 이안을 마주 보며 입을 열었다.

"이안 볼프마이어 하르키 씨입니까?"

"네."

한 번도 말한 적 없는 자신의 풀네임이 불리자 이안은 프레드릭의 언질이 떨어졌음을 알 수 있었다.

"이안 씨와 일행 분들을 특사로서 모시라는 주한 영국대사관에서의 요청이 들어왔습니다. 어서 이쪽으로 일행을 모시고 오십시오."

"그러도록 하지요."

특사라… 이안은 프레드릭의 명쾌한 일 처리에 기분이 좋아져서 입가에 미소가 머금어졌다. 영국의 귀족 출신 관료답게 이리저리 배경이 거창한 인물다웠다. 지금은 관광을 목적으로 3년째 한국의 주한 영국 대사관의 외교관장직을 하고 있다지만.

"다 끝났어요?"

"그래. 프레드릭은 2년 전이나 지금이나 똑같더군."

"그럼 분명 이번 일을 해주는 대가로 술이나 한잔 사라고 했겠군요."

스칼렛도 익히 알고 있었던지 입술을 뾰루퉁하게 내밀며 투덜댔다. 살짝 송곳니가 삐져 나온 그녀의 입술이 귀엽게 보인 이안은 부드럽게 스칼렛의 어깨를 감싸 안았다.

"아직도 전에 그 일로 삐쳐 있는 거야?"

"흥. 프레드릭이 술을 사라고 하는 이유야 뻔하잖아요. 제시카였던가? 그 계집애랑 주인님을 어떻게 해보려는 수작인 게 뻔할 뻔잔데!"

스칼렛은 머리 속으로 떠오르는 지난날을 회상하기만 해도 열이 솟구치는 듯 꼭 쥔 두 주먹이 부르르 떨렸다.

"뭐, 그래도 번번이 실패만 하고 있으니 상관없잖아. 그리고 제시카도 그렇게 나쁜 애는 아냐."

"핏~ 그럼 손녀 같은 계집애한테 장가를 가시던가요."

이안이 은근히 제시카란 여자를 두둔하자 결국 화를 못 이긴 스칼렛이 어깨에 둘러진 이안의 팔을 살짝 뿌리치며 발걸음을 빨리해 버렸다.

"이런이런… 정말로 화가 나버렸군. 한 군이 이런 모습을 봤으면 절대 아이들한테 스칼렛을 본받으란 말을 하지 않을 텐데 아쉽군. 엿차~ 계속 꾸물럭거렸다간 놓치고 말겠네. 스칼렛~ 스칼렛~ 좀 천천히 가."

앞서거니 뒤서거니 하며 걷는 폼이 사랑싸움을 하고 있다는 것을 여실히 보여주는 이안과 스칼렛이었다. 그 둘의 행태(?)가 5분 정도 됐을까? 막 스칼렛의 손을 잡아서 기분을 풀어주려던 이안의 감각에 뭔가 느껴졌다.

'마법?'

"주인님, 지금 느끼셨어요?"

스칼렛도 느꼈는지 좀 전까지만 해도 두 눈에 가득하던 장난기를 말끔히 씻어버리고는 나직하게 말했다.

"응. 4클래스 급인걸? 그리고 희미하게 흑마법의 냄새도… 혹시 아이들에게 무슨 일이?"

"어서 가요!"

미약하게 느껴졌지만 아래층에서 느껴지는 마법의 기운에서는 한바다나 훼릴의 마법에서는 결코 느낄 수 없는 암흑의 기운이 담겨져 있었다. 아직 희미하게 느껴져서 손끝에 묻은 딱풀의 잔재처럼 끈적임만 느껴졌지만 발걸음이 아래층으로 향하는 에스컬레이터로 향하면 향할수록 그 느낌은 점점 더 구체화되고 있었다.

콰아앙! 파앙!

꽈드드득! 끼이익!

"까아아아악!"

"사람 살려~!"

"테러… 테러다!!"

막 아래층으로 통하는 에스컬레이터에 발걸음을 옮기는 순간 굉음과 함께 공항의 대합실과 로비는 아비규환으로 변하고 말았다.

"타라투스로군."

"상당한 숫자예요. 일곱… 아니, 2층에만 아홉 명이고 아래층에 열여섯 명이 움직이고 있어요."

스칼렛은 사방이 혼란스러운 와중에도 오감을 총동원해서 타라투스의 요원들을 파악했다. 타라투스의 요원을 찾아내는 것은 흑마법의 기운을 찾기만 하면 되는 일이었기에 '어둠의 종족'인 스칼렛에겐 식은 죽 먹기보다 쉬운 일이었다.

"우선 아이들부터 구해야겠어!"

"네!"

2층에 있는 아홉 명의 타라투스 요원들이 신경 쓰이긴 했지만 어차피 저들이 노리는 건 세리스와 한바다라는 것을 잘 알고 있기 때문에 이안은 제일 먼저 바다를 구하기로 마음먹었다. 방금의 폭발로 에스컬레이터에서 굴러 다친 사람, 창문이 깨지는 바람에 파편에 맞은 사람 등 많은 부상자가 있었지만 이안에겐 한바다와 아이들의 생사가 더욱 중요했기 때문이다.

콰앙! 콰앙!

"윽!"

"꺅!"

그러나 아이들을 구하려던 이안과 스칼렛의 발걸음은 세 발자국이 떨어지기가 무섭게 폭발음과 함께 다시 물러서야만 했다.

"본 스피어?"

이안과 스칼렛의 발걸음에 제동을 건 폭발의 중심엔 뼛조각이 박혀 있었다.

"설마……."

흑마법사, 그중에서도 네크로맨서라는 특별한 지위에 있는 마법사들은 인간의 육체와 영혼을 조종해서 그들만이 쓸 수 있는 독특한 마법을 발전시켜 왔다. 그중에서도 본 스피어는 마나를 담을 수 있는 인간의 신체를 이용해서 공격하는 마법이기 때문에 최악의 재료 설정과 함께 최고의 효율을 자랑하는 마법으로 네크로맨서들이 가장 즐겨 사용하는 마법 중 하나였다. 그런 본 스피어가 지금 이안의 발치에 시전되어 있었다.

"15년 만인가? 88올림픽 때 이후로 처음이군."

마치 쇄석을 철판에 대고 긁어대는 듯한 날카로운 목소리가 이안의 앞에서 들려왔다.

"캬아아악!"

"괴, 괴물이다!"

갑작스런 사고에 어쩔 줄 몰라 하는 사람들을 헤치며 나타난 인물은 역시 검은색 정장을 입은 키가 190㎝는 될 듯한 비쩍 마른 거한과 얼굴을 두건으로 둘둘 말고 있는 산만한 덩치의 거인이었다. 특히 거인의 키는 3미터가 족히 되어 보였는데, 그는 양손에 각각 축 늘어진 남자의 목을 쥐고 있었다. 아무래도 목이 탈골됐는지 둘에게서 생기는 느껴지지 않았다.

이 독특한 외모를 가진 둘은 천천히 발걸음을 옮겨 이안과 4미터 정도 떨어진 자리에서 멈췄다. 그리고 비쩍 마른 비교적 작은 거한이 깊게 눌러쓴 중절모를 살짝 벗자 온갖 흉터로 가득 찬 피부와 왼쪽 눈엔 의안을 끼워 넣었는지 전체가 까만 동공만 가득한 눈이 드러났다. 어찌나 흉악한지 밤중이라면 얼굴만 가지고 살인을 할 수 있을 정도였다.

"루카스… 네놈이냐!"

마치 씹어뱉듯이 말하는 이안의 모습이 무척 즐겁게 느껴졌는지 루카스라 불린 거한은 한쪽 입술만 비쭉 올리며 웃었다.

"이런~ 아무리 반가워도 내 일행도 신경을 써줘야지? 소개하지. 최근 내가 다시 생명을 불어 넣어준 '앙드레'라고 하네. 앙드레, 인사드려라."

"우워어어어어어어!"

앙드레라는 이름과 그 외모가 전혀 어울리지 않는 거인이 루카스의 말이 끝나기가 무섭게 온몸으로 떨어 울리는 괴성을 지르며 팔을 풍차처럼 휘둘러 손에 들고 있던 두 남자의 시체를 이안과 스칼렛에게 던졌다.

"그리고 이건 나의 조그마한 축포라고 생각해 주게나. 삶의 끝까지 쌓인 업보의 찌꺼기가 무거운 사자(死者)여, 울부짖고 울부짖어라! 그대의 길은 소멸! 그대의 바람은 타인의 죽음! 터져라! 커프스 익스플로젼(Corpse Explosion)!"

"키아아아아아아아아악!"

퍼퍼퍼펑! 퍼퍼퍼펑!

번개가 무색할 정도로 빠르게 끝난 루카스의 주문이 끝나고 '시동어' 마저 나오자 두 구의 시신은 끔찍한 비명을 지르며 마치 살아 있는 것인 양 두 팔을 쫙 펴고 이안과 스칼렛에게 날아왔다. 그리고 방금 전까지 살아 있던 사람이었을 두 구의 시신은 심장을 기점으로 머리, 손, 발의 순서로 거의 동시다발적으로 폭발했고, 그 폭발에 이젠 흉기가 되어버린 날카로운 뼛조각과 함께 독기를 품은 검붉은 선혈이 뒤섞여 사방으로 비산했다.

이안과 스칼렛은 너무 갑작스런 일이라 미처 방비를 못했는지 그저 눈을 똥그랗게 뜬 채 날아오는 시체의 잔해를 고스란히 뒤집어쓰고 말았다.

후드드득… 후드득…….

하늘로 치솟았던 시체의 잔해가 대리석 바닥으로 쏟아지는 소리가 끔찍하게 들려왔다. 도망갈 기력도 없어 자리에 주저앉은 채 루카스의 '커프스 익스플로젼(시체 폭발)'을 목격한 사람들은 그 자리에서 소변을 보고 말았다. 저토록 끔찍한 광경이라니! 지린내가 사방을 진동하는 와중에 루카스는 의안을 한 손으로 가리며 카랑카랑한 목소리로 광소를 터뜨렸다.

"크흐흐흐흑! 어때, 선물은 마음에 드셨나? 내가 자네를 위해서 최고의 연출을 준비했지. 원래 좀 더 뼈가 야들야들하고 잘게 부서지는 맛이 있는 17세 미만의 여자 아이들을 쓰려고 했는데, 굳이 찾을 필요가 없을 것 같더군. 조금 있으면 아래층에 있는 꼬마들이 그 역할을 해줄 테니 말이야."

바닥에 굴러온 시신의 안구(眼球)를 발로 밟아 터뜨리며 광소를 지르는 루카스, 그의 모습은 그야말로 악귀였다.

"…미친……."

후두득.

이안은 물리화된 투명한 실드의 겉면을 타고 흐르는 피 묻은 살점과 뼛조각 사이로 루카스를 보며 눈동자로 살기를 뿜어댔다. 평소의 그를 아는 사람이라면 두 눈이 휘둥그레질 정도로 무서운 표정이었다. 스칼렛 역시 평소의 그녀와는 비교할 수 없을 정도로 흉악한 표정으로 루카스를 노려봤다. 입술 밖으로 삐져 나온 송곳니와 10㎝는 더 길게 자란 손톱이 그녀의 모습을 그로테스크하게 만들었다.

"앙드레라… 기존의 텔러호크와는 상당히 다른 것 같군요? 작명 센

스도 영 꽝인 것 같고… '베르사이유의 장미'에 나오는 앙드레가 들으면 당장 개명하겠다고 설칠지도…….”

스칼렛이 길게 자란 손톱으로 거인을 가리키며 말했다.

"시간이 그만큼 흘렀으니 금주도 개량이 됐겠지. 옛날이라면 몰라도 현대의 과학력이라면 예전의 텔러호크는 일반 군인 두세 명이면 해치울 수 있을 테니. 그렇지 않나, 루카스?"

과거의 텔러호크와 지금 눈앞에 있는 거인의 차이점을 오라를 이용해 대충 파악한 이안이 자못 비아냥거리는 어조로 말했다.

"역시 과거 사신(死神)이라 불린 이안다운 날카로운 통찰력이야. 그래, 앙드레는 과거의 텔러호크와는 그 차원을 달리하는 놀라운 능력을 가지고 있지. 지금부터 그 능력을 차근차근 음미해 보게나. 아하하하! 네 허신의 주인 루카스의 이름으로 명한다. 멸하라! 이곳의 모든 생명을 멸하라!"

"저런 미친!"

루카스가 미친 듯이 외치는 명령의 내용에 경악한 이안이 황급히 저지하려 했지만 실패하고 말았다. 명령을 인식한 앙드레가 가장 가까이에 있던 이안의 생명을 노리고 덮쳐들었기 때문이다.

"피하세요! 진홍의 달이 너를 삼키리라. 블러디 문!"

뱀파이어만이 쓸 수 있는 종족 특유의 주문을 영창한 스칼렛은 손바닥 위에 만들어진 붉은 구슬을 하늘로 쏘아 올렸다. 그리고 허공에 떠오른 붉은 구슬은 맹렬하게 회전하면서 붉은색의 광선을 앙드레에게 뿜어댔다. 붉은 광선은 마치 레이저 광선이라도 되는 듯 텔러호크의 피부를 까맣게 태우며 끊임없이 빛을 쏘아댔다.

치이익!

"쿠워어어!"

"여전히 성가신 계집이군! 디스펠!"

스칼렛의 마력이 루카스보다 높지는 않았는지 별다른 주문의 영창도 없이 디스펠이라고 외친 루카스의 말에 블러디 문이란 마법은 금방 해체되고 말았다.

"노망난 늙은이 같으니!"

"큭큭큭. 앙팡진 표정이 귀엽구나. 나한테 왔다면 귀여워해 줬을 텐데… 아쉽군."

루카스가 입술을 다시며 스칼렛의 몸을 훑어보며 말했다.

"캬아아악! 죽여 버리겠어!"

평소의 그 조신하던 이미지는 다 어디 갔는지 스칼렛은 손톱을 길게 뽑아내며 루카스에게 달려들었다.

"스칼렛! 상대방의 술수에 놀아나지 말고 정신 차려! 지금 중요한 건 아이들이지 저런 쓰레기들이 아냐!"

"큭… 넷!"

앙드레를 포스 필드로 묶어놓던 이안이 외치자 스칼렛은 루카스에게 달려가던 발걸음을 바꿔서 포스 필드에 묶여 있는 앙드레에게로 점프했다.

"하앗!"

푸욱.

"끄르르르륵… 끄륵……."

앙드레의 입에서 초록색 피 거품이 쏟아지기 시작했다.

"뭐가 '놀라운 능력을 가진 앙드레'라는 거야? 핑거네일 한 방에 죽어버리는데."

스칼렛은 목에 꽂혀 있던 손톱을 천천히 뽑기 시작했다. 손톱을 타고 힘줄과 뼈를 긁는 느낌이 들었지만 스칼렛에겐 더 이상 어색한 감촉이 아니었다. 그저 다시 익숙해지긴 싫은 느낌일 뿐.

"이젠 당신 차례겠지? 루카… 스? 캬악?"

"스칼렛!"

목을 관통했으니 죽었을 거라 생각하고 방심하고 있던 스칼렛은 기괴한 방향으로 꺾여 날아오는 앙드레의 주먹에 얻어맞고 3미터 정도 나가떨어졌다.

"큭큭큭… 나의 앙드레가 겨우 손톱에 한 번 긁혔다고 죽을 것 같았나?"

죽은 줄 알았던 앙드레는 입과 목에 뚫려진 구멍에서 끊임없이 초록색의 피 거품을 뿜어내면서도 아무렇지 않은 듯 멀쩡한 모습으로 이안과 스칼렛을 노려보고 있었다.

뜨드드득!

"헉!"

"모, 목이?!"

놀람은 거기서 그치지 않았다. 등을 돌리고 있던 앙드레의 목이 마치 올빼미처럼 180° 돌더니 그대로 뒷걸음질쳐서(?) 다가왔다. 아니, 시선은 앞을 보고 있으니 똑바로 걸어온다고 해야 하나? 어쨌든 그런 기괴한 모습에 이안과 스칼렛은 약간 질린 표정을 짓다가 이내 진정하고는 몇 번 시선을 주고받은 다음 신속하게 좌우로 갈라졌다.

"아무래도 애초에 살아 있는 존재가 아니었던 것 같군. 그럼 내가 느꼈던 생명력은 뭐였지? 이상하군. 스칼렛, 저 녀석의 옷을 찢어봐!"

이안은 루카스가 날리는 본 스피어를 이리저리 피하거나 실드로 막으며 스칼렛에게 말했다.

"치잇… 저런 괴물의 스트립 따윈 별로 보고 싶지 않은데. 큭!"

손목에 송곳니를 대고 상처를 낸 스칼렛은 점점 솟아나고 있는 피를 허공에 뿌리며 주문도 없이 시동어를 외쳤다. 자신의 피를 매개로 사용하는 종족 특유의 주문이기에 특별한 주문도 필요없는 매우 유용한 마법이었다.

"블러디 레인!"

투둑… 투둑… 투두둑…….

놀랍게도 스칼렛이 시동어를 외치자마자 그녀 자신의 피는 물론이고 주변에 흩뿌려져 있던 시체의 피도 서서히 꿈틀대기 시작했다. 마치 살아 있는 생물인 양 작은 파문을 남기며 움직이는 피와 살점들의 모양은 끔찍하기 그지없었지만 스칼렛은 주문이 성공했다는 생각을 하며 입가에 미소를 배어 물었다.

"가! 저놈의 옷만이 아니라 아주 재생이 불가능하게 몽땅 녹여 버렷!"

손가락으로 앙드레를 가리키자 지금까지 꿈틀대던 피가 방울방울 허공으로 떠오름과 동시에 앙드레에게 쏟아져 나갔다.

치이익!

마치 황산을 몸에 쏟으면 저렇게 될까? 앙드레는 자신의 피부와 옷이 타고 있다는 것을 느꼈는지 발버둥 쳤다. 하지만 마치 아메바처럼 옷과 피부에 묻은 피들은 조금씩 조금씩 앙드레를 좀먹고 있었다.

"건방진!"

루카스는 앙드레의 옷을 비롯해서 몸까지 타 들어가자 주머니 안에서 검은색 가루가 가득 든 주머니를 던졌다. 주머니에도 마법이 걸려 있었는지 앙드레의 몸에 맞은 주머니는 펑 하는 소리와 함께 검은색 가루를 사방으로 비산시켰다.

"원념에 가득 찬 진홍의 피를 마셔 내 몸의 독아를 세울지니! 포이즌 클라우드!"

검은색 가루는 포이즌 클라우드란 마법의 촉매제였다. 검은색 가루에 닿은 핏물은 그대로 기화하는 듯하더니 이내 보라색의 독 기운으로 바뀌어서 사방으로 퍼져 나갔다. 덕분에 아직 공항 건물을 빠져나가지 못한 몇몇의 사람들은 보라색 공기를 몇 모금 흡입하자마자 그대로 자리에 쓰러져 버렸다. 손발을 덜덜 떠는 경련 현상이 조금 있다가 잠잠해질 때까지 걸리는 시간이 겨우 30초도 되지 않는 걸로 봐서 순식간에 사람을 죽음으로 몰고 가는 무서운 독 기운이었다.

하지만 이안은 그런 일반 사람들의 죽음은 신경조차 쓰지 않은 채 최대한 뒤로 물러서면서 주문을 영창하기 시작했다. 스칼렛은 독 기운이 이안과 자신에게 다가오지 못하게 룬 실드와 포스 필드를 동시에 전개해서 방어를 맡고 있었다.

"위험하지만… 어쩔 수 없군. 울려라, 울려라, 바람의 정령이여! 그 몸을 비산해 사방을 떨어 울릴 큰 바람을 일으켜라. 해일처럼 일어나 폭발하는 화산에 온몸으로 부딪쳐 산산이 흩어져라. 나는 이 자리의 주관자! 모이고 모여 그 몸을 때를 기다리는 사자처럼 웅크려 일어설 시기에 일제히 포효하라!"

이안의 입에서 주문이 영창되기 시작하자 사방의 마나가 요동 치며 이안을 중심으로 서서히 큰 원을 그리며 공기가 압축됐다. 얼마나 큰 위력의 마법인지 주문을 영창하는 이안이 미간을 잔뜩 찌푸린 채 끊임없이 머리 속으로 마법의 구현화를 위해서 노력하고 있는 게 보였다.

주문이 길다는 것은 그 마법의 구현화시키는 데 소모되는 정신력이 크다는 의미와 같은 뜻이기에 이안의 얼굴은 점점 창백하게 변해갔다.

"큭큭큭. 과연 황혼의 사신이라고 불리던 이안이군. 이렇게 사람이 많은 곳에서 그런 범위 마법을 쓰다니. 이거 우리들보다 훨씬 무서운 인물이었구만! 쓰론 티스!"

말로는 아무렇지도 않은 듯 태연하게 말했지만 루카스는 마지막에 이안의 마법이 완성되기 전에 방해할 생각으로 지면에서 독가시가 솟아오르게 만드는 마법을 썼다. 하지만 이미 낌새를 눈치 채고 있던 스칼렛이 손톱을 땅속 깊숙이 박아 넣는 걸로 공격은 무마되고 말았고 이안은 주문을 완성할 수 있었다.

"라캄파넬라 스톰!"

시동어에 종소리를 연상시키는 피아노 연습곡인 라캄파넬라란 이름이 들어간 이유는 이안의 손 안에 뭉쳐져 있던 마나가 허공으로 떠올랐을 때 알 수 있었다.

투우우우웅!

마치 성당의 대종 수십 개가 한 번에 울리는 듯한 굉음과 함께 엄청난 충격파가 이안을 중심으로 두고 사방으로 퍼져 나갔다.

파앙! 파앙!

비행기 엔진음에도 견딜 수 있도록 설계된 공항의 유리벽들이 단 한 번의 충격파에 몽땅 터져 나갔다. 공항은 비행기가 안전하게 이, 착륙할 수 있도록 장애물이 없는 넓은 평야에 지어지는 것이 일반적인 상식이기 때문에 공항 대합실의 2층은 금방 밖에서 불어오는 신선한 공기로 가득 찼고 루카스가 만들어낸 보라색의 독 기운은 강력한 진동과 바람에 실려서 희미하게 변하며 이내 사라져 버렸다. 하지만 이안이 노리는 효과는 이것뿐만이 아니었다. 단단한 유리를 박살 낼 정도로 강력한 충격파는 거대한 몸집을 가지고 있던 앙드레의 온몸을 덮쳤고 앙드레는 귀나 머리가 아닌 오른쪽 가슴을 부둥켜안고 신음성을 흘렸다.

"커허헉!"

앙드레의 입에서 피와 함께 잘게 찢어진 살점이 터져 나왔다.

"스칼렛! 오른쪽 가슴이다!"

"네."

지금까지 고전한 것이 분했던지 스칼렛은 선홍색으로 물든 자신의 손톱을 살짝 혀로 핥으며 앙드레에게 쏘아져 나갔다. 루카스가 그런 그녀를 막기 위해서 황급히 몇 개의 매직 미사일을 날렸지만 급조한 마법답게 스칼렛이 쳐놓은 실드 안으로 뚫고 들어오진 못했다. 마치 어둠의 일부인 것 같은 검은 머리카락의 잔상을 남기며 순식간에 앙드레의 등 뒤에 선 스칼렛은 조용히 손을 들어 올리며 나직하게 읊었다.

"어둠이 주는 평안 속에서 다시 만나길."

파싯.

찰나의 순간 동안 붉은 잔상이 앙드레의 오른쪽 가슴을 스치고 지나갔고 스칼렛은 더 이상 볼 것이 없다는 듯 희미한 여운을 남기며 이안의 옆에 섰다.

"…오랜만에 듣는 진언(盡言)이군."

"죽음이란 어떤 형태이든 간에 슬픈 것이니까요."

이안의 말에 조금 시간을 두고 스칼렛이 대답하는 순간 앙드레의 오른쪽 가슴에서 희미한 핏줄기가 생겨나기 시작했다. 그리고 그 핏줄기는 점점 진하게 변했고 이내 열십 자 모양으로 쩌억 갈라지며 초록색의 피가 분수처럼 쏟아져 나왔다.

"역시 신경 중추를 장악한 기생 생물이 있었군."

이안은 앙드레의 상처에서 조각조각난 시체로 드러난 커다란 괄태충처럼 생긴 생물을 물끄러미 내려다보며 인상을 찌푸렸다. 스칼렛도 저런 게 다른 생물의 몸속에서 움직이고 있었다 생각하자 기분이 나빠졌는지 미간에 주름을 만들었다.

"카악, 퉤! 감히 나의 앙드레를 이렇게 만들다니. 두고 보자!"

루카스는 믿고 있던 텔러호크 앙드레가 비참하게 죽어버리자 더 이상의 승산을 점치지 못하고 훗날을 기약하며 자리를 떠나려고 했다. 원래 스칼렛을 앙드레가 막아주는 사이 자신이 이안을 해치운다는 시나리오를 짜놓고 있었는데, 이안과 스칼렛이 자신들과는 다른 호흡이 딱딱 맞는 팀워크로 앙드레를 해치워 버리자 당할 수가 없다고 생각한 것이다.

더구나 자신이 언데드를 조종하는 네크로맨서라고는 하지만 뱀파이어 퀸인 스칼렛의 상대는 될 수 없었다. 자신이 민간인을 이용해서 좀비를 만들어도 스칼렛이 어둠의 권위를 써버리면 오히려 상대방에게 득이 될 수도 있기에 혼자서 둘을 상대하는 건 역부족이었다. 행여 타라투스에서 지원해 준 요원들을 총동원해서 공격한다고 해도 그들은 마법사가 아닌 그저 훈련된 보통 사람들일 뿐이어서 별 소용이 없었다. 그리고 좀 전에 이안이 쓴 마법에 모두 나가떨어져 버려 과연 살아 있을지도 의문이었다. 루카스는 아무리 생각해도 이안이 자신보다 더 악질적인 놈이라고만 느껴졌다. 자기들도 되도록 민간인의 피해를 줄이기 위해 미리 요원을 이용해서 사람들을 빠져나가게 만들었는데, 인정하긴 싫지만 정의의 마법사라는 놈이 아무런 동요 없이 대범위 마법을 써대다니, 저러고도 나중에 영국의 길드에 해명할 땐 자기 때문에 할 수 없었다고 말하겠지? 아무리 생각해도 자신들이 손해였다. 어떻게 보면 처음에 시체를 이용해서 폭발시키는 마법을 쓴 것도 민간인들이 그것을 보고 공포감을 가지고 도망가길 바라고 쓴 퍼포먼스였다.

"더러운 위선자 놈들! 다음번엔 너희 두 연놈의 가죽을 벗겨놓고 말 테다! 나 루카스의 이름으로 문을 연다… 컥?"

포탈을 열어서 탈출을 준비하던 루카스가 입에서 허파 꺼지는 소리를 내더니 이내 앞으로 스르륵 무너져 내렸다. 코를 땅에 박은 그의 머리엔 조그마한 구멍이 뚫려 있었다. 그것도 목과 머리를 연결하는 척수가 있는 부분에 정확히 말이다. 하지만 이안과 스칼렛의 눈엔 그런 것이 보이지 않았다.

둘은 가장 가까이 있던 루카스도 눈치 채지 못할 정도로 은밀하게 다가온 여자의 얼굴을 보고 딱딱히 굳어 있었다. 순백의 원피스가 하얀 피부와 검은색 머리카락을 더욱 강조하는 듯한 부드러운 선을 지닌 미녀가 무너져 가는 루카스 뒤에 서 있었다. 한줄기 차가운 바람이 머리카락을 흩날릴 때까지 이안은 아무 말도 하지 못하고 그저 입만 벙긋거리다 겨우 입술을 움직여 갈라진 목소리로 말했다.

"다, 당신이 어… 떻게?"

이안의 더듬거리는 말에도 여자는 아무 말 없이 가볍게 검지손가락을 튕겨서 아직 꿈틀거리고 있는 루카스의 머리에 희미한 빛을 발하는 구슬을 박아 넣었다. 네크로맨서답게 끈질기게 삶에 미련을 남겨두고 있던 루카스의 시체는 이 한 번의 튕김으로 뻣뻣이 굳어갔다.

한편 아무것도 없던 허공에서 만들어진 걸로 봐서 그녀는 마법사임이 분명했다. 뭐, 이안과 스칼렛은 그녀가 마법사라는 사실보다는 그녀가 '그런 행동'을 했다는 사실에 더욱 경악하고 있는 것 같았지만 말이다.

"명령을 받지 않고 멋대로 요원을 움직이는 것은 지난번으로 마지막이라고 경고했었는데… 참 미련한 사람이죠?"

그 여자는 이미 죽은 사람의 머리에 마법의 구슬을 다시 박아 넣어 확인 사살까지 했다. 하지만 자신은 마치 신경 거슬리던 모기를 잡았는데 뭐가 이상하냐는 듯 부드러운 미소로 이안에게 물었다.

"공명심에 물들어서 스스로를 망치다니… 아! 그리고 보니 당신과는 몇 번인가 악연으로 연결된 사이였군요. 그럼 조금은 정상참작을 해줄 걸 그랬나? 후후, 하지만 이미 돌이킬 수 없는 길을 가버렸으니 어쩔 수 없겠죠? 응?"

갑자기 여자의 시선이 에스컬레이터 쪽으로 향했다. 이안과 스칼렛도 그녀의 시선을 좇았지만 특별히 이상한 것은 느낄 수 없었다.

"하지만 그도 그렇게 쓸모없는 존재는 아니었었나 보군요. 복수엔 실패했지만 문 나이트의 제거는 거의 성공한 듯하니까요."

"아이들이?!"

여자의 말에 이안이 깜빡하고 있었다는 듯 외치자 스칼렛은 이안이 바다와 아이들에게 먼저 갈 수 있도록 여자를 견제했다. 손톱으로 마나를 주입하며 그 끝을 여자의 목젖에 겨냥하자 그녀는 한번 가볍게 웃더니 가벼운 발걸음으로 빙글 뒤로 돌아섰다.

"훗, 애초에 루카스의 계획에 동참할 생각이었다면 그를 죽이지도 않았어요. 어서 가보세요. 조금이라도 더 늦었다간 문 나이트뿐만 아니라 '그'도 죽을 것 같으니. 최선을 다해 지키는 게 좋을 거예요. 그럼 다음 기회에 다시 인사하도록 하죠."

뒤도 돌아보지 않고 가볍게 손을 몇 번 흔들며 사라진 그녀의 뒷모습을 한참 동안 멍하니 쳐다보고 있던 이안과 스칼렛은 얼른 바다와 아이들이 위험하다는 생각에 에스컬레이터 쪽으로 몸을 날렸다. 독수리가 급강하하듯 아래층으로 내려가 순식간에 수십 개의 매직 애로우를 만들어서 적을 때려눕혔지만 머리 속엔 여전히 그 여자의 영상이 자리 잡고 있었다.

"…지영, 결국 금주에 손을 뻗고 말았는가…….."

마치 울 듯한 음색의 중얼거림이었다.

chapter 23
각성

시기 적절하게 나타난 이안과 스칼렛의 등장 덕분에 타케시와 트레이시의 공격이 멈춘 것은 천운이었지만 어깨에 상처를 입은 세리스와 이젠 숨결도 거의 느껴지지 않는 훼릴의 상처는 내게 절망감으로 다가오고 있었다. 왜 좀 더 빨리 와주지 못했냐고 외치고 싶었지만 군데군데 핏자국과 흐트러진 옷차림을 보여주는 둘의 모습에 그들도 나름대로 고생하고 왔다는 것을 알 수 있었다.

"이안! 스칼렛! 훼릴이, 훼릴이……!"

뭐라고 말을 하고 싶은데 내 입술이 제대로 표현하지 못했다. 으윽, 그러고 보니 내 어깨에도 얼음 화살이 하나 꽂혀 있다는 사실을 깜빡하고 있었다. 하지만 그 딴 건 중요하지 않았다.

"이런……."

스칼렛이 트레이시와 타케시를 견제하는 동안 이안이 다가와서 훼릴의 상처를 보고 혀를 찼다. 낮게 깔린 그의 목소리가 갈라지면서 내 심장을 울렸다.

"어떻죠? 어떡해 해요!!"

"…글쎄. 세리스는 어떻게 될지 몰라도……."

확정적인 대답을 피하며 세리시의 상처를 돌보는 이안이었다. 분명 훼릴의 상처가 더 크고 치명적임에도 불구하고 세리스를 치료하는 그의 모습에서 난 직감적으로 훼릴의 죽음이 기정사실화되고 있다는 것을 알았다.

'죽는다!'

죽는 거다!

훼릴이 죽는다!!

"제기라아알!!"

생각 같아선 내게 기대어져 있는 훼릴을 던져 놓고 조금 위축되긴 했지만 저 오만한 표정을 짓고 있는 트레이시와 타케시, 그리고 나머지 타라투스의 떨거지들을 몽땅 죽여 버리고 싶었다. 갈기갈기 찢어서 개의 먹이로 던져 줘도 나의 이 분노는 식을 것 같지 않았다. 아니, 불화살을 만들어서 온몸에 1센티 간격으로 촘촘히 박아 태워 죽인다 한들 나의 분노가 풀릴까? 머리 속을 가득 채우는 죽음이란 단어에 미쳐 버릴 것만 같았다.

이안은 그런 나의 모습을 측은한 표정으로 바라봤고 눈앞에 서 있던 트레이시는 날 보며 피식 하고 웃었다. 어깨의 상처로 피가 너무 많이 흘러나와 극심한 현기증이 일어났지만 그녀의 비웃음은 나의 이성을 송두리째 흔들어놓았다.

"죽어! 죽어! 죽어! 죽어! 죽어! 죽어! 죽어엇!!"

키이이잉!

온몸에서 오라가 폭발하듯 터져 나왔다. 마치 내장이 쏟아져 나오는 느낌이 들어 '죽음' 이란 단어마저 머리 속을 스쳤지만 크게 개의치 않았다. 지금 내게 중요한 것은 저들을 '죽이고 싶다' 는 감정에 충실하고 싶다는 것이었다.

"겨우 매직 애로우 따위를……."

타케시의 입에서 한심하다는 말이 나왔다. 하긴 지금까지 내가 십수 개의 매직 미사일을 날렸음에도 불구하고 맨몸에다 마법사도 아닌 타케시의 몸에 상처 하나 낼 수 없었다. 그러니 그가 깔보는 것도 이해할 수 있었다. 하지만 단지 상대방을 쓰러뜨리기 위해서 마법을 썼던 그때와 지금의 난 그 '각오' 가 달랐다!

"뭔가 낌새가 이상하다! 타케시, 조심해!"

여성이라 타케시보다 육감이 더 발달했는지 트레이시가 경고했다.

사실 난 매직 애로우를 만들 생각은 없었다. 단지 내가 가진 모든 오라를 최대한 방출해서 '공격' 하고 싶다는 생각을 품었을 뿐이다. 더군다나 난 '시동어' 조차 외치지 않았다. 지금 내 눈앞에 떠오른 단 한 발의 매직 애로우는 그저 나의 '의지' 를 대변해서 만들어진 결과물이었다.

'커져라! 더욱더 커져라! 커져라! 커져라!!'

화르르륵.

"무, 무슨?!"

타케시와 트레이시의 입에서 경악성이 터져나왔다. 또다시 내 몸에서 오라가 빠져나가는 게 느껴졌다. 하지만 이번엔 조금 전과 달랐다. 그저 빠져나가는 것이 아니라 몸 안의 통로를 따라 거칠고 딱딱한 마나를 끌어올려 끊임없이 매직 애로우에 쏟아 부었다. 그래서 마나를 계속해서 받아들인 매직 애로우는 점점 커지기 시작했고 잠깐 동안 모두가 얼을 빼놓고 있는 틈에 매직 애로우는 웬만한 사람 몸뚱어리만큼 커졌다. 오죽하면 세리스에게 포션을 쏟아 붓고 있던 이안의 손이 잠깐 흔들렸을까.

"퇴, 퇴각해!"

비록 이안이 세리스의 상처를 돌보고 있는 상황이긴 했지만 이안과 스칼렛의 경계를 뚫고 나와 아이들을 공격할 자신이 없었는지 트레이시는 타케시를 비롯해서 프레이트나 그 외의 떨거지들에게 명령하고는 얼른 자리를 박차고 밖으로 내달렸다. 원래 두목이라면 최후까지 남아서 부하들이 모두 도망친 다음에 가야 하는 거 아닌가? 끝까지 기분 나쁘게 만드는 여자다. 그렇기에 더욱 놓칠 순 없다! 난 팔을 들어 트레이시의 등을 향해 뻗으며 외쳤다.

"죽어!!"

피이잉~

혼신의 힘을 다해 만든 매직 애로우는 전광석화와 같은 속도로 트레이시를 향해서 날아갔다.

"칫! 적의 화살을 막을지니. 아이기스 실드."

도망칠 때부터 나의 표적이 자신임을 알고 있었는지 트레이시는 당황하지 않고 얼른 방어 주문을 외쳤다. 피곤에 절어버린 내 눈에 흐릿하게나마 트레이시가 만든 실드에 막히는 매직 애로우가 보였다. 역시 끝까지 실패인 건가……

"오빠."

그때 내 목을 끌어안아 오는 따뜻한 손길이 있었다. 누구?

"오빠… 오빠… 흑……."

엘리였다. 나와 세리스, 그리고 훼릴이 크게 상처 입는 모습에 겁을 먹고 있던 엘리가 부들부들 떨리는 다리로 나에게 다가와 목을 끌어안은 것이다. 하지만 엘리 역시 조금 전까지의 엘리가 아니었다. 엘리의 두 팔을 타고 시원한 바람을 닮은 마나와 오라가 흘러 들어왔다. 말은 하지 못했지만 엘리의 마음은 알고도 남았다. 세상에서 가장 착하고 예쁜 엘리에게 이런 감정을 갖게 하다니… 트레이시라고 했던가? 당신은 실수한 거야. 그것도 아주 단단히!

'죽을 때가 된 거야…….'

키이이이이이이이잉!!

매직 애로우는 소멸되는 듯하다가 이내 뒤를 받쳐 주는 엘리의 마나 덕분에 더 더욱 강렬한 빛을 발함과 동시에 맹렬하게 회전을 하기 시작했다. 그리고 잠깐씩이지만 지지직 하는 소리와 함께 작은 방전음도 들렸다.

"이, 이런?!"

트레이시의 눈이 놀람으로 부릅떠졌다. 얼마나 크게 떴는지 눈꼬리가 찢어져서 피눈물이 흘러나올 정도였다. 그리고 설탕유리처럼 산산이 부서지는 실드의 파편이 땅에 떨어짐과 함께 그녀는 온몸으로 나의 매직 애로우를 받아들였다.

'대게 매직 애로우는 표적에 파고든 다음…….'

콰드득! 하는 소리와 함께 트레이시의 뱃가죽뿐만 아니라 갈비뼈까지 몽땅 으스러뜨리며 매직 애로우가 박혀들었다.

'폭발함으로써 표적을 산산조각 내는 효과를 가진다고… 했던가?'

지잉~

분명 1초도 되지 않는 순간적인 시간이었지만 내 눈엔 트레이시의 절망적인 눈빛을 똑똑히 볼 수 있었다. 그리고 풍선이 터지는 듯한 소음과 함께 산산이 흩어지는 그녀의 잔해를 봤다. 그녀가 서 있던 자리엔 그녀가 신고 있던 부츠와 겨우 온전한 모습을 유지하고 있는 무릎 아래 부분만 남아 있을 뿐이었다.
　"히이이이익!!"
　"도, 도망가!!"
　우두머리 격인 트레이시가 죽자 타라투스의 요원들은 꽁무니가 빠져라 도망치기 시작했다. 하지만 눈 깜짝할 사이에 일어난 일이라 어떻게 막지도 못한 채 트레이시의 죽음을 목격한 타케시와 프레이트나는 곧장 떠나지 않고 날 뚫어져라 노려봤다. 큭… 설마 날 상대로 복수 따위를 생각하는 건 아니겠지?
　"큭큭… 이제 기다려야 하는 건 우리가 아니라 너희가 될 거야."
　작게 중얼거렸기에 내 말을 듣진 못했겠지만 그 둘은 다음을 기약하겠단 눈빛을 남기고는 자리에서 사라졌다.
　"후우……."
　출혈이 심했기 때문일까. 심한 빈혈 기운이 느껴졌다. 이대로 정신을 놓아버린 채 쓰러져 자고 싶었다. 하지만 희미하게 들려오는 목소리에 정신이 번쩍 들었다.
　"오… 라버… 니……."
　두 눈을 꼭 감은 채 오래된 레코드판을 돌리는 축음기의 아련한 목소리로 말하는 존재는 바로 훼릴이었다.
　"훼릴! 괜찮아? 아니, 괜찮을 거야. 가만히 있어. 내가 어떻게든 해줄게!"

해주긴 무엇을 해줄 수 있다는 말인가. 난 무기력하다. 아무것도 해줄 수 있는 것이 없었다. 그저 숨 쉬는 것도 힘들어하는 훼릴의 모습을 안타까운 눈빛으로 봐주는 것 말고는 너무나 무기력했다. 당장에라도 심장에 박혀 있는 저 얼음을 당장 뽑아버리고 싶었다. 하지만 그랬다간 훼릴의 삶을 더 빨리 단축시키는 결과가 될 뿐이라는 생각에 차마 저 흉물스런 얼음을 훼릴의 가슴 속에 그대로 두어야만 했다.

"…하아… 하… 오라버… 니……. 나, 참 미운 아이였죠… 미안해요…….”

"무슨 소릴 하는 거야? 정신 차려! 괜찮을 거야. 넌 내가… 컥."

마지막 작별 인사를 하려는 듯 흔하디흔한 신파극조의 대사를 읊어가는 훼릴의 모습에 감정이 격해진 나는 거칠게 외치다가 그만 피를 토하고 말았다. 어깨뿐만 아니라 내장도 상한 모양이다. 그런 나의 모습에 훼릴은 계속 아래로 떨어지려는 손을 겨우 들어 올려 내 머리카락을 한 번 쓸어 올렸다.

"…괜찮아요… 우리 세라프들에게… 죽음이란 없으니까……. 다만… 다만… 두 번 다시 오라버니를 보지 못하는 것이… 안타까울 뿐…….”

난 힘을 잃고 아래로 떨어지는 훼릴의 손을 붙잡았다. 점점 차갑게 식어가는 훼릴의 손이 섬뜩하게 느껴졌다. 이대로… 이대로 죽어버리는 것인가? 뼈가 으스러져라 꽉 잡았다. 차라리 소리 내서 울고 싶었지만 눈물은 나오지 않았다. 메말라 버린 건가? 난 이다지도 감정이 메마른 놈이었단 말인가. 그때 내 손을 포개오는 작은 손이 있었다. 엘리였다. 눈물이 뚝뚝 흐르는 그렁그렁한 눈망울로 얼굴을 맞잡고 있는 내 손과 자신의 손 위로 기댔다. 그리고 거의 들리지 않을 정도의 작은 목소리로 말하기 시작했다.

"하나님… 하나님… 살려주세요. 더 이상 훼릴이 슬픔을 당하지 않게 해주세요. 오빠를 만나기까지 너무 오랜 기다림이었는걸요. 제발… 제발 훼릴을 살려주세요. 살려주세요, 하나님. 훼릴을 살려주세요. 제 생명을 가져가셔도 좋으니 훼릴을 살려주세요. 흑……."

기도였다.

언젠가 한 번 교회에 데려가서 지나가는 말투로 가르쳤던 바로 그 기도였다. 자신의 생명과 맞바꿔서라도 훼릴을 살려달라는 엘리의 기도에 어느덧 내 눈시울도 뜨거워져 오기 시작했다. 세상의 모든 인간을 구원하기 위해서 세상에 내려오셨다는 예수의 이름을 간절히 부르는 엘리의 어깨를 거세게 끌어안았다. 내 가슴에 느껴지는 엘리의 작은 어깨에서 끊임없는 떨림이 느껴졌다. 그리고 나도 기도하기 시작했다.

"하나님… 살려주세요. 훼릴을 살려주세요. 못난 저를 살리기 위해서 자신을 희생한 훼릴을 살려주세요. 큭… 믿음도 없이 건성으로 교회에 다니던 제가 이런 기도를 한다고 화내지 마시고 꼭 들어주세요. 제발… 제발……."

"살려주세요. 하아… 훼릴을 살려주세요. 저 세리스도… 헉…헉… 하나님께 기도드립니다. 부디… 부디 훼릴을 살려주세요……."

"……!"

언제 다가왔는지 목과 어깨에 붕대를 촘촘히 두르고 있는 세리스가 나와 엘리, 그리고 훼릴이 맞잡고 있던 손 위에 자신의 손도 포개며 기도를 드리기 시작했다. 세리스의 눈에도 작은 이슬방울들이 맺히기 시작했다.

"후우… 신이여, 당신이 있다면 저도 이렇게 기도드릴 테니… 저 아이를… 저 아이들에게 슬픔을 안겨주지 않길……."

주머니에서 담배 한 개비를 꺼내 입에 물면서 조용히 중얼거리는 이안이었다. 비록 어투는 무척 건조했지만 그 의미와 두 눈동자는 메말라 있지 않았다.

"하아……."

스칼렛의 입에서도 작은 한숨이 나왔다. 뱀파이어 퀸이기에 신에게 기도조차 드리지 못하는 자신의 처지가 어이없어서 나온 한숨일까?

"오라버니… 이젠… 안… 녕……."

피로 얼룩진 내 뺨 위로 훼릴의 손길이 스쳐 지나갔다고 느낀 것은 나만의 착각이었을까? 내 손을 함께 마주 잡고 있던 훼릴의 손에서 서서히 힘이 빠져나가기 시작했다. 그리고 피부를 통해 느껴지던 희미하기만 하던 체온도 싸늘하게 식어가기 시작했다. 하지만 그것은 시작일 뿐, 훼릴의 몸이 서서히 희미해졌다. 그리고 훼릴의 모든 모공을 통해서 오라가 새어 나가기 시작했다.

"뭐, 뭐야? 뭐야, 이게!"

사라진다? 훼릴의 몸이 사라진다?!

"우리 세라프들은 봉인이 풀렸다가 신체적으로 죽음을 맞이하게 되면 이렇게 다시 봉인석에 봉인되기 위해서 모든 정신과 육체적 정보가 오라화되어 빠져나가게 되는 거예요."

지켜보고 있던 스칼렛이 뒤에서 조용한 어조로 말했다.

"안 돼! 이럴 순 없어! 이럴 순 없다고!!"

오라를, 오라를 채워 넣어야 해!

"오, 오빠?"

엘리의 눈이 휘둥그레졌다. 하긴 그럴 수밖에 없는 것이 지금 난 내 모든 생명을 걸고 훼릴에게 오라를 쏟아 붓고 있었다. 내 몸의 세포 하나하나에서 쥐어짜 낸 듯한 오라가 훼릴의 차갑게 식은 몸으로 쏟아져 들어갔다.

"커읍……"

입 안 가득히 비릿한 것이 솟아올랐다. 피… 인가? 하지만 피를 토하며 무리한 보람은 있었다. 훼릴의 몸은 더 이상 희미해지지 않고 겨우겨우 현 상태만을 유지하고 있었던 것이다.

"바다 군, 그만 해요! 더 이상 무리했다간 둘 다 죽고 만다구요!"

스칼렛이 나의 행동을 보고 소리를 질렀다. 이안도 내가 무의미한 행동에 목숨을 걸고 있다고 생각했는지 내 등 뒤로 다가와서 천천히 손을 들어 올렸다. 하지만 그 손을 내려칠 수는 없었다.

"후우……"

바로 내가 '방해하면 나 스스로 죽어버리겠다' 라는 눈빛으로 노려봤기 때문이다. 이런 내 마음을 아이들도 알아챘던 걸까? 훼릴의 몸으로 들어가던 오라의 양이 점점 커지기 시작했다. 하지만 그것도 잠시뿐, 정신을 가다듬어 오라를 쥐어짜 냈지만 출혈이 많아서 그런지 눈앞이 흐릿해지기 시작했다. 점점 어두워져 가는 세상… 온 세상이 고요했다. 그리고 그때 이변이 일어났다.

화르르륵— 화륵—

"꺄아아아악!"

"큭!"

순간 엘리와 세리스가 비명을 질렀다.

"불?"

스칼렛과 함께 바라보고 있던 이안과 스칼렛의 입에서 경악성이 나왔다.

"바다 군?"

훼릴을 품에 안고 이젠 바닥을 보이고 있는 오라를 마저 털어 넣으려고 할 때 훼릴의 몸에서 불길이 치솟았다. 난 깜짝 놀라서 엘리와 세리스를 밀쳐 냈다. 하지만 나 스스로는 그 불길을 피해서 몸을 사릴 수 없었다. 왜냐하면 현기증도 현기증이지만 훼릴의 몸이 그 불길의 가운데 있었기 때문이다. 원인은 모르겠지만 난 그 불길 속에서 훼릴의 몸을 꺼내야겠다는 생각에 훼릴의 몸을 꼭 끌어안은 채 엉덩이를 움찔거리며 뒷걸음질쳤다. 하지만 훼릴을 덮고 있던 불에서 벗어날 순 없었다.

'이, 이럴 수가……!'

난 속으로 터져 나오는 신음성을 참으며 훼릴을 바라봤다. 불길은 어디선가 날아오는 것이 아니었다. 바로 훼릴, 그녀의 몸에서 일어나고 있는 불이었다.

'그, 그러고 보니 뜨겁지도 않아……?'

그랬다. 정말 뜨겁지가 않았다. 실제로 이게 진짜 불이었다면 훼릴을 끌어안고 있던 난 적어도 3도 화상은 가볍게 입고도 남을 시간이 흘렀을 정돈데 내 몸엔 작은 그을음 하나 없었다.

이게 어떻게 된 일일까? 난 영문을 알 수 없다는 표정으로 여전히 내 품 안에 있는 훼릴을 쳐다봤다.

"…주인님……."

"응?"

훼릴의 몸을 감싸고 있는 불길이 내 팔과 몸을 타고 올라 나까지 완전히 감쌌을 때 귓가에 작은 소리가 들렸다.

"싫어요… 이젠… 이젠 싫어요. 난… 난……"

"무, 무슨 소리야? 누구야?"

이안과 스칼렛, 그리고 아이들이 날 이상한 표정으로 바라봤다.

설마 저들은 내 귀에 들리는 이 애절한 외침이 들리지 않는단 말인가? 한없이 괴롭고 슬퍼서 스스로를 죽이려고 하는 듯한 이 절규가! 몇 번 누구냐고 외쳤지만 아무런 반응이 없자 나는 눈을 감았다. 그리고 내가 할 수 있는 일이라곤 훼릴을 끌어안고 있는 것뿐이라는 듯 훼릴을 꼭 끌어안았다. 내 귀에만 들리는 소리라면 내 행동에 따라서 소리도 달라지겠지라고 생각해서였다.

"오빠!"

그 와중에 불길에 휩싸여 있는 날 부르며 세리스가 달려들었지만 난 얼른 손을 들어서 그녀의 발걸음을 저지했다. 우선 내가 위험하지 않기 때문이고 내 귀에만 들리는 목소리의 존재도 궁금했기 때문이다.

"저를 구원해 주시길… 신이시여, 제가 영혼을 가질 수 있길……"

영혼? 구원? 무슨 말을 하는 것일까. 여전히 알 수 없는 말만 귓전에 맴돌았다. 하지만 그런 상념도 오래가진 못했다.

"주인님… 저에게 안식을… 저에게 영혼을… 영원의 순간을 함께할 축복을……"

"아?!"

갑자기 불길이 훨씬 거세어졌다. 분명 뜨겁지도, 아프지도 않은 불길이지만 거세어지자 내 피부에서 느껴지는 느낌도 달라졌다. 마치 불길이 한없이 부드러운 깃털이 되어 온몸을 쓰다듬는 느낌이랄까. 그 포근한 느낌에 머리 속이 텅 비는 듯했다. 하지만 얼른 나 스스로 정신을 잃을 뻔했다는 사실을 깨닫고는 얼른 눈을 떠 훼릴을 찾았다. 그리고 난 내 귓가에 들려오는 음성에 처음이자 마지막으로 대답을 해주었다. 왜 그랬냐고는 묻지 마라. 끊임없이 애절한 목소리로 구원을 바라는 저 말에 더 이상 참을 수 없었을 뿐이다. 그리고 대답해 주는 순간 난 그 목소리가 누구의 것인지 깨달을 수 있었다.

"저에게 영혼을 줄 자… 누구입니까……."

깊고 아련한 곳에서 울려 퍼지는 가벼운 비음이 섞인 목소리… 바로 훼릴이었다.

"나… 내가 나눠줄게!"

신학 따윈 믿지 않았다.

교회에 나가서 신을 부르짖은 적도 있고 신을 찬양한 적도 있다.

하지만 그것은 피상적인 것일 뿐.

난 단 한 번도 신의 존재를 마음에 두고 살아보지 못했었다.

그저 그렇게 살아가는 것이 '착한 삶'이라고 생각했기에, 그저 그렇게 살아왔다.

운명이란 것도 믿지 않았다.

나 스스로 모든 것을 이룰 수 있고 또 내가 미래를 열어가는 것이라고 생각했었다.

예정된 길이란 존재하지 않는다고 믿었다.

하지만 난 이 순간 그 모든 것을 믿기로 했다. 물론 개과천선하듯 완전히 마음을 고쳐 먹는다는 것은 아니다. 그저 조금 신뢰해 보기로 했다. 그 '신'이란 존재의 마음 씀씀이와 '운명'을 말이다.

"그대는 나의 등불, 나의 길을 오래오래 밝혀주시길……."

마치 뱃가죽을 둥둥 울리는 저음처럼 내 마음을 울린 '귓가의 속삭임'은 이 말을 끝으로 불꽃과 함께 사라졌다. 그리고 난 점점 팔다리가 길어지고 있는 훼릴을 볼 수 있었다.

"하아?"

사르륵… 사르륵…….

가느다란 머리카락이 손가락 사이에서 미끄러지듯 자라고 있었다. 아니, 그뿐만 아니라 훼릴이 입고 있던 체크 무늬의 주름치마가 점점 짧아지면서 허벅지가 점점 드러나는 듯하더니 스웨터도 점점 짧아지면서 배꼽도 조금씩 드러나기 시작했다. 그뿐 아니라 가슴에 꽂혀 있던 얼음화살도 어느새 녹아서 사라지고 없었다. 구멍난 옷 사이로 어느새 상처가 감쪽같이 없어진 성숙한 가슴이 보였다. 그리고 그건 나에게도 마찬가지로 적용되고 있었다. 계속 화끈화끈거리며 불로 지지는 듯한 통증이 격심하던 내 어깨의 상처도 어느새 깨끗하게 치유되고 없었다.

"사, 상처가 없어진다? 훼, 훼릴? 이럴 수가… 커지고 있어!"

상처의 치유도 치유지만 곧 이어 일어난 훼릴의 변화에 탄성이 절로 나왔다. 잠깐 눈의 착각으로 옷이 작아지고 있다 생각했지만 그건 착각이 아니었다. 실제로 훼릴의 몸이 커지고 있었던 것이다. 하지만 성장은 정말 착각이라고 여겨질 만큼 짧은 시간에 끝나 버렸다. 그러나 그 여운과 충격은 길게 남았다.

"…하아……."

워낙 순식간에 일어난 일이라 달리 무슨 말이 나오지 않았다.

그래, 죽었다가도 살아나고 마법도 쓰는데 몸집이 갑자기 커지는 게 뭐가 대수로울까? 실제로 얘네들은 이상한 알에서 태어난 애들이 아닌가! 스스로 좀 이상한 방법으로 합리화하며 마음을 진정시키려고 했지만 그것도 그리 여유있게 하진 못했다.

"경찰들이다… 어서 자리를 피하자."

깨진 유리문 사이로 경고등을 번쩍이며 몰려오는 패트롤카 십수 대가 보였다.

쳇! 테러라고 해도 믿을 수 있을 정도로 격렬한 싸움이 있었는데 이제야 출동을 했단 말야?

영국의 경찰도 그 수준을 알 만하다고 생각됐다. 하지만 이안이 덧붙이는 말에 난 그 생각을 수정해야만 했다.

"타라투스의 방해 공작이 있었을 텐데 20여 분 만에 오다니… 빠르군."

20분? 시간이 그것밖에 지나지 않았단 말인가? 깜짝 놀라서 핸드폰의 시계를 확인해 보니 정말 20여 분밖에 안 지났었다. 세상에… 난 꼭 두세 시간은 지났을 거라 생각했는데, 그 격렬하고 살벌한 싸움이 겨우 20분 만에 일어난 일이라니… 사람이 극도로 긴장하면 시간이 느리게 흐르는 것처럼 느껴진다고 하더니 지금의 내가 꼭 그 꼴이었다.

"스칼렛, 부탁한다."

"네."

이안의 짤막한 명령에 스칼렛은 윗도리 안주머니에서 작은 손수건을 꺼내서 허공에 던지며 거의 알아들을 수 없을 정도의 속도로 주문을 완성했다.

"이루드 아케인!"

시동어의 외침과 동시에 나와 일행은 눈부신 섬광에 눈을 감았고 눈을 떴을 땐 고풍스런 조각품과 무늬가 벽을 장식하고 있는 천장이 무척 높은 커다란 방에 들어와 있었다.

"여긴?"

사방을 둘러보니 꼭 만화에서나 보던 대저택의 거실 같은 곳이었다. 커다란 가죽 소파가 놓여져 있고 한쪽 벽면엔 성당의 스테인드글라스 창문처럼 길쭉한 모양의 창문이 늘어서 있으며 창문마다 화사한 느낌의 상아색 커튼이 가볍게 흔들리고 있었다. 그리고 방금 느낀 거지만 바닥도 폭신폭신한 양탄자가 깔려 있어서 무척 포근한 느낌이 들었다.

"이안 선생님, 여기가 어디죠?"

"그건 자네 팔에 안겨 있는 아가씨들부터 치료한 다음 얘기하는 게 어떻겠나?"

"……?!"

갑자기 뒤에서 들려온 허스키한 목소리에 난 놀라고 말았다. 급히 뒤돌아보니 언제 와 있었는지 희끗희끗한 새치머리를 귀 뒤로 넘기고 있는 멋들어진 중년의 아저씨가 서 있었다. 어디 디너쇼에라도 갔다 왔는지 제비 같은 검은색 턱시도를 입고 있었는데 묘하게 잘 어울리는 사람이었다.

"놀란 표정을 짓는 게 꼭 새끼 고양이같구만. 그렇게 놀란 표정을 지을 필요 없어. 난 저기 뚱한 표정으로 서 있는 늙지도 않는 괴물의 친구니까 말야. 아~ 내 소개를 안 했군. 존 쿠삭이라고 하네. 뭐라고 불러도 좋지만 이왕이면 존이라고 불러줘."

"아… 하르키 학파의 한바다라고 합니다."

좀 장난스러운 첫인사지만 어쨌거나 자신을 먼저 소개해 오는데 가만히 있는 것도 실례다 싶어서 서툰 영어로 얼른 인사를 했다. 알테어에게 배워둔 영어를 유용하게 써먹는 순간이었다. 존 쿠삭이라고 자신을 밝힌 사람은 뭐가 그리 좋은지 내 손을 잡아끌어서 멋대로 악수를 했다. 살짝 이안의 얼굴을 봤는데 뭐가 불만인지 영~ 언짢은 표정이었다.
 "엉망진창으로 당했군. 그런데 내가 알기론 꼬마 셋인데… 이 멋진 붉은 머리의 아가씨는 누구지?"
 존은 내 무릎을 베고 누운 훼릴을 유심히 바라보며 말했다. 윽! 왠지 그의 시선이 허벅지랑 배꼽에 오래 머무는 것 같아서 기분이 나빴다. 얼른 윗옷을 벗어서 대충 덮어줬지만 존의 입가에 매달린 묘한 웃음이 신경에 거슬렸다. 내가 왜 이러지?
 "쓸데없는 소리 하지 말고 어서 환자를 눕힐 만한 곳이나 안내해 주시죠."
 무표정한 얼굴로 '예의 바른 정중한 어투'를 사용하며 존에게 면박을 준 이안은 어느덧 지쳐 내 등 뒤에 기대어 잠들어 있는 엘리를 안아 들고 있었다.
 "아! 이거 실례했군. 그럼 이 아리따운 아가씨는 내가 들기로 할까?"
 직선적인 성격이라 해야 하나? 아니면 느끼의 극치를 달리는 버터라고 해야 하나? 존은 능글능글한 표정으로 훼릴에게 다가왔다. 하지만 스칼렛의 개입으로 훼릴을 안고 가려던 의도는 물거품이 되고 말았다.
 "아뇨. 그런 수고를 끼칠 순 없죠. 그보다 어서 방으로 안내해 주시는 게 좋을 듯한데요?"
 스칼렛이 손가락을 딱! 하고 튕기자 훼릴의 몸이 둥실 떠오르며 그녀의 품 안으로 움직였다. 덕분에 닭 쫓던 개 지붕 쳐다보는 꼴이 되고 만 존이 이번엔 꿩 대신 닭이란 심정으로 세리스에게 다가가려 했지만 이번엔 내가 선수를 쳤다. 온몸의 힘이 빠져서 다리가 부들부들거렸지만 죽어도 저 존이란 사람에게 세리스를 맡기고 싶지 않다는 일념으로 세리스를 업었다.

"오빠… 혼자 움직일 수 있습니다만……."

눈치없는 세리스가 자기 발로 가겠다고 했지만 구실을 만들어주고 싶지 않았던 나는 시치미를 뚝 뗐다.

"됐어. 환자는 안정을 취하는 게 최고야. 존 씨? 방은 어디죠?"

귓가에 '다리도 후들거리면서…' 어쩌고 하는 꿍얼거림이 들리긴 했지만 싹 무시하고 스칼렛의 뒤로 가서 섰다.

"쳇… 이쪽으로."

존은 썰렁하게 텅 빈 자기 팔을 물끄러미 내려다보다가 가볍게 혀를 차고는 방문을 열고 커다란 침대가 두 개나 있는 방으로 안내했다.

'여긴 도대체 어딜까?'

겨우 스무 걸음 남짓 복도를 걸었을 뿐이지만 난 내가 들어와 있는 건물의 아름다움에 경악을 금치 못했다. 현대의 건물처럼 밋밋한 벽이 아니라 벽돌 하나하나에 장식이 되어 있었고 다섯 걸음에 하나씩 걸려 있는 아름다운 초상화와 이름 모를 풍경화들은 두 눈을 즐겁게 했다. 또 창문을 통과해서 내리쬐는 햇살에 반짝이는 붉은색의 카펫이 깔린 복도의 바닥은 내 더러운 구두로 밟는 것이 죄스럽게 여겨질 정도였다.

"환자들은 이쪽에 누이도록 해. 조금 있으면 내 제자가 와서 포션을 줄 거야. 그걸 상처에 바르고 물에 희석해서 마시게 하면 웬만한 상처는 다 나을 거니까 걱정하지 않아도 돼."

"호의에 감사드립니다."

좀 엉큼해 보이는 느끼한 버터 중년인같이 느껴졌지만 친절한 배려에 난 진심으로 감사하다는 인사를 했다. 이안과 스칼렛도 그런 존의 배려에 고개를 끄덕이며 고맙다고 했고 존은 너털웃음을 터뜨리고는 오랜만에 만난 친구에게 좋은 술을 대접한다며 이안과 스칼렛을 데리고 밖으로 나갔다.

"힘든 하루였어……."

피곤해서 잠깐 눈을 붙이겠다며 술자리에 끼지 않은 나는 두 개의 침대 중 훼릴 혼자 누워 있는 침대에 기댄 채 잠에 빠져들었다.

chapter 24
불타올라라, 질풍노도의 청춘이여!

아련한 미몽에서 흔들리는 아지랑이처럼 눈앞을 어지럽히는 아름다운 그림자.

가늘고 하이얀 손을 나에게 뻗어 나의 귓가를 쓰다듬는 그 손길이 너무나 감미로워 나도 모르게 저절로 미소를 짓게 하는 당신은 누구인지…

보고 싶다.

손으로 만지며 확인하고 싶다.

찬란한 햇살이 그대의 실루엣을 금가루를 뿌린 듯 반짝이게 합니다.

나 손을 뻗어 당신의 ……색 머리카락을 감싸며…

응?

……색?? 무슨 색이지? 왜 보이지 않는 거야?

으으윽. 몸을 움직여서 내 눈앞에서 흔들리는 그림자를 잡으려 했지만 도무지 몸이 말을 듣지 않는다. 속으로 생전처음 보는 사람인데 실례하는 게 아닐까 하는 생각도 들었지만 내 손은 무의식적으로 그 그림자의 자락을 향해 뻗어가고 있었다. 잡아야 돼, 잡아야 돼! 하고 나의 내면에서 끊임없는 욕구가 내 몸을 멋대로 움직이고 있었다. 하지만 어깨 위에 수천 근의 바위라도 올려져 있는지 두 팔만 버둥거릴 뿐이었다. 불쑥 나도 몰래 바보 같다는 생각과 함께 짜증이 치솟아 그만 소리를 질렀다.

으아아아아아!

"으으음… 응? 엉?"

얼굴에 찜찜한 끈적임이 느껴지면서 눈이 부셔왔다. 이런… 칠칠맞게 침을 흘리다니, 초등학생도 아니고 나도 아직 덜 자랐군. 속으로 피식 웃으며 소매로 입가에 흐른 침을 스윽 닦을 때 문득 주위의 풍경이 마치 한 폭의 그림처럼 보이기 시작했다.

정적이 흐르는 고요한 방 안은 석양의 오렌지 빛으로 가득 차 있었고 살짝 열린 창문으로 부는 바람에 이리 오라 가볍게 손짓하는 가녀린 여인의 손처럼 흔들리는 얇은 커튼은 문득 내가 여기 왜 있을까 하는 의문이 들게 만들었다. 무척 생소하고 낯선 느낌의 방. 여긴 어딜까? 난 뭘 하고 있었던 거지? 그러고 보니 이런 생각을 하는 게 처음이 아닌 듯한 느낌도 드는 이유는 또 뭘까?

"으으응……."

낮고 부드러운 비음(鼻音).

"응? 허허헉?!"

짧은 순간이지만 내 속에 살고 있는 시커먼 악마가 눈을 번쩍 뜨기엔 충분한 시간이었다.

진홍의 예단이 강물을 만들어 침대 위로 폭포같이 쏟아진다면 이런 풍경이 만들어질 수 있을까? 이 세상 최고의 조각가를 데려와 똑같이 만들라고 요구한다면 그 손에 들고 있는 정과 끌을 땅바닥에 패대기치게 할 만큼 아름다운 반라의 여신(女神)이 눈앞에 있었다.

갸름한 얼굴 위로 사르륵 쏟아지는 붉은 머릿결과 하얀 피부 때문에 더욱 선명하게 보이는 붉은 입술은 촉촉이 젖어 이 세상에 있는 모든 늑대를 유혹하는 듯했다. 그리고 조가비를 조각해서 붙여놓은 듯한, 4H샤프심으로도 표현하기 힘들 것 같은 귀를 타고 흐르는 섬세한 목선과 황금빛 황혼을 잘게 쪼개는 색기(色氣) 어린 쇄골(鎖骨)은 바라보는 나의 동공을 더 이상 커질 수 없을 정도로 확장시켰다.

꿀꺽.

입 안에 밀물처럼 쏟아져 나와 고이기 시작한 타액이 식도를 타고 흐르는 느낌이 죄스럽게 느껴진다. 하지만 나의 시선은 고개를 돌려도 돌려도 그녀의 새하얀 허벅지에 머물러서 떨어지질 않았다. 잠버릇인지 살짝 웅크린 자세로 누워 있는 그녀의 몸 위로 얇게 덮힌 흰색의 시트가 거의 엉덩이 부근까지 올라가 있어서 살짝 고개를 숙이기만 해도 멋진(?) 광경이 연출될 것 같았지만, 차마 내게 남아 있는 얄미운 이성이 그런 당연한(?) 행동을 제지했다.

그러나! 대부분의 고전 소설은 언제나 선이 승리하지만 현실(?)에선 악이 승리하는 경우도 많은 법! 잽싸게 좌우전후상하를 확인한 나는 얼른 독자 서비스를 위해 악역을 자처하려 했다. 그러나 호사다마(好事多魔)라 했던가? 난 밥상을 차려줘도 먹지 못하는 바.보.가 되고 말았다.

"으응… 하아……."

순간 눈앞을 살짝 스치고 지나가는 삼각형의 새하얀 천 조각과 어느새 좌우 위치를 전환한 그녀의 윗옷 자락 사이로 보이는 우윳빛 가슴은 내 코가 숨만 쉬기 위해 존재하는 게 아니라는 걸 증명할 뻔했다.

"푸읍."

이 상황에서 코피라도 쏟으면 그야말로 빼도 박도 못하는 변태가 되는 것은 자명한 일! 난 급히 콧등을 꾸우욱 누르면서 안면으로 몰린 피를 가라앉혔다. 겨우겨우 끓어오르는 혈기를 잠재운 나는 아예 시험에 빠지지 않기 위해 안경을 벗은 채 더듬더듬하는 손길로 침대 시트를 끌어 올려줬다.

"그런데… 누구지?"

내가 이렇게까지 얼빵한 놈이었던가? 가만히 생각해 보니 이 여자가 누군인지 확인도 안 한 채 치한 흉내를 내려고 했다니… 기가 차서 더 이상 말도 나오지 않는다. 난 다시 안경을 쓰고 그녀의 모습을 살폈다.

"흐음… 붉은 머리카락이라… 훼릴이랑 똑같은 색깔이네. 하지만 이쪽이 훨씬 더 길고 예쁜 것 같아. 어디 보자… 역시 다시 봐도 얼굴은 거의 국보급이구만. 그런데 어째 귀고리가 눈에 많이 익다? 으음… 헉! 저건 마력 저장용 귀고리?"

갑자기 기억에 혼란이 오기 시작했다. 훼릴이 죽었다가 살아났었다? 싸움을 했었는데? 그리고 어딘가로 이동했었고, 그리고 또 존 쿠삭이란 이름은 또 왜 기억나는 거지?

…으아아아아악! 복잡해! 복잡해! 천천히 다시 정리를 해야지, 머리 속에 터질 것만 같다. 오늘 아침에 한국으로 돌아가기 위해 공항에 갔다가 타라투스의 요원이라는 놈들과 싸움을 했었다. 세리스가 놈들의

이상한 무기에 상처를 입었고, 내가 그걸 보고 구하려 하다가 오히려 위험에 빠졌었다. 그리고… 훼릴이 나 대신 트레이시의 얼음송곳에 당했었다. 한발 늦게 이안이 나타나자 타라투스 놈들은 도망가고… 그리고 어떻게 됐었지? 그래! 훼릴이 죽어갔었다. 심장에 얼음송곳을 꽂은 채 피를 토하며 죽어갔었다. 그런데 이상한 환청이 들리더니 팔다리가 길어지고 상처도 눈 깜짝할 사이에 나아버렸다! 이제야 모든 것이 확실히 기억났다. 그리고 이안이 경찰을 피한다고 스칼렛을 시켜서 이곳으로 순간 이동한 거고 말야. 그, 그럼 이 여자가 훼릴이란 말인가?

"말도 안 돼?! …하아, 나도 어지간한 바보였구나."

분명히 내가 안고 침대에 누이기까지 했는데 이제야 얼굴을 확인하고 훼릴이란 걸 알아채다니… 내가 잠깐 제정신이 아니었던 모양이다. 그러나 내가 결론을 지은 것은 이것만이 아니었다. 순간적으로 5분 전에 있었던 상황이 머리 속을 스쳐 지나가고,

'그럼… 내가 지금 동생을 상대로 팬티를 훔쳐보려 한 거란 말야?'

란 결론이 도출되자 이성이 아스트랄계로 출장을 갈 뻔했다.

'내가 미친 거야, 미쳤었던 거야. 나, 난 시스터 콤플렉스 따윈 안 키운다고!!'

제풀에 자괴감에 빠져 관자놀이를 누르며 발광하는 바람에 은연중에 소란스러웠는지 훼릴의 눈이 살짝 떠졌다.

"아웅… 오… 라버니?"

분명 오늘 아침까지만 해도 조금은 앳되고 장난기가 넘치는 쾌활한 목소리였는데, 지금은 묘한 감흥을 일으키는 매끄러운 목소리가 되어 있었다. 가볍게 성대를 울리며 갈라지는 목소리는 마치 담배 연기가 자욱한 칵테일 바에서 남자를 유혹하는 요부의 그것처럼 느껴졌다. 하

아… 이런 생각을 하다니 진짜 제정신이 아닌 건가? 결국 내 이마에 자진 납세하듯 꿀밤을 한 대 먹였다.
"그래. 몸은 좀 어떤 것 같애?"
"그, 글쎄… 조금 혼란스러워."
훼릴은 두통이라도 있는지 미간에 주름을 만들었다. 그래서 얼른 열이 있는 건가 싶어 손을 뻗었는데 훼릴이 갑작스레 팔을 휘둘러 내 손을 쳐내 버렸다.
"아!"
"……."
자신의 행동에 스스로도 놀랐는지 훼릴이 자기 팔을 보면서 고개를 갸웃거린다.
'왜 그러지? 아직 그 싸움의 여운이라도 남은 건가? 아니면 내가 싫어지기라도 한 건가?'
머리 속으로 스쳐 지나가는 생각에 잠깐 동안 아무 말도 할 수가 없었다. 그러다 여전히 자신의 행동을 이해할 수 없다는 듯 고개를 갸웃거리는 훼릴의 모습이 귀엽게 느껴져서 조심스럽게 팔을 뻗어 머리를 쓰다듬어 주었다.
"에헤헤……."
몸은 자랐어도 정신 상태는 그대로인 건가? 훼릴은 다시 예전의 반응을 보이며 실없는 표정으로 웃었다. 큭, 정말 압구정동에라도 가면 엔터테인먼트 기획사 스카우터들이 주욱 늘어설 정도로 매력적인 얼굴을 한 주제에 저런 웃음이라니… 그래, 변한 건 몸이 조금 커졌을 뿐인데 내가 이상하게 생각했구나. 미안하다.
"몸은 좀 어때? 상처는?"

심장이 관통당했던 기억이 있어서일까, 내가 걱정 어린 목소리로 말하자 훼릴의 표정이 눈에 띄게 창백해졌다.

"아?!"

몸을 얼른 일으킨 훼릴은 손으로 자기 양쪽 가슴을 더듬으며 상처 유무의 확인 작업에 들어갔다. 으윽. 무의식 중에 훼릴의 행동을 지켜보고 있던 나는 여전히 앳된 행동을 하는 훼릴의 분별없는 손짓으로 살짝살짝 드러나는 가슴에 깜짝 놀라 시선을 돌려 버리고 말았다.

"오라버니, 오라버니! 상처가 하나도 없어! 이것 봐!"

이.것. 봐? 보긴 뭘 봐!!

일부러 시선을 창문으로 돌렸는데 덕분에 이번엔 귀가 소머즈 저리 가라 할 정도로 민감해지는 바람에 옷 벗는 소리가 천둥처럼 크게 들렸다. 왜 여기서 옷을 벗는 거야! 넌 내가 남자로 보이지 않는 거냐?!

'하긴… 지금까지 오빠 행세를 한 데다 같이 목욕도 했는데 가슴 보는 게 대술까?'

"오라버니~ 이것 좀 보라니까. 상처도 없어지고 내 가슴도 커졌어."

커어억! 커졌어. 커졌어. 커졌어. 커졌어. 커졌써어어어어어어?! 순간 머리 속이 하얗게 변하고 말았다. 그리고 뇌리에 가득 찬 본능의 외침, 그래~ 어여쁜 동생이 컸다는데 이 오빠가 확인을 해줘야지!

휙!

본능의 외침으로 무의식 중에 움직인 나의 행동은 그야말로 전광석화였다. 창문에서 훼릴의 가슴이 있을 거라 생각되는 위치까지의 각도는 약 83°, 내 목의 좌측 근육이 수축 작용을 하는 동시에 우측 견

갑골의 위치가 이동하는 데 걸린 시간 0.0763초. 그리고 오래도록 기억하기 위해서 안구를 좌측으로 움직이는 것과 동공의 확대는 필수였다.

"턱!"

하지만 아주 가끔씩 이성적 판단이 본능을 능가하는 때가 있으니 바로 지금의 경우였다. 0.0521초라는 찰나의 시간에 왼쪽 이두박근이 수축하더니 손목과 삼두박근을 경질화시켰고 내 목의 회전각이 26°가 되는 순간 브레이크를 걸고 말았다.

"큭?!"

이성과 본능의 대립이 일어나는 바람에 순간적으로 내 몸의 통제력을 잃어버린 중추 신경계의 혼란은 급격한 제동으로 인해 목 근육과 일곱 개의 목뼈에 심각한 충격을 주었다. 그리고 그 충격은 '큭'이라는 신음으로 표현됐고 난 결국 뻣뻣하게 굳어버린 목을 주무르며 시선을 다시 창밖으로 던지고 말았다.

"오라버니?"

"으응? 아, 별일 아니니까 신경 쓰지 말고 어서 옷부터 입어. 상처가 없다니 다행이네. 어허~ 날씨 좋다~"

인간이란 동물은 자기 합리화를 위해 가끔씩 현실을 도피한다는데 지금의 내 꼴이 바로 그 꼴이다. 평생 자랑거리로 삼을 수 있을 정도로 아름다운 아가씨의 반라를 라이브로 볼 수 있는 기회였는데 여동생이라는 이유로 몸과 마음이 따로 노는 상황이 발생하다니… 내가 싫어진다.

"오라버니! 확인을 해야 할 거 아냐!!"

자기 말을 무시한다고 생각한 걸까? 훼릴은 한심하다는 말투로 빠르게 말하고는 여전히 본능적으로 돌아가려는 목을 밀고 있던 왼손을 잡아끌어서 자기 가슴에 가져갔다.

"히익?"

몰랑몰랑? 몽실몽실? 아니면 말캉말캉? 어떻게 이 감촉을 표현할 수 있을까? 마치 바람에 살랑이는 비단 천이 손 안에 감겼다가 사르륵 빠져나가는 것 같은, 나도 모르게 좀 더 확실한 감촉을 느끼기 위해 손가락을 오무릴 정도로 가슴을 터지게 할 것 같은 촉감이었다. 그리고 따스한 모닥불이 타닥거리며 타는 것처럼 두근거리는 심장의 박동이 손바닥을 통해 느껴졌다.

'따뜻… 하다. 그리고… 으윽……!'

"무, 무슨 짓이야?"

허리 아래쪽에서 느껴지는 어색한 압박감에 난 얼른 손을 뗐다. 속으로 아주아주 아아아주! 아쉬웠지만 그 상태에서 1분 1초라도 더 있다간 나 자신을 주체할 수 없을 것만 같아서였다. 손바닥에 남아 있는 묘한 감촉과 함께 아직도 두근거리는 심장 박동이 느껴지는 듯한 손바닥은 어느새 땀으로 흥건하게 젖어 있었다.

"왜? 이미 볼 거 안 볼 거 다 본 사이면서 뭘 그렇게 빼는 거야? 가슴 한 번 만지는 게 뭐 그리 대수라고."

뭐, 뭐, 뭐, 뭐라고라고라!!

아니, 이게 세상 안 지 3개월 된 여자애 입에서 나올 말이란 말인가? 손바닥에 남아 있는 촉감의 여운을 음미하려던 생각이 송두리째 날아가 버렸다(쳇). 과인할 정도로 머리가 똑똑하고 총명해서 남보다 100배는 더 빨리 세상의 지식을 학습해 왔다고는 하지만 이런 삐딱하고 불량스런 말투까지 자연스럽게 나올 정도는 아니었다. 마치 대낮에 교복

입고 시내를 배회하는 날라리 여고생 같은 말투와 '성인'인 날 깔보는 듯한 눈빛이라니… 한숨이 저절로 나왔다. 그리고 볼 거 안 볼 거 다 본 사이라니! 그건 어릴 적 이야기… 가 아니군……. 바로 몇 주 전의 일이니까. 어쨌든 그런 말을 쉽게 할 아이가 아니었는데 꼭 사람이 확 바뀌어 버린 것 같았다. 외모와 함께 성격도 바뀐 건가? 후우~ 꼭 자식 농사를 망친 부모의 심정이 이럴까? 아마 우리 어머니도 나에게 이런 감정을 느낀 적이 있지 않을까 싶다. 어머니, 죄송해요.

"왜 싫어? 난 마스터가 좋은데?"

훼릴이 날 똑바로 쳐다보며 말했다.

"마스터가 원하는 거라면 무엇이든 들어줄 수 있는데… 마스터는 아직도 그녀를 잊지 못하고 있는 거야? 아니, 잊을 수 없는 거야?"

무슨 소리를 하는 걸까. 문득 훼릴에게서 이질감이 느껴져서 두 눈을 똑바로 바라봤다. 여전히 옷은 입고 있지 않아서 예쁜 가슴과 매혹적인 쇄골이 눈에 들어오긴 했지만 좀 전과는 달리 얼굴이 붉어지지도 성적인 충동도 느껴지지 않았다. 그저 훼릴을 볼 뿐이었다.

"난, 난 마스터에게 사랑받고 싶은데, 더 이상 누군가의 대신이 되고 싶지 않은데!"

이건 아니다.

지금 내 눈앞에 있는 건 훼릴이 아니었다. 그렇다고 누구라 딱 꼬집어 말할 수도 없지만 훼릴이 아니었다. 검은 유리알 같은 눈동자의 자위에 섞인 진홍의 음영이 투명하게 내 눈을 비쳤다. 그리고 난 깨달을 수 있었다.

'이 눈은 날 보고 있지 않아.'

날 향한 시선이지만 내가 아닌 나의 그림자에게 말을 걸고 있는 것만 같은 눈동자는 불안감으로 다가왔다.

"훼릴! 훼릴! 날 봐. 내가 누구야?"

등줄기를 타고 흐르는 후끈한 열기가 목을 타고 귓불을 빨갛게 달궜다. 미간을 타고 차갑게 식은땀이 흘렀다. 두려워졌다. 꼭 훼릴이 미쳐 버린 것만 같았다. 성급한 마음에 맨살이 드러난 어깨를 잡고 앞뒤로 흔들었다.

"마스터… 으으응……."

훼릴은 그대로 쓰러지듯 뒤로 넘어갔다. 얼른 머리를 받아줬기 때문에 침상 모서리에 머리를 박는 일은 없었지만 눈 깜짝할 사이에 숨을 고르고 깊은 잠에 빠져 버린 훼릴의 모습은 만약 침대에서 떨어졌어도 잘 잤을 거란 확신이 들게 만들었다.

"후우… 이게 무슨 경우냐……."

잠든 훼릴의 얼굴을 한참 쳐다본 나는 나직하게 한숨을 내쉬고는 조심조심 훼릴에게 옷을 입히기 시작했다. T셔츠라 입히기가 좀 힘들었지만 훼릴이 어찌나 깊이 잠들었는지 몸을 일으켜서 팔을 마구 움직이며 옷을 입혔음에도 불구하고 단 한 번도 눈을 뜨지 않았다.

"……나중에 브래지어나 사줘야겠구나. 한… C컵 정도면 될까?"

눈대중과 손짐작(?)으로만 체크한 거라 신빙성이 없는 사이즈지만 탁구공부터 농구공까지 모든 스포츠의 공 사이즈를 염두에 두고 내린 결론이었다. 대충 경식 야구공보다 조금 더 큰 정도의 사이즈니까 맞을 거란 생각이 들었다. 그런데 옷을 입히는 데 여자의 가슴이란 건 엄청 거치적거리는 거구나. 꼭 1:1 사이즈의 피규어 인형에게 옷을 입히는 기분이 들어서 기분이 묘했는데 이 사태로 인해 그런 기분이 더욱 구체화되고 말았다.

'안 되겠다. 눕혀서 옷을 끌어내려야지.'

오른팔로 훼릴의 균형을 잡으면서 남은 왼팔로 옷을 입힌다고 버둥대자 오히려 내가 뒤로 넘어갈 판이었다. 그렇지 않아도 피를 많이 쏟아서 그런지 빈혈기가 있는 것 같은데 훼릴의 육감적인 몸이 자꾸 피부에 접촉되자 하체에 힘이 집중돼서 움직이는 데 심히 거슬렸다. 결국 조금 어기적거리는 움직임으로 훼릴을 다시 침대에 눕히고는 좀 더 편한 자세로 만들어서 가슴 위에 걸쳐져 있는 셔츠를 잡아당겼다. 아니, 당기려고 했다.

벌컥!

"바다 군, 아이들 몸은 좀…… 아! 실례……."

노크도 없이 문을 열고 들어왔다가 말을 채 끝맺지 못한 채 밖으로 나가는 인영은 스칼렛이었다. 너무 갑작스런 등장과 퇴장이었기에 난 훼릴의 젖가슴에 손을 올린 채 엉거주춤한 자세로 훼릴의 허리를 올라탄 채 뻣뻣하게 굳어버렸다.

'이 이럴 수가! 무슨 생각할지 뻔할 뻔자다… 크으으윽.'

실례는 무슨! 난 어떤 오해를 받을지 어렵지 않게 짐작하고 나직한 한숨을 쉬며 하던 일을 마저 하려 했다. 즉, 훼릴의 옷을 입히는 작업을 말이다. 하지만 왠지 왼쪽 뺨이 따갑게 느껴지는 누군가의 시선에 고개를 돌렸다가 또 한 번 그대로 굳어버리고 말았다.

"오빠……."

언제 일어났는지 옆 침대에서 세리스가 토끼마냥 눈을 똥그랗게 뜨고 날 보고 있었다. 그리고 트레이시의 아이스 볼트에 맞먹는 한마디.

"변태."

쿨럭… 세, 세리스, 너마저.
젠엔장, 이렇게 된 거 진짜 저질러 버려? 홋… 내 주제에 무슨… 그냥 죽어버리고 말지.
아무런 감정의 동요 없이 무덤덤한 말투로 내 가슴에 비수를 꽂은 세리스의 말을 힘겹게 한쪽 귀로 흘려들은 난 하던 일을 마저 끝냈다. 세리스의 눈초리가 부담돼서 훼릴의 가슴을 감상할 시간도 없이 재빨리 옷을 추슬러 준 나는 세리스에게 다가갔다. 고요하게 가라앉은 세리스의 눈빛이 꼭 강간 미수범을 보는 듯해서 찝찌름하기가 그지없었지만 내 마음에 걸릴 게 없으니까 괜히 움츠러든 모습은 보이지 않았다.

"몸은 어때? 아프진 않아?"

이곳으로 오기 전에 포션과 마법으로 상처를 치료해서 상처가 있던 자리엔 불그스름한 자국만 남아 있었다. 하지만 상처가 없어졌다고 해서 그 고통까지 없애주는 것은 아니기 때문에 걱정이 됐다. 세리스는 내 질문에 대답은 하지 않고 조금 힘겹게 몸을 일으켰다. 그리고 자기 옆에 누운 엘리의 뺨을 가만히 쓰다듬어 주더니 내 얼굴을 똑바로 쳐다봤다.

"왜……."

고요한 겨울바다를 연상시키는 세리스의 눈동자는 내 눈을 통해 마음을 꿰뚫어 보는 것 같았다. 너무 맑고 투명해서 마주 바라보는 것이 두려워졌다.

"저, 저기, 좀 전에 그건 훼릴에게 옷을 입혀주려고 그랬던 거니까 오해하진 마."

날 바라보는 시선에 부담을 느낀 난 굳이 설명할 필요도 없는 좀 전의 상황을 설명하면서 슬쩍 시선을 창 쪽으로 돌렸다. 황금색을 띠던 석양은 이제 서서히 검붉게 변하면서 다가올 밤을 예고하고 있었다.

"……."

어색했다. 무슨 말을 해야 할지도 모르겠다. 저녁 식사 하라는 말을 하러 스칼렛이 다시 들어올 때까지 난 창밖으로 보이는 정원수의 나뭇잎을 세고 있었고, 세리스는 두 손을 가지런히 다리 위에 올려놓은 채 나만을 바라봤다. 아무런 말도 없이.

노을이 지고 불을 밝히지 않아 방 안이 어두컴컴해졌어도 나와 세리스는 아무 말도 하지 않았다. 나 역시 아무 말도 하지 못했다. 변한 거라곤 더 이상 나뭇잎의 숫자를 세지 못하게 되자 시선을 하늘로 올려 하나둘씩 보이게 된 별들을 세게 된 것뿐이었다.

'뭐가 잘못된 걸까? 왜 아무 말도 하지 않지? 설마 내가 진짜로 훼릴을 덮치고 있었다 생각하고 있었던 건 아니겠지? 하아아… 이럴 때 엘리라도 깨어나 준다면 좋을 텐데…….'

내 바람을 들어준 걸까? 무거운 정적이 흐르는 방에 엘리가 기지개를 켜며 일어났다.

"오빠?"

그리고 타이밍 좋게 좀 전에 왔었던 스칼렛이 문을 열고 다시 들어오며 저녁 식사가 준비됐다는 말을 했다. 난 애써 세리스의 시선을 피하며 깊이 잠든 훼릴을 침대에 남겨둔 채 엘리를 품에 안고 문 쪽으로 발걸음을 옮겼다. 뒤에서 스칼렛이 세리스에게 식사하라는 말을 하고 훼릴을 흔들어 깨우는 소리가 들렸다. 나직하면서 조용한 스칼렛의 목소리가 왠지 날 안심시켜 주었다. 하지만 곧장 방을 벗어날 순 없었다.

불행히도 나를 비롯해서 엘리와 세리스의 옷이 군데군데 찢어져 있었기 때문이다. 다행히 완전히 잃어버렸다고 생각한 우리의 짐을 스칼렛이 언제 챙겼는지 가져와서 옷을 갈아입을 수 있었다.

옷을 갈아입고 아직 이곳이 어디인지도 모른 채 스칼렛의 뒤를 따라 식당으로 이동하는 동안 나는 창밖으로 보이는 풍경이 눈에 익다는 생각이 들었다. 넓은 광장과 아름다운 조형물이 한가운데 자리를 잡고 있는 분수대, 그리고 총을 어깨에 메고 가만히 서 있는 털모자의 근위병은 내가 어디에 있는 것인지 쉽게 추론하게 만들었다.

"여기… 버킹검 궁전이었어요?"

상처의 후유증 때문인지 아직 걸음이 느린 세리스의 보폭에 맞춰 걷는 스칼렛의 등에 대고 말했다.

"네. 어떻게 알았어요?"

"창밖으로 익숙한 풍경이 눈에 들어와서……."

난 여전히 앞만 보고 걸으며 대답하는 스칼렛의 질문에 대답하며 잠이 덜 깼는지 조금 보채는 엘리를 좀 더 품속으로 끌어안았다.

"전에 말한 적이 있죠? 영국 왕실을 비롯해서 각국의 중요 인사가 있는 곳엔 길드에서 파견된 마법사가 있다고. 낮에 본 존 쿠삭이란 분이 그 파견된 마법사예요."

존 쿠삭이 마법사란 사실은 이미 눈치 채고 있었다. 다만 파견된 마법사가 '정원사' 로 일하고 있다 하지 않았던가?

"전에 정원사로 일하고 있다 하지 않았어요?"

"쿡, 그건 청와대에 근무하고 계신 분이죠. 존 쿠삭 씨는 이곳 왕실에 초대된 식객으로 있어요. 이곳에서 조금 떨어진 북쪽 별관에 계시면서 여왕님의 경호를 맡고 있죠."

식객이라… 요즘 식객은 검은색 턱시도를 입고 다니면서 주인장의 허락 없이 맘대로 손님을 받아도 되는 건가? 훼릴과 아이들을 침상이 있는 방으로 옮겨놓을 때 보여줬던 느끼한 표정과 왠지 음탕해 보이는 인상 때문에 난 좀처럼 존 쿠삭이란 인물에게 호감을 가질 수 없었다. 특히나 훼릴과 세리스를 볼 때의 그 느끼한 시선이란 직감적으로 머릿속의 '위험' 신호가 울릴 정도였다. 더군다나 이안이 그를 싫어하는 것 같은 느낌이 들어서인지 나도 그를 위험한 인물이라고 선입견을 갖게 된 것 같았다. 선입견을 갖는 게 좋지 않다는 걸 잘 알고 있어서 그에 대한 인상을 바꿔보려고 했지만 쉽게 되질 않았다. 첫인상이란 건 맘대로 바뀌는 게 아닌가 보다. 그래서 존 쿠삭이란 인물이 영 탐탁지는 않지만 나와 아이들에게 해만 끼치지 않는다면 나도 그에게 신경쓰지 않기로 마음먹었다.

"여어, 행운아가 미인들과 함께 오셨군. 응? 그런데 그 매혹적인 아가씨는 안 온 건가?"

스칼렛의 뒤를 따라 도착한 문을 열고 들어가자 존과 이안이 좀 전에 내가 잠들었던 방과 비슷한 크기의 방 안에서 포도주 잔을 기울이고 있었다.

뭐야, 식당이 아니라 그냥 방이잖아? 아, 하긴 식객의 입장에서 주인장이 쓰는 식당을 독차지하긴 뭐하겠지.

"훼릴은 너무 곤히 잠들어서 그냥 자게 두고 왔어요."

"오우, 그럼 잠자는 미녀의 얼굴이라~ 한번 보고 싶은데?"

저 중늙은이가 누굴 넘보는 거야!

"관두는 게 좋을 것 같군요. 제 제자인 한 군의 오라에 어디 팔다리 중 하나쯤은 분질러 버리겠다는 의지가 돋보이는데요."

"뭐야? 꼭 내가 저런 애송이 하나를 못 이길 거라는 듯이 들리는데?"

이안의 말에 기분이 상했는지 존이 벌떡 일어서서 인상을 찡그리며 투덜댔다. 애송이란 단어가 귀에 거슬리긴 했지만 그의 연륜이나 지금도 느껴지는 오라의 수준으로 봐선 적어도 5클래스 급으로 느껴져서 잠자코 있었다.

"저의 제자입니다. 그리고 지금 3클래스 비기너이기도 하죠. 쿠삭 씨의 학파와 저희 학파의 차이를 잘 알고 있다면 승패는 뻔할 것 같은데요."

"3클래스? 벌써?!"

포도주에 조금 취했는지 빙긋하고 웃으며 말하는 이안에게 존은 깜짝 놀란 표정으로 반문했다. 왜 그러지?

"뭐… 마스터한 건 1클래스뿐이지만 그 위력과 마나 운용에 있어선 거의 4클래스에 버금갈 정도지요. 그쪽의 학파는 증폭 마법진을 운용한 원진 마법이 특기지만 우리 학파는……."

"이상할 정도로 전투 지향적인 실용 마법 위주의 마법 특성화가 특징이지. 쳇, 보나마나 영국에 온 이유는 스톤헨지의 그곳에 가기 위해서였겠군. 그래, 성과는 어땠나?"

존은 이안의 말을 중간에 잘라서 자기가 설명하고는 날 한번 힐끔 쳐다보더니 다시 자리에 앉았다. 그 틈을 타서 나와 스칼렛, 그리고 아이들은 이안과 존이 앉아 있는 테이블에 준비된 의자에 자리를 잡았다.

"브레알 두 마리는 잡을 실력이 됐다고나 할까… 케레큐스는 어떻게 다섯 마리까지 소화하더군요."

천연덕스럽게 별거 아니라는 듯 말하는 이안의 태도에 존은 완전히 굳어버리고 말았다.

"브레알 두 마리라고? 거기다 케레큐스는 다섯 마리까지 소화해? 지금 농담하는 건가?"

아, 네. 물론 농담이 아니지요. 그 브레알 두 마리를 잡기 위해서 탈진할 정도로 뛰어다니며 수많은 매직 애로우를 그놈의 입이자 항문인 곳에 쑤셔 박아야만 했습니다그려. 그뿐인 줄 아쇼? 케레큐스 다섯 마리는 정말 다시 돌이켜 보면 웃음밖에 나오지 않을 정도로 애교가 넘쳤답니다. 정말 일격필살의 의지로 매직 스피어 다섯 발을 한번에 날릴 수 없었다면 전 아마 지금쯤 그 녀석들의 똥꼬로 나오는 XX가 되어 마계의 거름이 되어 있었을지도 모르죠.

"농담이 아닙니다. 저희 학파를 잘 아는 당신이 아닙니까. 그나저나 배가 고프군요."

"하아… 믿을 수 없군. 과연…… 타라투스에서 발빠르게 움직일 만한걸."

존의 마지막 말은 너무 작아서 들리지 않았다. 거기다 어떻게 신호를 보냈는지 알 순 없지만 메이드 복장을 한 네 명의 여자가 손수레 세 개에 음식을 담아왔다. 다행히 대학교 교양 수업 시간에 영국의 식사 예절에 대해서 주워들은 것이 있었기 때문에 한 손은 식탁 아래로 내린 채 음식을 받았다.

식사는 프랑스 요리 풀코스였다. 왕궁에서의 식사여서인지 아니면 프랑스 요리가 가진 국제성 때문인지 알 수 없지만 우린 가장 영국의 향기를 느낄 수 있는 곳에서 프랑스 요리를 맛볼 수 있었다.

우선 전채라고 해서 가벼운 샐러드가 나왔고 곧 이어 본요리로 '코코뱅'이란 닭고기 요리가 나왔다. 프랑스 요리 특유의 향긋한 포도주 향기가 일품이었다. 식사 도중에 샐러드를 먹을 땐 '포크'로만 먹어야

한다는 걸 엘리에게 알려주지 못해서 나이프로 잘라먹자 식사를 가져온 메이드들이 웃으면서 가르쳐 주는 해프닝이 있었지만 그럭저럭 맛있는 저녁 식사였다.

코코뱅 말고도 오븐에 찐 연어가 나왔었는데 내가 그만 집에서 먹는 습관대로 생선을 뒤집어 먹자 존이 인상을 썼다. 내가 깜빡 잊고 있었던 식사 예절이 있었던 것이다. 스칼렛이 가볍게 웃으며 프랑스 요리로 나온 생선을 먹을 때에는 생선을 뒤집지 말고 생선 가시를 떼어내고 그대로 먹는 거라고 말했다.

쳇, 밥 먹는 데 무슨 예절이 그렇게 많담. 한국에선 그저 웃어른보다 먼저 수저를 들지 않고 어르신의 수저가 닿지 않은 반찬에 먼저 수저가 가지 않으면 된다는 걸로 끝인데. 물론 기본적인 에티켓인 '쩝쩝' 거리며 먹는 소리를 내지 않는 것이라던가, 트림 같은 걸 소리 내서 하지 않는 건 당연한 것이고 말이다.

본요리를 다 먹은 다음 디저트로 프로마쥬(치즈, 프랑스 식 표기) 두 조각이 나왔다. 주황색의 체스터 치즈가 아니라 프랑스 지방에서 만들어진 '브리'나 '컹탈' 같은 본고장 프로마쥬였다. 치즈에 본고장이 어딨겠냐마는 어쨌든 프랑스 요리의 디저트로 나온 치즈이다 보니 나도 모르게 신경이 쓰였다. 하지만 이것도 끝이 아니어서 산뜻한 맛이 나는 과일 주스를 얼려서 만든 듯한 '소르베'란 디저트가 또 나왔다. 그리고 소르베를 다 먹고 나니 또 파이 같은 디저트가 나왔고 그 뒤로 과일이나 아이스크림 같은 디저트가 끊임없이 나왔다.

'배 터지겠다. 내가 무슨 소도 아니고…….'

슬쩍 주위를 보니 그래도 연륜이 있는 이안과 스칼렛은 처음부터 양을 조절하면서 먹어서 멀쩡했고 엘리는 샐러드만 먹고 있어서 그런지 별다른 점이 없었다. 다만 세리스는 나와 마찬가지로 계속 나오는 음식에 조금 곤혹스러워하고 있었다.

'융통성없기는······.'

난 세리스가 곤란해하는 보기 드문 모습에 속으로 피식 하고 웃었다. 하지만 세리스가 곤혹스러워하는 것도 잠시였다. 디저트가 나오고 입가심이 끝나자 프랑스 요리에서 진짜 마지막으로 나오는 코냑이 나왔기 때문이다.

"오랜만에 먹어보는 프랑스 요리였습니다. 잘 먹었습니다."

"요리사의 솜씨가 무척 뛰어나네요. 나중에 좀 가르쳐 달라고 할까나."

이안과 스칼렛은 맛을 음미하듯 코냑을 천천히 한 모금 마시고는 요리의 맛을 칭찬했다. 나도 서양의 식사 예절은 익히 알고 있기에 가볍게 코냑을 한 모금 마시며 요리가 맛있었다고 말했다.

"맛있었다니 다행이군. 스칼렛 양의 요리에 입맛이 길들여져 있던 자네가 맛있었다고 하면 요리사도 기뻐할 거야. 그런데 세리스 양은 말이 없군."

자기 마누라가 요리한 것도 아닌데 맛있었다는 소리는 꼭 듣고 싶은 모양이군. 내가 살짝 옆구리를 팔꿈치로 찌르자 세리스와 엘리도 마지못해 한마디씩 했다.

"맛있었습니다."

"으응~ 저두 과일이랑 샐러드는 맛있었어요."

간단하면서도 솔직한 대답이었다.

"아하하, 숙녀 분들의 마음에 들었다니 다행이군요."

가식 섞인 대답이 아니란 것을 알았는지 존은 너털웃음을 터뜨리며 세리스의 앞에 코냑을 한잔 건넸다.

"아직 미성년이라 술은 안 됩니다."

"어른들과 함께하는 자리라면 한 잔 정도는 괜찮은 걸세."

진짜 이 중년 아저씨가 세리스한테 흑심이라도 품은 건가? 왜 애한테 술을 먹이려고 그러는 거야! 도움을 청하는 눈빛을 이안과 스칼렛에게 보냈지만 어째서인지 둘은 그냥 가만히 있었다.

"식후에 마시는 코냑 한 잔은 그리 나쁜 게 아니니 그냥 허락하도록 해요. 이번 기회에 한번 먹어보는 것도 나쁘진 않겠네요."

"하아."

이안의 말에 난 가벼운 한숨을 내쉬며 자리에 앉았다. 그런데 얼래? 내 자리에 있던 코냑이 담긴 잔이 없다? 좌우를 둘러보니 어느 틈에 내 앞에 있던 잔을 양손으로 감싸 쥐고 코냑을 쭈우욱 들이키는 엘리가 눈에 들어왔다.

"우와아아아악? 엘리!"

"에헤헤~ 오빠앙~ 이거 맛 조타아아~"

오빠앙~ 좋아하네! 코냑이 그렇게 도수가 높은 술이었던가? 엘리는 이 한 잔에 얼굴이 완전히 잘 익은 사과처럼 빨개져서는 자기 의자에서 내 무릎으로 폴짝하고 점프해서 안겨왔다.

"쿠엑!"

어린 나이에 벌써 온몸으로 주사(酒肆)를 부리다니… 엘리야, 너도 앞날이 깜깜하다.

"에효… 엘리, 가만히 있어."

"응~ 오빠, 안아줘."

"그래그래."

배부르고 등 따시면 잠 온다고 하더니 엘리는 내 품에 안기자 3분을 채 못 넘기고 잠들고 말았다. 슬쩍 세리스를 보니 엘리의 모습에 충격을 받았는지 아예 술에 입을 대지 않고 있었다. 그래, 좋은 마음가짐이야.

"흠… 그럼 이제 어디로 갈 생각인가? 내 생각인데 한국은 더 이상 안전하지 않을 것 같은데."

품속에서 잠든 엘리의 통통한 뺨을 손가락으로 톡톡 치며 장난을 치고 있는데 존이 이안에게 무거운 어조로 말했다.

'한국이 안전하지 않다고?'

"글쎄요. 지금으로선 뾰족한 방법이 없군요. 공공시설 안에서 천연덕스럽게 공격을 해오는데 한국으로 가봤자 한 군의 주변 사람만 위험해질 뿐 딱히 좋아질 건 없을 것 같아요."

"……!"

주변 사람이 위험해진다라… 만약 지영 선배나 세나가 타라투스의 공격을 받는다면? 또 은정 아주머니나 친구들이 위험에 빠진다면…….

"큭."

그 결과를 생각하기가 두려워졌다. 과연 난 어떻게 행동할까. 날 버리고 그들을 구하려고 할까? 아니면 내가 살기 위해 그들을 저버리고 도망갈까?

부끄럽지만 후자에 좀 더 큰 무게가 실렸다.

'인간은 이기적인 동물이다.'

어설프게 대학 수업 시간에 배운 구절이 머리 속을 차지했.

"그럼 여기 있으면 안 되나요?"

내가 조심스럽게 묻자 존은 조금 곤혹스럽다는 표정을 지었다.

"글쎄, 나도 미녀들이 이곳에 머문다면 환영할 일이긴 하지만 왕실에서는 반기지 않을 거야. 그들의 입장에선 언제 터질지 모르는 폭탄을 끌어안는 기분이 들 테니까."

"그렇군요."

내가 이기적인 것만큼 다른 사람들도 이기적인 거다 이건가? 왠지 마음이 착잡해졌다.

"혈십자 기사단은 어떨까요?"

그때까지 가만히 듣고만 있던 스칼렛이 입을 열었다. 혈십자 기사단이라면 그 알베르트란 녀석이 기사로 있던 곳이다. 세리스를 데려가려고 했었지 아마.

"혈십자 기사단이라… 그들이 과연 협력해 줄까? 최근 몇몇 이해관계 때문에 길드와 사이가 좋지 않은데."

관자놀이 부근을 한 손으로 꾹 누르며 미간을 찌푸린 이안은 말을 끝마치자마자 날 힐끔하고 쳐다봤다.

"흠, 그것도 나쁘진 않군. 길드와의 관계가 좀 안 좋아졌다고는 하지만 문 나이트가 동행한다면 상관없을 것 같은데? 물론 그걸 핑계로 세리스를 붙잡으려고 할지도 모르지만… 그래도 혈십자 기사단이라면 타라투스의 첩자도 쉽게 침투할 수 없을 테니 총단 이후로 최선의 적임지라고 생각되는군."

"흐음……."

존의 설명에도 이안은 대답없이 그저 또 한 번 날 힐끔하고 봤다. 무슨 문제라도 있는 건가?

"길드의 총단은 현실적으로 불가능하니 어쩔 수 없군요. 혈십자 기사단으로 정해야겠습니다. 그게 한 군에게 자극도 되겠고 말이죠."

코냑을 마저 다 비운 우리는 각기 흩어져서 침실로 자리를 옮겼다. 핸드폰의 시계를 보니 벌써 저녁 11시가 넘어가고 있었다. 프랑스 식 요리는 식사 시간이 너무 많이 걸리는 게 흠이다. 기본이 서너 시간은 잡아먹으니 말 다 했지 않은가.

"혈십자 기사단이라……."

그날 밤.
난 잠들 수 없었다. 흠뻑 젖어버린 몸을 소파에서 일으켰다. 쫘아악, 손 안에 흥건히 고여 있는 식은땀이 주먹을 쥐자 주름을 타고 흘러내렸다. 하하… 이런 증상을 4년 전 군의관 앞에서도 자유자재로 발휘할 수 있었다면 다한(多恨)증으로 군대에 안 갔을지도 모르겠다.

"코오……."

가벼운 코 고는 소리에 고개를 돌려보니 엘리가 이불을 발로 차내고 잠들어 있었다. 에구, 자기 혼자 덥다고 이불을 차내는 건 좋지만 같이 덮고 있던 세리스까지 추위에 떨어야 하기 때문에 난 혀를 가볍게 차면서 이불을 끌어 올렸다.

"오빠."

엘리의 잠꼬대가 내 마음을 훈훈하게 만들었다. 하지만 그것도 잠시뿐, 난 다시금 등을 타고 치솟아오르는 열기에 어금니를 꽉 깨물어야만 했다.

'난… 살인자가 됐다.'

이 사실이 날 잠 못 들게 만들고 있었다.

잠들기 전까지만 해도 모든 것을 잊고 어렵지 않게 웃을 수 있었다. 하지만 침대에 누워 지난 하루를 돌아보는 순간 난 트레이시의 처참한 죽음을 떠올릴 수 있었다. 지금도 눈앞에 선하다. 산산조각이 나서 온 사방으로 비산하던 트레이시의 살점과 뼛조각들이. 그리고 피 범벅이 되어 유일하게 사람이었다는 흔적으로 남아 있던 그녀의 부츠와 마지막으로 보여줬던 한 인간으로서의 절망은 내게 끊임없이 죄책감을 쌓게 만들었다. 마치 진득한 어둠 속에서 얼굴을 타고 흘러내리는 눈동자를 부여잡고 자기를 살려내라는 트레이시의 절규가 들리는 것만 같았다.

'사람을 죽였다, 그것도 도망가는 여자를……'
결과적으로 훼릴이 살았기 때문에 그녀를 꼭 죽일 필요는 없었다. 아니, 트레이시를 죽이는 일보다 조금이라도 더 많은 오라를 모아두었다가 훼릴을 살리는 데 쏟아 부었어야 했다. 그러나 난 그러지 않았다. 단지 격렬한 감정의 폭주를 이기지 못해 기어코 그녀를 죽이고 말았던 것이다. 그로 인해 또다시 만들어진 원한과 증오의 고리가 어깨를 짓눌렀다.

소중한 사람을 잃을 뻔했고, 타인의 손에 죽을 뻔했으며, 나의 손으로 사람을 죽였다.

무의식 중에 일어난 '정당방위'도 아니다. 난 마치 충동 범죄를 저지른 범죄자처럼 한순간의 감정을 이기지 못하고 사람을 죽였던 것이다. 드라마나 영화에 잘 나오는 '복수를 하지 않는 진정한 인간 승리물'에 심취해 있던 내가 한 여자를 처참하게 죽였던 것이다. 그러나 진짜 내가 두려워하는 것은 '살인'이란 행위가 아니었다. 내가 두려워하는 것은 살인에 대한 죄책감에 부들부들 떨면서도 머리 속으로는 아무 일도 아니라는 듯 가볍게 웃을 수 있는 나의 '본성'이었다.

난도분시? 아니면 피박살? 큭, 3류 쓰레기 공포 영화나 스릴러물도 못 보는 내 입엔 잔혹한 살인자의 그것처럼 자조적인 웃음이 걸려 있다. 내 웃음이 소름 끼쳐 손으로 얼굴을 일그러뜨려 웃음을 지웠다. 하지만 오늘 낮 동안 줄기차게 외쳤던 한 단어를 가만히 되뇌었을 때, 난 다시 손으로 억지로 얼굴을 일그러뜨려야만 했다.

'죽어라……'

쿡, 역시 이번에도 웃음이 나왔다.

혹시 난 살인 인자(살인을 하게 하는 유전자, 생득적으로 살인을 하게 하는 유전자가 있다는 가설)라도 타고난 것이 아닐까? 어쩌면 이번 살인은 필연적인 것일지도 모른다. 언젠가 일어날 살인 충동이 조금 빨리 일어난 것일지 누가 알겠는가. 영화 '마이너리티 리포트'에서 탐 크루즈는 자신이 미래에 살인할 것을 알고 그걸 막으려고 하지 않았던가. 나 역시 예정된 미래를 향해 가는 것뿐일지도 모른다.

그러나 운명이든 살인 인자든 그런 것과 상관없이 잠들어 있는 훼릴과 세리스, 엘리를 보는 이 순간, 난 단 하나만을 바라고 있었다.

'지켜주겠어. 두 번 다시… 두 번 다시는 그런 경험 따위 하고 싶지 않아!'

피를 뿜으며 썩은 고목나무처럼 뒤로 쓰러지던 세리스의 모습이 지금도 눈에 선하다. 투명하게 변해서 사라질 것만 같던 훼릴의 눈에서 흐르던 눈물이 아직도 흘러내리고 있는 것만 같았다. 내 손을 꼭 잡고 신에게 기도드리던 엘리의 체온이 아직도 손등에서 느껴지는 듯하다.

'너희들을 지키기 위해서라면… 내 영혼을 악마에게 파는 한이 있더라도……'

훼릴에게 영혼을 준다고 했으니 저당 잡혀 있는 영혼이긴 하지만.

창문에 비치는 일그러진 내 얼굴이 기분 나빠져서 가방 안에 들어 있던 담배를 한 개비 꺼내 입에 물었다.
 치이익.
 폐 속을 가득 채우는 담배 연기에 잠시 옅은 구역질이 치솟았지만 꾹 참고 연기를 코로 뿜어냈다. 금연 구역인지 재떨이가 없어 창문을 조금 열어 재를 떨었다. 흐음, 버킹검 궁전에서의 담배 한 모금이라… 한국인 중에 이런 호강을 누려본 사람이 몇 명이나 될까라는 상상을 하니 왠지 무거웠던 기분이 가벼워졌다.
 "팔 수 있는 영혼도 없는 이상, 맹세를 지키기 위해서 강해져야겠지."
 손아귀로 감싸 쥔 담배의 불씨가 내 살을 태우는 소리가 났다. 창가로 스며든 달빛에 펄이라도 뿌려놓은 듯 반짝이는 훼릴의 머리카락이 아름답게 보였다. 보는 사람의 가슴을 진탕시킬 만큼 음란하게 흐트러진 모습은 잠시간 내가 심장을 부여잡고 숨을 고르는 순간을 맞이하게 했다.
 '넌… 아니, 너희들은 나에게 어떤 의미로 다가오는 걸까?'
 흘러가는 운명에 순응하기 위해 나 스스로 세뇌했던 '가족'이란 단어가 머리 속에서 희미해지는 것만 같았다.
 "가족은… 혈연이 아니라 사랑으로 만들어가는 것이라지. 하지만 그 '사랑'은 어떤 사랑일까."
 가슴속에 조금씩 싹트기 시작한 작은 의문은 내가 다시 잠들 때까지 계속 되뇌게 만들었다. 그리고 그날 밤 난 꿈을 꿨다.
 검을 휘두르며 담배 연기를 뿜어내는 핏빛 천사의 꿈을.

 "코오."

마스터의 콧소리가 작게 들리기 시작한다. 옆에 누운 엘리의 콧소리도 들리긴 하지만 난 마스터의 모든 것을 세상과 하나하나 구분해 낼 수 있기에 지금 내 귀에 들리는 작은 숨소리가 마스터의 것이라고 확신할 수 있다.

'담배… 냄새……'

방 안의 공기를 타고 희미하게 느껴지는 혼탁함에 가볍게 미간이 찌푸려졌지만 마스터의 입에서 나온 연기라고 생각하니 저절로 숨을 깊게 들이쉬는 내 모습이 조금 우습게 느껴졌다.

난 마스터가 자리에서 일어나 서성이던 모습과 나와 엘리, 그리고 훼릴을 보며 짓던 아련한 눈빛까지 모두 봤다. 무엇이 마스터의 마음을 흔들어놓은 것일까? 줄곧 잠들지 못한 채 눈만 감고 있던 나는 자리에서 가만히 일어났다.

구름에 가린 달이 다시 나타나면서 훼릴을 비췄다. 반짝반짝 빛나는 그녀의 머리카락은 작은 바람과 숨소리에 흔들리며 마치 살아 있는 보석처럼 보였다.

"……"

그러나 그런 아름다운 모습을 난 계속 지켜볼 수 없었다. 가슴 한구석에서 피어오르는 따끔따끔한 가시나무가 내 심장을 옭아매는 것만 같았다. 고개를 돌리자 어깨 아래로 흘러내린 셔츠 아래로 불그스름한 자국이 나타났다. 손끝을 가져가자 은은한 열기가 자국을 타고 흘렀다. 프레이트나라고 자신을 밝혔던 사내가 찌른 단검에 의해 생긴 상처였다.

'위험했었어.'

기분 나쁜 초록색 기운이 흐르던 그의 단검은 역시 평범치 않았었다. 겨우 단검으로 어깨를 찔린 것뿐인데 갑자기 온몸을 꼼짝할 수 없는 구속감이 느껴졌었다. 아마 고위 마법사가 특별히 만든 아티팩트일 것이다. 세라프인 나를 순식간에 제압할 정도로 강력한 마법이 걸린 아티팩트라니… 그 때문에 마스터와 훼릴이 죽을 뻔한 사실을 생각하면 그에 대한 끝없는 분노가 치솟았다.

'다음번엔… 망설이지 않겠어.'

살인을 싫어하는 마스터의 뜻을 잘 알기에 몇 번의 찬스가 있었지만 가벼운 상처를 주는 것만으로 그만뒀었는데 마스터의 죽음이란 결과를 가져올 뻔하다니, 자신을 용서할 수 없을 것만 같았다.

'이제 두 번 다시 적을 앞에 두고 자비심을 가지지 않으리라. 두 번 다시!'

잠들어 있는 훼릴과 엘리, 그리고 마스터의 얼굴을 가슴 깊이 새기며 맹세했다. 악마란 소리를 들어도 좋아. 마스터에게 미움을 받아도 좋아. 하지만 난 그들을 지키겠어. 내가 죽기 전엔 그 누구도 죽지 않게 할 거야. 설사 내게 영혼이 생긴다 할지라도.

"영혼이… 생긴다 해도."

손을 꼭 쥐고 작게 중얼거리는데 탁자 위에 놓여진 마스터가 피우다 만 담배꽁초가 눈에 들어왔다. 난 맨발에 느껴지는 카펫의 폭신함이 부담스러워 까치발로 걸어가 담배꽁초를 한참 동안 바라봤다. 멈칫멈칫하면서 내 손이 담배꽁초를 집어 들었다. 그리고 난 그것을 입에 물었다.

짧고 꾸깃꾸깃해진 담배지만 매캐한 담배 연기와 마스터의 체취를 느끼는 데에는 충분했다.

'마스터… 주인님… 오빠…….'

심장이 터질 듯이 두근거렸다. 얼굴이 훼릴의 머리카락보다 붉게 물들었으리라. 아마도 오늘 밤 난, 잠들지 못할 것 같다.

다음날 아침.
난 불편한 잠자리 때문에 평소보다 일찍 일어났다. 훼릴이 다 큰(?) 바람에 한 침대에 잘 수 없다는 사실이 기쁘기도 하고 슬프기도 하달까? 쳇. 가볍게 혀를 한 번 찬 나는 약간 쌀쌀하게 느껴지는 아침 공기에 옷을 껴입고 침대로 걸어갔다. 하지만 주머니 안에 느껴지는 담뱃갑의 달그락거림에 문득 기억나는 것이 있었다.
"아, 맞다. 담배꽁초! 어제 그냥 탁자 위에 뒀었지? 궁전 안에서 담배나 피우는 무식한 민족이라고 잔소리 듣기 전에 치워야겠는데……."
하지만 어디에도 담배꽁초는 눈에 띄지 않았다. 뭐야? 누가 치웠나?
"얘(?)가 어딜 갔어?"
혹시나 땅바닥에 떨궜나 싶어 이리저리 둘러봤지만 도무지 보이지 않았다.
"창밖으로 버렸었나? 그건 그것대로 큰일인데… 에라, 모르겠다. 애들이나 깨워야지."
욕먹을 짓을 했다는 생각에 까치집이 된 머리를 벅벅 긁으며 제일 만만한 엘리를 깨우러 갔다. 역시나 엘리는 이불을 다 걷어찬 채 대자로 누워 있었다. 잠버릇하곤……. 하지만 이런 잠버릇이 오히려 더 귀엽게 느껴지는 엘리였다. 곱슬곱슬한 에메랄드 빛 머리카락이 흐트러진 채 아침 햇살에 반짝이는 모습과 맑은 침이 입가에 살짝 흘러내린 모습도 모두 귀엽기만 하다. 오죽하면 조막만한 손아귀에 쥐고 있는 담배꽁초도 귀엽게 보일까? ……??!!

담.배.꽁.초?

고요히 시작할 것만 같았던 그날 아침,

난 스칼렛이 뜯어말릴 때까지 엘리의 엉덩이를 두들기며 추궁했고 다시 한 번 금연의 중요성을 절감해야만 했다. 어린것이 담배라니!!

그런데 왠지 세리스의 안색이 어둡게 느껴진 건 왜일까? 아직 상처에서 고통이 느껴지는 걸까? 그리고 왜 꿈에서 봤던 담배를 입에 물고 있던 천사와 세리스가 겹쳐 보이는 거지?

chapter 25
파리

파리, 샤를드골 공항의 관제탑은 갑작스럽게 울려 퍼진 전화 소리에 분주해지기 시작했다.

"뭐? 영국 왕실 전용기라고? 12번 활주로로 착륙시켜!"

"황태자라도 납신 거야 뭐야? 공항 안전국에 연락해서 12번 활주로에 비상요원들 대기하라고 해."

"지금 뭐 하는 거야, 카르토! 지금 당장 8번 활주로로 착륙하려는 USA에어플랜 조종사새끼한테 당장 고도를 높이라고 해! 공중 충돌이라도 일으키고 싶은 거야. 앙?"

관제탑에서 근무한 지 8개월차의 카르토는 사방에서 들려오는 고함소리와 빠른 제스처에 정신을 차릴 수 없었다. 프랑스 인 특유의 급한 성질을 참지 못해 목에 걸고 있던 헤드폰을 집어 던지고 삿대질을 해대며 이리저리 지시하는 앙뜨 부장의 모습이 마치 굶주린 늑대같이 느겨진다. 평소엔 농담 따먹기 좋아하는 바코드머리의 중년인으로만 여겼는데 지금은 완전히 지옥의 사자가 따로 없다.

"USA에어플랜, USA에어플랜. 여기는 샤를드골 제2관제탑, 제2관제탑. 지금 당장 1만 피트까지 고도를 높여라. 다시 한 번 말한다. 지금 당장 1만 피트까지 고도를 높여라."

카르토의 귀에 직장 선배인 알폰소네의 날아갈 듯한 무전 소리가 들렸다. 스피커를 통해 '라져'란 말이 들린 걸로 봐서 조종사가 기수를 높이는 것 같았다.

"카르토! 정신 놓고 뭐 하는 거야! 당장 영국대사관에 전화해서 왕실 전용기가 떴다고 전해!"

"넷!"

이를 갈아붙이는 앙뜨 부장의 으르렁거리는 목소리에 카르토는 잽싸게 전화기를 붙잡고 전화번호부를 펼치며 영국대사관의 전화번호를 찾기 시작했다.

"그게 전화번호부에 나오냐, 이 얼간아! 1641 누르고 교환국에다 연결해 달라고 해!"

"네."

분위기에 맞지 않는 어리숙한 목소리로 대답한 카르토는 앙뜨 부장의 입에서 나온 번호인 1641를 되뇌며 번호를 눌렀다.

"영국대사관 부탁드립니다."

1시간 후, 샤를드골 공항의 관계자들은 자못 들뜬 표정으로 개찰구를 힐끔힐끔거렸다. 비행 직후라 휴식을 취하고 있어야 할 사람들까지 고개를 쭈욱 빼서는 서로 쑥떡거리며 곁눈질에 열심이었다.

"저게 VIP인 건가?"

"누가? 호오~ 정말 VIP급 미녀인걸?"

티켓을 체크하던 직원 하나가 자기도 모르게 손님에게 질문을 해버리고 말았고 그 손님 역시 직원의 눈이 향한 곳을 하고 있다가 입을 헤~ 하고 벌리더니 대답을 했다.

"황태자의 새로운 애인이라도 되는 건가? 아니면 왕족?"

"황태자비 대신 저 여자를 선택한 거라면 충분히 수긍하고도 남을 일일 거야."

그들의 눈은 단 한 사람, 한 남자의 어깨에 머리를 기대고 있는 붉은 머리의 아름다운 아가씨에게 고정되어 있었다.

"훼릴, 괜찮아?"

"…아뇨."

훼릴의 상태가 이상했다. 존 쿠삭의 배려로 당시 정비를 막 끝내고 나온 영국 왕실 전용기를 빌려 타고 프랑스로 오는 동안 훼릴은 연신 내게 칭얼거리다가도 갑작스레 냉막한 반응을 보이기도 하며 도통 종 잡을 수가 없는 행동을 했다. 지금도 그렇다. 바로 1시간 전까지만 해도 얼음 가루가 풀풀 날릴 것 같은 표정으로 일행의 뒤를 따라왔으면서 갑자기 태도를 돌변하더니 머리가 아프다며 내게 마구 기대어왔다. 눈부실 정도로 아름다운 미녀가 내게 기대오는 것이기에 기분이 나쁘진 않지만 비행기를 내린 뒤부턴 피부로 따끔따끔하게 느껴지는 시선 때문에 곤혹스러웠다.

"이제 어디로 갈 거죠?"

"혈십자 기사단으로 갈 겁니다."

이안은 내 말에 간단하게 대답해 주고는 이내 앞장서서 성큼성큼 걸어갔다. 난 한쪽 어깨를 훼릴에게 빌려준 채 세리스의 손을 잡고 따라갔다. 엘리는 스칼렛의 손을 잡고 있었다. 공항의 회전 유리문을 통해서 밖으로 나가니 기다리고 있었다는 듯 흰색의 리무진이 대기하고 있다가 우릴 맞았다.

"톡톡히 귀빈 대접을 할 모양이군."

"전설 속의 영웅, 문 나이트가 400년 만에 돌아오는 거니까요."

스칼렛의 말이 적지 않은 무게로 내 귀에 들어왔고 우린 리무진을 타고 파리의 외곽으로 달렸다.

"와~ 커다란 문이야! 오빠! 오빠! 저게 뭐야?"

"개선문."

"저건?"

"에펠탑."

엘리는 어린애답게 처음 보는 풍물에 완전히 정신이 팔려 있었다. 세리스는 언제나처럼 내 옆에 앉아서 말없이 내 시중을 들어주고 있었고 훼릴은 여전히 조금 오락가락하는 모습을 보이며 내 어깨에 머리를 기대고 있었다. 이안과 스칼렛은 맨 뒷자리에 앉아서 우리가 노는 모습을 지켜보고만 있었다. 손에 와인 잔이 하나씩 들려 있는 걸로 봐서 차 안에 술도 비치되어 있다는 걸 알 수 있었다. 설마 맘에 든다고 또 강탈해 가는 건 아니겠지?

리무진은 파리 시내를 거쳐 중심부를 향해 달려갔다. 조금씩 그 높이를 달리해 가는 건물의 높이에 점점 고개가 위로 올라가는 것을 느낀 나는 과연 이곳에 기사단이 있을까 하는 의문이 들었다. 꼭 월스트리트의 그것과 같은 마천루가 하늘 높이 솟은 파리의 시내에 중세의 기사단이 아직도 유지되고 있다? 푸훗, 뭔가 세상을 삐딱하게 바라보는 것만 같아서 절로 미소가 지어졌다.

"생 루이 섬으로 가는 건가?"

이안은 빈 잔에 다시 와인을 조금 따라주는 스칼렛에게 그윽한 눈빛을 던지며 중얼거렸다.

"생 루이 섬이라구요?"

"들렀나요? 그래요. 생 루이 섬에 기사단이 있지요."

이안은 미처 내가 들었을 줄은 몰랐다는 듯 이채를 띠며 대답했다. 프랑스 파리의 지명을 알지 못하니 뭐라고 말할 수 없지만 최소한 파리를 가로지르는 강인 세느 강에 있는 섬 중 하나라는 것은 알 수 있었다. 시테 섬 말고도 세느 강엔 여러 개의 섬이 있었다.

"아름다운 섬이에요. 파리의 여러 구역 중에서 가장 살기 좋은 곳이라고나 할까."

파리는 우리 나라의 몇 동 몇 반 이런 식으로 구역이 나눠져 있는데, 그 구역별로 사람들의 삶의 수준 차가 심하다고 한다. 시내와 변두리의 차가 아니라 달동네와 강남의 저택들이 즐비한 동네의 차이와 같다는 말이다.

생 루이 다리를 건너 들어선 생 루이 섬의 정경은 나와 아이들의 입을 꿀 먹은 벙어리처럼 꽉 붙여 버렸다. 고풍스런 미관이 여실히 보이는 저택과 길과 공원의 경계선이 보이지 않는 듯한 산책로와 그 뒤로 보이는 세느 강의 정경은 마치 프랑스 영화의 배경에 들어와 있는 느낌을 안겨줬다.

"멋진 나라야……."

이안의 감탄을 귓가로 흘려들으며 섬의 아름다움에서 헤어나지 못하는 가운데 우리는 어떤 낯선 저택 안으로 들어가고 있었다. 창밖으로 고개를 내밀어 살펴보니 여타 저택과는 그 구조가 조금 달랐다. 회칠을 한 듯한 하얀 벽과 수많은 창문, 그리고 르네상스 시대에 세워진 듯 군데군데 보이는 조각과 부조는 지금까지 본 다른 저택과 같았지만 이 건물만은 한일자(一)나 기역(ㄱ)의 형태가 아니라 중앙이 텅 빈 네모난 형태를 취하고 있었다.

그러다 보니 건물의 규모도 다른 저택에 비해서 두세 배는 더 넓고 컸다. 또 문을 지나서 보이는 정원은 왜 저렇게 넓은 건지 과연 이 저택이 섬의 면적을 얼마나 차지하고 있을까 하는 작은 의문이 들 정도였다.

"오빠, 저기 봐! 기사야, 기사~"

엘리가 요란하게 부산을 떨었다. 차창에서 고개를 다시 안으로 집어넣은 나는 엘리가 가리키는 방향을 봤다. 세리스도 함께 보고 있었는데 안색이 발갛게 돼서 조금 들떠 있었다. 뭘 보고 저렇게 들뜬 건가 싶어서 앞을 보니 약 백여 명의 사람들이 검붉은 풀 플레이트 갑옷에 흰색 망토를 걸친 채 도열해 있었다. 당장 방송국에 제보하고 싶을 정도로 멋진 광경이었다.

"장미의 연대군요."

이안의 간단한 설명에 시력을 돋워 살펴보니 그들의 망토와 가슴 부근에 작게 붉은 십자가를 휘감고 있는 흰장미가 음각으로 새겨져 있었다.

"한 군, 세리스, 기사단의 사람들에겐 일생에 한 번이라도 받는다면 그것으로 족하다고 여기는 기사단의 도열입니다. 이 광경을 꼭 기억해 두세요."

이안의 말이 끝남과 동시에 리무진의 속도가 줄어들었다. 햇빛에 번쩍이는 검붉은 풀 플레이트 갑옷은 정교한 기계라도 되는 듯 철컥철컥거리며 하나같이 일정한 각도로 움직였다. 오른손으로 검을 잡고, 뽑아 올려 의도한 건진 모르겠지만 검의 날 부분으로 햇빛을 찬란하게 반사시키는 그 동작들은 정말 우리만 보기에 아깝다는 생각이 들었다.

"눈부셔……."

그러나 그런 생각도 나뿐이었는지 엘리와 훼릴은 눈이 부시다며 손으로 얼굴을 가렸고 세리스는 살짝 미간을 찌푸렸다.

백 명의 기사들에게 멋진 도열을 받은 우리는 저택의 정문에서 운전기사가 열어주는 문으로 천천히 리무진에서 내렸다.

"착검!"

스릉, 착!

지휘자의 말 한마디에 기계를 능가하는 완벽하게 일치된 동작으로 일제히 검을 검집에 집어넣는 기사단의 모습은 그야말로 한 자루의 검과 같았다. 백 번이고 천 번이고 제련하고 담금질하며 두드려서 빈틈없는 날을 보여주는 검, 그들 한 명 한 명은 그러한 검과 같았다. 또 모두가 한 자루의 검으로 보였다. 내가 찬탄의 시선으로 보고 있을 때 우리와 가장 가까이에 있던, 즉 조금 전에 기사들에게 구호를 내렸던 기사가 온몸에서 금속음을 내며 우리에게 다가왔다.

"어서 오십시오. 혈십자 기사단에 온 것을 환영합니다."

그는 마치 사자의 갈기처럼 보이는 화려한 수실을 단 투구를 벗으며 영어로 환영의 뜻을 밝혔다. 프랑스 인은 자국어에 대한 자긍심이 강하다는데 아무래도 세리스가 프랑스어를 못한다는 말을 듣고 그쪽에서 맞춘 모양이었다. 30대 초반으로 보이는 턱 선이 굵은 남성미 넘치는 이 기사는 그 무거운 갑옷을 입고도 조금의 흐트러짐도 없이 한쪽 무릎을 꿇으며 세리스의 손등에 키스를 했다.

으읔! 생각 같아선 말리고 싶었지만 갑옷과 검에 쫄아서 그만 아무 말도 못하고 말았다.

"장미의 연대 연대장 드레이크 폰 알칸사스입니다. 문 나이트 세리스 양을 맞이하게 되어 영광입니다."

드레이크라고 자신을 밝힌 남자는 뒤로 돌아서서 기사단에 프랑스어로 뭐라고 지시를 내렸다. 잠자코 지시를 듣던 기사단은 처음부터 끝까지 절도있는 모습으로 해산을 했다. 아니, 딱 한 명은 그렇지 않았는데 왠지 그 걸음걸이와 모양새가 눈에 익었다.

"단장님과 부단장님, 그리고 프랑스 길드에서 오신 샤를마뉴님은 집무실인 아리세이드룸에 계십니다."

"아리세이드? 그 친구도 여전하군. 고생이 많겠습니다."

드레이크의 말에 이안이 피식 웃으며 말했다.

"아, 아닙니다."

"아직도 달마다 집무실을 바꾸는 습관을 버리지 못했군요. 빈방이 남아돌아서 재미로 한 짓이 이젠 아주 당연하게 돼버리다니… 드레이크 경, 아리세이드룸은 어딘지 알고 있으니 안내는 안 해주셔도 됩니다. 바쁘실 텐데 볼일이나 보세요."

한숨을 폭~ 쉬며 고개를 잘래잘래 흔들던 이안이 자신에게 그만 가보라고 하자 드레이크는 엄청나게 아쉬워하는 표정을 지었다. 푹 숙인 고개 아래로 계속해서 눈길이 훼릴과 세리스에게 향하고 있는 것이 무슨 생각을 하는지 알 수 있었다. 흐음… 이럴 때엔 애초에 질투조차 못하게 싹을 잘라 버려야겠지?

"아직도 안색이 안 좋아 보이네… 훼릴, 이리 와."

"꺅!"

난 말없이 가만히 서 있던 훼릴의 이마에 손을 살짝 올려서 열을 재는 척하고는 훼릴의 무릎 뒤로 손을 집어넣으며 얼른 안아 올렸다.

"오, 오라버니, 뭐 하는 거에요?"

"환자는 가만히 있어. 이안 선생님, 어서 가죠."

삽시간에 환자가 돼버린 훼릴이 내 가슴을 토닥거리며 발버둥을 치든 말든 나는 무표정한 얼굴로 이안에게 재촉했다. 이안도 내 생각을 알았는지 피식 하고 한번 웃고는 드레이크의 대답을 듣지도 않고 발걸음을 옮겼다.

"세리스, 엘리, 어서 따라와."

"네."

"…네."

동정심으로라도 약간의 가능성을 남겨주는 건 바보나 하는 짓! 난 엘리와 세리스를 재촉했고 둘은 지금까지처럼 내 옷자락을 잡고 졸졸 따라왔다.

"크윽."

귓가로 작은 신음 소리가 들렸다.

"훼릴, 안경 좀 올려줄래?"

"으응……."

내게 안겨서 간다는 게 쑥쓰러운지 기어들어 가는 목소리로 대답한 훼릴이 볼을 빨갛게 물들이며 하얀 손가락으로 안경을 올려줬다. 난 그 틈에 살짝 드레이크를 살폈는데 두 팔을 부들부들 떨면서 암울한 오라를 뿜어대는 게 조금만 더 자극했다간 살인이라도 일어날 기세였다.

"크크크······."

"오빠, 왜 웃어?"

"크… 아냐, 우리 훼릴이 언제 이렇게 무거워졌나 싶어서."

순식간에 자랐으니 몸무게는 그대로여야 하는 거 아닌가? 하지만 훼릴은 성숙한 여인들이 지닐 만한 체중을 벌써부터 흐르는 내 이마의 땀으로 알려주고 있었다. 진리로 알고 있던 질량 보존의 법칙이란 건 세라프들에게 통하지 않나보다.

"힝~ 전에 침대에서 레슬링할 땐 너무 가볍다고 해놓고선!"

훼릴이 품 안에서 우는소리를 냈다. 그리고 그와 동시에 귓가에 들려오는 드레이크의 이빨 부러지는 소리와 사람 죽을 때나 나올 듯한 음산한 신음 소리.

"크으윽… 레, 레슬링······."

뽀드득 하는 뼈마디 부러지는 소리가 들리는 듯싶더니 풀 플레이트의 이음새가 서로 부딪치면서 작으면서도 요란한 금속음이 진동했다. 학질이라도 걸리셨나, 왜 저렇게 몸을 부들부들 떠신대?

"드레이크 경? 몸이 많이 안 좋으신 모양이네요. 어서 쉬시는 게 좋을 것 같습니다. 그리고 한 군, 적당히 하세요. 그러다 기사단에게 칼이라도 맞겠습니다."

"네에, 네에."

이안의 진심 어린 충고에 건성으로 대답한 나는 마지막으로 드레이크에게 승리자의 미소를 한 번 보이고는 얼른 스칼렛의 뒤를 따랐다.

'최근 들어 현대식 건물엔 들어가 본 적이 없는 것 같네… 아, 공항이 있었지.'

아이들과 함께 이안의 뒤를 따라 걸으며 고풍스런 복도의 장식을 감상하던 중 문득 최근 들어 형광등이 달려 있고 회칠이 되어 있는 현대식 건물에 들어가 본 게 무척 드물었다는 생각이 들었다. 지금 내가 걷고 있는 복도의 벽은 대리석과 청동으로 된 조각들이 즐비했고 중간중간 심심하지 않게 다양한 얼굴을 가진 초상화들이 자리 잡고 있었다. 하나같이 갑옷을 입고 있는 초상화이거나 검을 들고 있는 초상화인 걸로 봐서 혈십자 기사단의 사람들을 대상으로 그린 초상화인 것 같았다.

날카로운 인상을 가진 할아버지 기사부터 닭모가지도 못 비틀 것 같은 유순한 표정을 짓고 있는 여자 기사의 그림도 있었다. 누가 보면 촌닭이라고 놀릴 정도로 온 사방을 두리번거리며 구경하던 나는 문득 눈 안에 가득 들어오는 커다란 초상화 앞에 멈춰 서고 말았다.

초상화는 지금까지 내가 봐왔던 것 중에 가장 컸다. 그리고 그림 안에 숨 쉬고 있는 인물 역시 지금까지 봐왔던 그 누구보다 아름답고 화려했다. 추악한 괴물의 목을 밟고 서 있는 은빛 갑옷을 입은 아름다운 여인의 초상화. 그림 속의 그녀는 얇고 긴 세이버를 지면으로 늘어뜨린 채 하늘의 달을 지그시 응시하고 있었다. 정적이 흐르는 달빛에 취한 듯 몽롱한 표정으로 바람에 가볍게 흩날리는 빛나는 은발 머리의 그 여인은 지금 내 옆에 서서 주름진 옷소매를 살짝 잡아끌며 어서 가자고 재촉하고 있었다. 초상화 밑에 달군 쇠로 그슬려서 나무판에 새겨 넣은 작품명이 있었다.

'Moon knight under the full moon……'

"이곳의 사람들이 널 기다려 온 이유를 알 것 같다."

이렇게 아름다운 초상화를 시도 때도 없이 봐왔을 텐데 환상을 가지는 건 당연한 게 아닐까? 어쩌면 지금껏 함께 지내온 나라면 400년이 아니라 4,000년이라도 기다릴 수 있을 것 같았다. 하지만 지금 눈앞에 있는 그림이 자신의 초상화라는 것을 아는지 모르는지 세리스는 말없이 촉촉한 눈망울을 내게 향한 채 갈 길을 재촉하고 있을 뿐이었다. 오직 나만을 바라보고 있는 세리스의 시선은 알 수 없는 충만감을 내 마음속에 가득 채워줬다.

"오라버니, 나 이제 걸어갈 수 있어."

미묘한 기류가 흐르자 훼릴이 손발을 버둥거리며 내려달라고 했다. 어차피 느끼한 시선을 던지던 드레이크란 기사를 놀려줄 생각으로 안았던 것이기에 난 순순히 내려줬다.

"칫."

바라는 대로 내려줬는데 칫이라니? 변덕스러운 게 여자의 마음이라더니 훼릴은 성장하기 전이나 성장한 후나 그런 점에 있어선 똑같았다. 하지만 볼을 볼통하게 내미는 것도 순간일 뿐 이내 배시시 웃더니 내 팔에 매달리며 길을 재촉했다. 엘리가 자기 자리를 뺏겨서 우는소리를 내자 훼릴이 손을 잡아줬다. 결국 양팔에 미녀를 달고 가는 영광을 차지한 나는 스칼렛의 의미심장한 미소를 받으며 아리세이드룸에 도착할 수 있었다.

"아리세이드룸이라… 여전한 취향입니다, 스론다이크 씨."

"어서 오십시오. 기다리고 있었습니다."

방문을 열고 들어가며 이안이 말하자 방 안에서 기다리고 있었다는 듯 양복을 입은 두 명의 남자가 반겼다. 방 안엔 세 명의 남자가 있었는데 우릴 반겨준 두 사람 말고 남은 한 사람은 구레나룻과 콧수염이 더부룩한 근엄한 인상이어서 꼭 숀 코네리를 연상시켰다. 그는 책상에 앉아서 가볍게 손만 한 번 흔들어 맞아주었다.

이안은 샤를마뉴라고 자신을 밝힌 회색 양복을 입은 남자와 악수를 하며 간단하게 인사했다. 또 대충 드레이크의 말을 상기해서 신분을 추리해 낼 수 있었던 남은 한 사람은 부기사단장인 다니엘이었다.

"여전히 취향이 독특하군요."

다니엘과도 인사를 나눈 이안은 기사단장인 스론다이크에게 뚜벅뚜벅 걸어가 책상 위에 몸을 걸치며 말했다.

"흥, 당신 역시 나 못지않다고 말해 주고 싶습니다만."

"최소한 방이 남아돈다고 집무실만 열두 개를 만들고 또 그 방마다 그 달의 탄생화를 가득 채워 넣는 스론다이크 씨보다는 낫다고 생각하는데요?"

"예나 지금이나 그 말주변은 당해낼 수가 없군요. 그래, 이번에 큰일을 당하셨다지요?"

스론다이크는 고개를 작게 흔들며 화제를 전환했다. 이안과 스론다이크는 어제 있었던 타라투스의 공격에 대해서 대화를 나눴고 대화가 깊어질수록 심각한 표정을 지어갔다. 특히 내가 알지 못하고 있던 이야기인 네크로맨서가 개입했다는 이야기와 텔러호크가 다시 나타났다는 부분은 주위에서 듣고 있던 사람들의 분위기까지 침중하게 만들었다.

"그렇다면 조만간 있을 타라투스의 본거지 소탕 작전엔 꽤 많은 희생이 있을 거란 예상이 드는군요."

"텔러호크를 과거와 달리 현대식 무기로 제압할 수 있다는 점에선 꽤 유리해진 편이지만 네크로맨서와 흑마법사들의 함정과 마법은 여전히 공포스러운 것이니까요."

그때 가만히 듣고만 있던 다니엘이 이야기에 끼어들었다.

"하지만 흑마법사들의 가장 위협적인 공격인 저주 계열의 마법은 거의 해결된 거나 마찬가지입니다. 지금까지 서로 간에 독립 노선을 걷기로 한 교황청에서 엑소시즘을 할 수 있는 수사(수도승)들을 지원해 주기로 약속했습니다. 과거와 달리 신의 권위가 많이 약해진 교황청이긴 하지만 수사들의 도움이 있다면 저주나 아군의 좀비화 같은 과거의 끔찍한 악몽은 막을 수 있을 거라 생각됩니다."

"교황청이… 듣던 중 반가운 소리군요."

그러나 이안은 말의 내용과는 달리 교황청이 협조하기로 했다는 말에 그리 기쁜 표정은 짓지 않은 채 조금 어두운 어조로 축하했다.

"뭔가 못마땅한 것이라도?"

그런 이안의 반응에 다니엘이 영문을 모르겠다는 표정을 지었다.

"아닙니다. 다만 교황청에서 이번 일을 계기로 엉뚱한 짓이라도 하지 않을까 하는 불안함이 생기는군요."

"엉뚱한 짓?"

다니엘은 고개를 갸웃했다.

"편협한 생각일지도 모르지만 교황청의 개입은 절대 순수하게 느껴지지 않는군요. 이번 일을 계기로 뭔가 얻을 것이 있다고 계산한 것 같은데… 제 생각에 신의 권위를 이번 일을 계기로 다시 세워보려고 하는 것이 아닐까 합니다. 최근 동양권이나 유럽에서 이슬람교나 불교의 위세가 무섭게 성장하고 있으니 그들도 그들 나름대로 대응책을 내놓은 게 아닐까요. 여타 종교에 비해 그나마 엑소시즘에 대해 가장 체계적인 기술을 가졌으니……."

이안의 말은 마법사인 샤를마뉴와 기사 둘의 마음을 흔들어놓기에 충분했다. 교황의 명을 받들며 신의 이름을 내세워 비인륜적인 만행을 저질렀던 성기사단과는 달리 순수하게 타라투스란 존재를 견제하기 위해 힘을 길러온 그들에겐 이안의 말이 무척 신빙성있게 들렸다. 하지만 그들도 바보는 아니었는지 그런 점은 이미 숙지하고 있었다는 반응이다.

"하지만 현대를 살아가는 사람들에게 그런 엑소시즘이 크게 와 닿을 거란 생각은 들지 않는군요. 그리고 지역적으로 크리스트를 받아들이지 않는 국가나 국교가 있는 나라에서는 그곳 종교 지도자들의 힘을 빌리기로 했으니 크게 우려할 만한 일은 아니라고 생각됩니다."

"그렇나요. 그럼 그렇다고 하지요."

다니엘의 보충 설명에도 이안의 반응은 썩 좋아지지 않았다. 과거에 교황청과 안 좋은 일이라도 있었던 걸까 하고 생각해 봤지만 전에 나에게 교회에 가도 된다는 말을 했던 걸로 봐선 종교에 대한 편견은 없어 보였기에 추측이 불가능했다.

"아! 그러고 보니 귀한 손님들을 계속 서 있게 했군요. 이리로 앉으시지요."

사람 좋아 보이는 인상으로 반쯤 벗겨진 대머리를 빛내며 말하는 다니엘의 권유에 우리는 방 안에 마련된 소파에 편하게 앉았다. 우리가 자리에 앉을 때쯤 되자 스론다이크도 일이 끝났는지 자리에서 손을 털며 일어나 소파에 자리를 잡고 앉았다. 그리고 테이블에 놓여진 스피커폰으로 차를 시키자 얼마 안 돼 차분한 인상의 메이드가 작은 수레를 끌고 와서 우리에게 차를 대접했다.

"늦었지만 정식으로 인사드리겠습니다. 혈십자 기사단의 단장을 맡고 있는 스론다이크 론 로벨이라고 합니다. 아름다운 문 나이트… 세리스 한과 그 일행을 만나게 되어 영광입니다."

"부기사단장을 맡고 있는 다니엘 스피엘이라고 합니다."

"프랑스의 길드장을 맡고 있는 샤를마뉴 폰 도롱이라고 합니다. 만나뵙게 돼서 반갑습니다."

영어로 소개를 하는 인사말에서부터 혈십자 기사단이 문 나이트인 세리스를 어떻게 생각하는지 잘 알 수 있었다. 만나서 영광이란 말과 반갑다는 말은 분명한 차이가 있으니 말이다. 그리고 스론다이크와 다니엘은 나란 존재보다는 세리스의 존재를 더 중요하게 생각하고 있었다. 나와 아이들이 아니라 세리스와 그 일행들이었으니 말이다.

그 후로 이어진 대화는 썩 즐거운 시간이 되질 못했다. 마치 심문을 하듯이 세리스에 대해 캐묻는 세 명의 중년인은 나와 아이들에게 착잡한 기분만 들게 만들었다.

'그저 그 자체로서 우릴 봐줄 수는 없는 걸까?'

타라투스나 이들이나 세리스와 아이들을 무슨 대단한 무기라도 되는 것처럼 어떻게 하면 좀 더 효율적으로 이용할 수 있을까 하는 생각이 머리에 가득 차 있는 것 같았다. 그리고 그것 이상으로 나란 존재를 무시하고 있어서 짜증이 치밀었다. 마치 나란 존재, 한바다라는 인물은 세리스가 존재하기 위해 태어난 사람처럼 취급할 뿐, 내가 어떤 사람이고 또 어떤 생각을 가지고 있는지에 대해서는 전혀 관심이 없었다. 오죽했으면 뒤에서 지켜보고 있던 스칼렛이 내 어깨를 두드리며 진정하라는 눈빛을 보냈을까? 난 참고 또 참았다. 어설픈 영어 실력이지만 오랜 외국 생활 덕분에 대충이나마 듣는 훈련이 된 내 귀엔 이안을 제외한 세 명의 중년인은 세리스를 타라투스 공격의 중추적인 역할로 만들자는 의견에 힘을 싣고 있었다.

"D데이는 이제 3주 정도 남았습니다. 그동안 자수정을 비롯해 최대한 많은 정화석과 성수를 준비했고 성기사단과의 합류도 2주 후면 끝 날 듯합니다."

"그래요? 타라투스의 정황은 어떻게 파악되고 있습니까?"

그 후로 이안과 스론다이크, 다니엘, 그리고 샤를마뉴는 빠르고 거친 억양으로 이야기를 주고받았다. 스칼렛은 대충 알아듣고 있는 듯 가끔씩 뭐라 말도 하면서 대화에 끼어들었다. 하지만 알아듣지도 못하는 말을 하고 있는 사람들을 앞에 두고 있는 난 나도 모르게 하품이 나왔다.

'응?'

"하아… 암?"

지겨운 건 나만이 아니었나 보다. 옆을 보니 훼릴이 하품을 하다 말고 날 보고 있었다.

"킥."

조용히 웃음 짓는 그녀. 살포시 보조개를 지으며 웃는 모습이 예쁘게 보인다. 그런 훼릴의 모습을 보니 조금 전까지 상했던 마음이 조용히 치유되는 것처럼 느껴졌다.

"이런, 지겨운가 보군요. 비행기로 이동했다지만 많이 피곤했을 텐데… 오늘따라 실례를 많이 하는군요. 메이, 손님들을 접객용 방으로 옮겨 드려라. 방은 네 개면 충분하겠지?"

"아니, 두 개면 될 겁니다. 저랑 스칼렛은 1인실로 주시고, 나머지 바다 군과 아이들은 큰 방으로 하나 주세요. 저 아이들은 언제나 함께니까요."

이안의 말에 스론다이크와 두 명은 놀란 표정과 함께 무척 부럽다는 기색을 얼굴에 띠었다. 이런이런, 나이도 지긋하신 분들이 못하는 생

깊이 없군.

"젊음이 좋긴 좋군. 그렇게 하도록 하지. 메이, 부탁해."

"네."

자리를 일어난 우리는 메이드인 메이의 안내를 받아 접객용 방으로 자리를 옮겼다. 중간에 훈련을 끝낸 길인지 땀을 뻘뻘 흘리며 가던 기사들이 눈에 띄었다. 그리고 한결같이 훼릴과 세리스의 모습에 입을 헤~ 하고 벌리고는 시선을 떼낼 줄 몰랐다. 으흠, 기분 좋은걸? 마치 인기 절정의 아이돌을 거느린 엔터테인먼트 회사의 회장이라도 된 기분이었다.

메이가 안내해 준 방은 건물의 상층부에 위치하고 있어서 우리는 중간에 엘리베이터를 타고 올라가야 했다. 이런 고풍스런 건물에 엘리베이터라니, 뭔가 재밌는 구조란 생각이 들었다. 새로 개축이라도 한 걸까?

"푹 쉬시고 필요한 것이 있으면 테이블 위에 있는 벨을 눌러주세요. 그리고 오늘 저녁엔 환영 파티가 있을 예정이니 3시쯤 다시 오겠습니다. 그럼 이만."

메이는 양손으로 치마를 살짝 쥐고는 가볍게 허리를 숙여 인사하고 방을 나갔다. 메이드 복장이지만 마치 예절 교육을 받은 귀족가의 영애를 보는 듯한 자연스런 인사에 엘리가 감동했는지 날 향해 똑같이 흉내를 내며 즐거워했다. 아쉬운 게 있다면 무릎을 살짝 굽혀 인사하는 게 아니라 허리를 숙이는 바람에 넘어질 뻔했다는 거지만 말이다.

익숙해질 때도 됐건만 아직 익숙해지지 않은 비행기 여행에 나와 아이들은 모두 지쳐 대충 씻고 잠자리에 들었다. 비행기 의자가 불편한 건 아니지만 역시 누워서 자는 것과 앉아서 자는 것은 큰 차이가 있었다. 그리고 이렇게 폭신한 침대라니, 풋풋한 햇빛의 내음이 나는 침대 시트가 너무 기분이 좋아서 나와 아이들은 금방 잠에 빠져들고 말았다.

똑똑똑.

노크 소리에 잠이 깼더니 어느새 우릴 안내했던 메이와 다른 몇 명의 메이드들이 방 안으로 들어오고 있었다. 메이드들의 손엔 여러 사이즈의 드레스와 턱시도 한 벌이 들려 있었는데, 아마 오늘 있을 파티에 입을 우리 의상인 듯했다.

"호호, 오늘은 드레스를 입히는 보람을 느끼겠는걸요? 이렇게 아름다운 아가씨들의 몸단장을 우리가 하다니. 자자~ 남자 분은 저쪽으로 가셔서 옷을 갈아입어 주세요. 우리들은 이 아가씨들을 꾸며야 하니까."

메이와 같이 들어온 푸근한 인상의 아주머니가 웃으며 날 방 밖으로 쫓아버렸다. 프랑스어로 뭐라고 말하는 바람에 그 뜻은 몰랐지만 대충 밖으로 나가서 옷을 갈아입으란 것 정도는 알 수 있었기에 난 이안의 방으로 갔다. 방에 들어가니 이안은 이미 두 메이드의 손에 의해 몸단장을 거의 다 마친 상태였다.

"이안 선생님, 멋진데요?"

"하하……."

인사치레로 한 말이 아님에도 불구하고 이안은 그저 쓰게 웃으며 손사래를 쳤다. 부끄러워하는 건가? 아니면 정장을 입는다는 게 싫은 건지도 모르겠다. 전에 크리스마스 파티 때도 턱시도 같은 정장을 입는 걸 싫어했으니까 꼭 신빙성이 없는 추측도 아니다.

"제겐 이런 옷이 거북하기만 하군요. 스론다이크 씨도 참… 파티 같은 것은 필요없다고 했는데도 굳이 이런 행사를 하려 하다니. 아, 한

군, 옷은 저기 커튼 뒤에서 갈아입어요."

난 이안의 손가락이 가리킨 곳에서 옷을 갈아입었다. 옷매무새는 날 따라온 메이드와 이안의 몸단장을 돕던 메이드들의 도움으로 말끔하게 가다듬었다. 으윽! 거울에 비쳐진 내 모습을 본 나는 그만 시선을 돌리고 말았다. 불행 중 다행이랄까 나비넥타이가 아니라 우스꽝스런 모습은 아니었지만 그래도 붉은색으로 된 끈 형식의 리본은 약간이긴 하지만 목을 조르고 있어서 행동하기엔 거북하기만 했다.

"그럼 어디, 아가씨들이 어떻게 변했는지 보러 갈까?"

"네."

복장을 마저 점검한 우리는 스칼렛과 함께 옷을 갈아입고 있을 아이들의 방으로 발걸음을 옮겼다.

똑똑똑.

"들어오세요."

안에서 좀 전에 들었던 푸근한 인상의 아주머니 목소리가 들렸다. 그리고 그 소리에 섞여서 간간이 '꺄아, 꺄아~' 하는 소리가 들리는 걸로 봐서 화장이라도 하고 있는 모양이었다. '피부가 백옥 같다' 느니, '아름답다' 는 단어가 아주머니의 목소리 뒤로 들리는 것으로 보아 거의 확실했다.

끼이익.

문이 열리며 방 안의 풍경이 환하게 들어왔다. 이제 지기 시작하는 석양이 만든 주황색 빛의 폭포가 창문을 통해 쏟아져 내리는 가운데 나와 이안은 너무나 아름다운 네 명의 여인을 볼 수 있었다. 아니, 정확하게는 세 명의 여인과 한 명의 꼬마숙녀겠지만.

가장 먼저 눈에 들어온 건 칠흑의 검은 머리카락에 쏟아지는 석양의 황혼이 음울하게 느껴지지만 그 하얀 피부와 보는 이로 하여금 차분하게 만들어주는 깊은 눈동자를 가진 스칼렛의 모습이었다. 회색 계열이지만 표면에 특수한 처리라도 했는지 화려한 광택을 보이는 드레스를 입고 있었다. 특히 가슴에 진주로 수놓아진 형이상학적인 무늬가 그녀를 더욱 돋보이게 하고 있었다.

두 번째로 보인 건 세리스가 아니라 훼릴이었다. 나 자신도 모르고 있지만 왠지 예전보다 더욱 훼릴에게 시선이 더 많이 가고 있었다. 성장했다고 내가 딴맘이라도 먹고 있는 건가? 훼릴은 분홍색에 장미꽃 장식이 어깨와 가슴을 덮고 있는 드레스를 입고 있었다. 기분이 안 좋은지 조금 시무룩한 안색이었다.

"얼굴이 왜 그래? 이렇게 예쁘게 입어놓고. 누가 봐도 한눈에 반할 정돈데 인상을 펴고 다녀야지."

"정말?"

훼릴이 그제야 얼굴에 웃음을 띠었다.

"그럼~ 오늘 훼릴은 누가 에스코트해서 들어갈지 무척 부러운데?"

"에스코트? 그럼 오라버니가 하면 되겠네? 어때? 오라버니, 해줄 거지?"

이안의 맞장구에 훼릴이 내게 에스코트해 달라며 팔에 매달렸다. 윽! 얇은 드레스 밑으로 부드러운 훼릴의 가슴이 팔뚝에 느껴졌다.

"아, 알았어. 알았으니까 이 팔 좀 놔줄래?"

"에헤헤~ 시~ 러~"

큭, 웃고 있는 얼굴에 화낼 수도 없는 일이고 또 화낼 일도 아니지만 왠지 한 걸음 뒤에 서 있는 세리스의 눈빛이 너무 맘에 걸렸다. 평소에도 말없이 무표정한 얼굴이었지만 오늘따라 그 포커페이스가 더욱 차가워진 느낌이었다. 순백의 드레스에 은은한 백금으로 몰드 처리를 한 드레스가 석양 때문에 황금색으로 빛나는 세리스의 모습은 그야말로 천사의 강림으로 보일 정도였지만 내 눈엔 뭔가 꾹 참고 있는 걸로만 보였다.

"오라버니~"

"응? 으읍?"

헉! 뭐, 뭐냐?!

"힉?"

"꺄아아! 봤니, 봤어?"

귓가에 프랑스어로 뭐라고 지껄이는 메이드들의 목소리가 들렸다. 하지만 그건 입술로 느껴지는 촉촉하고 말랑말랑한 느낌에 묻혀 그저 아련하게 들릴 뿐이었다. 키스… 인 건가? 난 주위에 사람들이 많다는 생각도 못한 채 그만 그녀의 입술 안으로 혀를 집어넣고 말았다.

"읍? 오, 오라버니?"

"아?! 미, 미안."

실수다.

훼릴의 입장에선 그저 오빠에게 하는 가벼운 키스였을지도 모르는데 내 생각만으로 그런 마음에 상처 입힐지도 모를 행동을 하다니… 하지만 이런 내 생각과는 반대로 훼릴의 반응은 그리 놀라워하는 기색이 아니었다. 오히려 주위 사람들의 표정이 경악으로 가득 차 있었지.

"괜찮아. 내가 먼저 한 건데. 에헤헤, 오라버니, 의외로 엉큼하다?"

"커흠."

"으흠……."

다채로운 반응들이 주위에서 난무한다. 이제 알았냐는 듯한 이안의 헛기침과 그 말에 동의한다는 듯한 스칼렛의 콧소리를 비롯해서 원조 교제니, 미녀와 야수니 하는 소리가 귓가를 간지럽혔다. 분명히 프랑스어를 알아듣지 못하는데 이런 식으로 자동 번역해서 들리는 건 신의 장난임에 틀림없다.

"오빠."

척 듣기에도 엄청난 박력이 느껴지는 목소리가 등 뒤에서 들렸다. 하얀 드레스에 석양 빛에 금빛으로 반짝이는 은발을 늘어뜨린 세리스가 두 주먹을 불끈 쥔 채 서 있었다.

"응?"

"죽어."

지금 내 귀에 들린 단어가 'die', 돌아가시다, 혹은 땅속에 파묻혀라 라는 등의 뜻과 동의어적인 의미를 가진 단어가 맞는 건가?

쐐에에엑—

"엥?"

퍼어억!

동의어… 맞구나. 왼쪽 뺨에 격렬한 통증이 느껴짐과 동시에 세상이 빙글빙글 돌기 시작한다. 귓가로 아련하게 울리는 훼릴과 엘리의 목소리… 그리고 당황한 표정으로 자신의 주먹을 보고 있는 세리스의 얼굴이 보였다.

그녀의 주먹에 어려 있는 푸르스름한 기운… 홋. 세리스, 니가 오라버니 뺨따구에 발경을 날린 것이냐?

오라버니는 세리스의 주먹 한 방에 그냥 나가떨어지고 말았다. 남자가 돼서 허약하기는… 쯧쯧.

"쯧… 응?"

오른쪽 뺨이 따끔따끔해서 고개를 돌려보니 세리스가 날 똑바로 쳐다보며 눈빛을 이글이글 불태우고 있었다. 으힉? 이러다 나도 한 대 맞는 거 아냐? 이럴 땐 맞기 전에 알아서 기어주는 게 상책이지. 우선 배시시 웃으며 분위기부터 풀어주는 게 좋지 않을까?

"…마스터를 때리다니, 세라프로서의 자각이 부족하군."

엥? 이게 무슨 소리야? 지금 이게 내 입에서 나온 말이란 말야? 척 듣기에도 냉랭하고 살기 풀풀 넘치는 게 절대 내 입에서 나오는 말투가 아니었다.

"큭!"

히익! 세리스의 주먹에 불끈 하고 힘줄이 도는 게 엄청 열받았다는 오라가 풀풀 날렸다. 어서 방금 내 입에서 나온 말은 내 의지로 나온 말이 아니란 걸 해명해야 돼.

"해명? 왜 해명해야 하지? 그녀는 세라프가 해선 안 될 일을 했어. 내가 한 말은 옳은 거야."

'응? 뭐야? 누구? 누가 내게 말하는 거지?'

머리 속에서 울리는 음울한 목소리, 내 목소리였지만 결코 인정할 수 없을 것만 같은 어두운 목소리가 귓가에 속삭였다. 갑자기 내가 나답지 않은 행동으로 사방을 두리번거리자 이안과 스칼렛이 날 보고 이상한 표정을 지었다. 세리스도 내게 다가오다 말고 멈칫하고 섰다.

'뭐, 뭐야? 어디에서 말하는 거야? 텔레파시인 건가?'

백마법의 고위 마법 중에 텔레파시로 사람을 조종하는 마법이 있다는 걸 상기해 낸 나는 내가 누군가에게 조종되고 있다는 의심을 했다. 하지만 그런 의심도 또다시 들려온 속삭임에 저 멀리 날아가 버렸다.

"나는 레시안, 레시안 아르미네아. 어머니의 뜻을 받드는 자."

'레시안, 아르미네아?'

어디선가 들어본 듯한 이름이었다. 조금 더 알아보고 싶은 게 있어서 마음속으로 레시안을 불렀지만 더 이상 대답은 없었다. 레시안이라… 누굴까? 처음 듣는 이름임에도 불구하고 왠지 무척 귀에 익은 이름이었다. 연예인이나 영화배우 중에 그런 이름이 있었던가? 아무리 떠올려 보려 애썼지만 쉽게 될 일이 아니었다.

"왜 그래?"

어느덧 정신을 차린 오라버니가 내 머리에 손을 올리며 걱정스런 표정을 짓고 있었다.

"아, 아냐. 잠깐 어지러워서……."

"요즘 들어 많이 허약해졌네? 파티에 나갈 수 있겠어? 이대로 방에서 쉬는 게 어때?"

"아니, 그 정도는 아냐. 오라버니나 조심하는 게 좋을 것 같은데? 그리고 세리스, 아까 내가 한 말은 본심이 아니니까 너무 화내지 마. 갑자기 멋대로 입에서 나온 말이야."

"……응."

세리스는 내 말에 별다른 대꾸 없이 긍정했다. 누가 보면 이런 말 한 마디로 화를 푸냐고 말하겠지만 나나 엘리나 거짓말을 못한다는 것을 가장 잘 아는 세리스니까 가능했다.

"그럼 파티장으로 가볼까?"

"네."

우리는 주욱 늘어선 시녀들의 수군거림을 뒤로하고 파티장으로 향했다. 오라버니는 내게 에스코트할 것을 약속했기 때문에 내 옆에서 가만히 손을 잡아주었다. 하지만 이렇게 가버리면 세리스나 엘리의 후환이 두렵기 때문에 난 살짝 고개를 끄덕여서 세리스가 오라버니의 남은 한 손을 잡게 신호를 줬다. 세리스도 그렇게 둔탱이는 아닌지 이내 내 신호를 알아보고는 종종걸음으로 다가와 오라버니의 다른 손을 슬며시 잡았다. 흠칫 놀라는 오라버니. 설마 또 맞을 거라고 생각한 건가? 소심하긴……. 하지만 세리스가 고개를 살짝 숙인 채 묵묵히 따라오자 입을 귀밑까지 찢은 채 앞으로 성큼성큼 걸어갔다. 물론 그 틈에 내가 엘리의 손을 잡아준 건 말할 것도 없다. 어디까지나 난 평등주의자니까. 한 다리 건너서 오라버니의 손이었지만 엘리는 순진해서 그런지 아니면 애초에 문제될 게 없었는지 방글방글 웃으며 내 손을 잡고 걸었다.

안내를 맡은 시녀의 뒤를 따라 긴 복도를 한참 걸어가니 정장을 입은 남자 두 명이 지키고 서 있는 커다란 문 앞에 도착했다.

"하르키 학파의 이안 볼프마이어 하르키님과 그 일행이십니다."

정장의 남자 중 왼쪽에 선 남자가 크게 외치자 커다란 문은 끼이익 하는 마찰음을 내며 서서히 열리기 시작했다. 세리스를 일행의 중심으로 소개할 줄 알았는데 의외로 이안의 이름을 비중있게 외쳤다. 하지만 그건 나만의 생각이었는지 문이 열리자마자 요란한 축포음과 함께 수많은 종이 꽃가루가 세리스를 중심으로 쏟아졌다.

손을 잡고 있는 오라버니의 손이 조금 떨리는 게 느껴졌다. 정말 부끄럼도 많다니깐. 나처럼 예쁘고 섹시한 아가씨랑 걸어가고 있다는 걸 자각하고 있다면 절대 저렇게 부끄러워하지 못할 텐데… 에구에구, 오라버니 옆에 있는 세리스나 엘리를 좀 본받으시지? 표정 하나 안 변하고 벌써 앞에 있는 사람들이 누군지 파악하고 있네.

"문 나이트!"

"문 나이트! 세리스!"

파티장 안은 완전히 환호의 도가니였다. 한결같이 세리스를 외치는 게 무슨 광신도 집단에라도 들어온 느낌이었다. 이러한 저들의 외침엔 세리스도 조금은 당황했는지 얼른 오라버니의 뒤로 숨어버렸다. 하지만 방패가 돼버린 오라버니의 얼굴에서 흐르는 땀이 장난이 아니다.

세리스, 장소 선정에 실패했구나. 차라리 이안이나 스칼렛의 뒤에 숨었다면 그들의 카리스마와 분위기로 충분히 좌중을 압도해 버렸을 텐데 오라버니는 압도를 당하고 있잖니. 아~ 안색이 파래지다 못해 하얗게 변하고 있다. 저러다 죽는 거 아냐?

"문 나이트 세리스 양, 가볍게 손이라도 흔들어주시는 게 좋을 듯하군요."

어느새 다니엘이 다가와서 한마디 했다. 내키지 않는다는 표정을 짓고 있던 세리스였지만 오라버니를 생각해서 내가 팔에 조금 힘을 줘서 앞으로 당기자 쭈뼛쭈뼛거리며 손을 들어 인사해 줬다.

"와아아아아아!"

"문 나이트에게 경의를!"

"문 나이트에게 경의를!"

이거 진짜 무슨 광신도 집단 아냐? 남자들만 있는 것도 아니고 군데군데 여자 기사나 아가씨들도 보이는데 신경 쓰이지도 않나?

"자자, 조용, 조용! 지금 이 자리는 400년이란 시간이 흘러 다시 돌아온 문 나이트의 귀환 축하 파티다. 마음껏 먹고 마시고 즐거운 시간을 보내도록!"

"옛!"

반쯤 벗겨진 대머리에서 느껴지는 능글맞음이 왠지 께름칙한 다니엘의 짧은 연사가 끝나자 파티는 그 열기를 조금 식히고 진정되어 갔다. 하지만 그건 조금 전의 광기 어린 모습에 비해서일 뿐 세리스를 비롯해서 우리 주변엔 수십 명의 남자들이 둘러싸고 있었다. 어떻게 손이라도 한 번 잡아보려고 하는 남자들의 근성이란… 이안과 스칼렛은 우리 쪽의 분위기에 휩쓸리기 싫은 듯 한쪽 구석에서 기사단장과 샤를마뉴란 마법사와 함께 술잔을 나누며 구경하고 있었다. 쳇, 도와주지는 못할망정 구경이라니…….

그때 누군가가 세리스 앞에 무릎을 꿇으며 한쪽 손을 앞으로 내밀었다.

"미타니 쏘른 피어드입니다. 문 나이트 세리스 양의 손에 키스할 수 있는 영광을……."

하아… 미타닌지 다다민지 하는 저 남자 같은 포즈를 취한 사람만 벌써 열 명째다. 세리스가 계속 무표정한 얼굴로 고개를 흔드는 걸로 거부하고 있긴 하지만 오라버니의 얼굴이 점점 붉어지는 게 폭발할 시간이 얼마 남지 않았다는 걸 알려주고 있었다. 평소엔 순둥이 같은 오라버니가 우리랑 상관된 일이면 사람이 바뀌니…….

"세리스가 많이 피곤한 듯하니 다음 기회에 인사를 나누도록 하시죠. 세리스, 훼릴, 엘리, 이쪽으로 따라와."

"자, 잠깐. 당신이 뭔데 문 나이트님을 함부로 오라 가라 하는 거야?"

쯧쯧. 저 개념없는 사람이 누구였더라? 지그문트 어쩌고 하는 이름이었던 것 같은데 생긴 건 어디 마늘 먹는 곰처럼 생겨 가지고는 세리스는 물론 내 손에도 키스하려고 했던 치였다. 생긴 게 곰이라 생각하는 수준도 곰을 넘어서지 못하는 건가? 난 오라버니의 입에서 험한 말이 나와서 분위기가 살벌해질까 두려워 먼저 선수를 쳤다.

"오라버니, 그만 가요. 피곤해요. 세리스, 너두 피곤하지?"

오라버니의 팔에 팔짱을 끼며 살짝 윙크를 하자 세리스도 말없이 팔짱을 끼며 오라버니의 어깨에 살짝 머리를 기댔다.

아앗! 저건 오버액션인데… 조금 샘나는걸? 어쩔 수 없지. 난 팔짱을 끼고 있던 팔을 풀어서 오라버니의 손을 내 허리 뒤로 둘렀다. 그러자 자연스럽게 난 오라버니의 품에 안긴 폼이 됐다.

"크윽!"

"빠드득……"

"죽여 버리겠어… 죽여 버리겠어……"

헤에~ 주위의 반응이 끝내줬다. 이렇게까지 암울한 기운을 풍기는 오라라니… 누가 보면 흑마법사가 왔다고 해도 믿을 정도다. 그런데 그때 오라버니의 작은 중얼거림이 귓가에 들렸다.

"젠장… 도대체 프랑스어로 지껄이면 내가 알아들을 거라고 생각하는 거야 뭐야? 흐미……"

…그랬구나. 오라버니는 프랑스어를 모르지? 그럼 이렇게 다정한 모습을 연출할 필요가 없었다는 거네? 하지만 이미 때는 늦었으니 이 상태로 끝까지 밀고 가야지. 그런데 나는 어떻게 알아듣는 거지? 아, 몰라몰라. 나중에 생각하지 뭐.

"오라버니, 우리 어디 가서 쉬자. 나 다리 아퍼."

살짝 미간을 찌푸리며 내가 영어로 말하자 기사 중에 몇 명이 알아듣고 길을 벌려주었다. 하지만 우리는 이 인파를 벗어날 순 없었다. 벌려진 인파 사이로 우리가 익히 아는 얼굴이 나타났기 때문이다.

"알베르트 폰 로펜하임?"

오라버니의 입에서 그의 이름이 나왔다.

"오랜만이군, 노란원숭이. 전엔 실례 많았다."

보자마자 시비부터 걸 거라고 생각했지만 알베르트는 별달리 시비 같은 건 걸지 않고 대뜸 사과부터 했다. 호칭이나 인상은 절대 사과하는 사람의 그것이 아니었지만 그래도 그가 사과를 하고 있다는 사실에 오라버니는 충분히 놀라고 있었다.

"아니, 별로. 이젠 다 잊어가는걸, 하얀원숭이."

하지만 받을 건 받고 줄 건 주는 오라버니의 대답이었다. 하얀원숭이라… 주위에 서 있던 사람들이 표정이 조금 험악하게 변했다. 하긴 지금 이 상황은 전에 알베르트가 크리스마스 파티 때 동양인들을 주변에 두고 노란원숭이라 외친 것과 다를 바 없는 상황이니 당연한 반응일지도 모르겠다. 그런데 저들이 과연 동양인에게 하얀 원숭이란 말을 들어본 적은 있을까?

"큭. 여전히 그 뻣뻣한 성격은 변하지 않았군. 전에 나에게 흠씬 두들겨 맞을 때도 그랬었지."

"마법사의 주먹에 얻어맞아서 갈비뼈가 나간 주제에 아직도 자존심은 살아 있는 모양이군. 어디, 숨 쉬는 데 불편한 점은 없나? 아주 편하게 해줄 수 있는데."

오라버니의 입심이 이렇게 강했던가? 한 치의 물러섬도 없이 알베르트의 비아냥을 완벽하게 맞받아쳤다. 하지만 이런 말을 하고 듣는 알베르트와 오라버니의 얼굴엔 분노란 감정보다는 엷은 미소가 떠오르기 시작했다. 아… 그러고 보니 머슴애들은 싸우면서 친해진다고 했던가? 오라버니도 철들려면 아직 멀었네.

"큭, 크큭… 아하하하하!"

"하하하하하!"

역시나 둘은 무슨 3류 청춘영화에 나오는 한 장면처럼 고개를 뒤로 젖혀가며 웃었다.

"여전히 마음에 안 드는 놈이야."

"너야말로. 우리 저쪽으로 가서 이야기하지?"

주변의 사람들이 신경 쓰이는 듯 오라버니는 파티장의 한쪽에 있는 테라스로 고갯짓했다. 알베르트가 앞장서서 걷자 홍해의 물길이 나듯 인파가 갈라지며 길이 만들어졌다. 혈십자 기사단에서 알베르트의 지위가 어느 정도인지 한눈에 보이는 순간이었다.

테라스로 자리를 옮기자 더 이상 귀찮게 하는 사람은 없었다. 아마 알베르트가 무언의 압력이라도 준 게 틀림없었다.

나와 세리스, 그리고 엘리는 테라스에 마련되어 있는 벤치에 앉았다. 드레스 자락이 바닥에 끌리는 게 신경 쓰이긴 하지만 다리가 아픈데 옷이 문제랴~ 더군다나 내 옷도 아닌데.

"그래, 그동안 특훈을 쌓았다는 소리를 들었는데 실력은 많이 늘었나?"

"아니, 아직 멀었어."

알베르트와 오라버니의 대화는 마치 오랜 친구가 서로의 안부를 묻는 것같이 시작됐다. 남자들은 싸우면서 친해진다더니 완전히 그게 딱이네.

둘은 웨이터가 들고 다니던 꼬냑을 한 잔씩 나누며 오랜 대화를 나눴다. 둘만 나누는 대화에 조금 지루해지긴 했지만 파티장 안에 들어가는 것보다는 훨씬 나을 것 같아서 그냥 엘리랑 같이 놀았다.

손가락 다섯 개 위에 조그마한 불꽃을 만들어서 희미한 잔상을 만들어 허공에 그림을 그려봤다. 엘리가 꺄르르 하고 웃으며 자기도 가르쳐 달라고 조른다. 킥, 말은 안 하고 있지만 손가락을 꼬물꼬물거리며 내가 하는 걸 지켜보고 있는 세리스의 모습이 너무 귀엽게 느껴졌다.

"세리스, 너도 해봐. 엘리, 너는 내가 가르쳐 준 대로 마나를 운용하구. 알았지?"

"응."

"나, 난······."

기껏 내가 마나를 움직여서 손가락 위에 불꽃을 만들어주니까 세리스가 망설였다. 하지만 주먹 쥐고 덤비지 않는 이상 물러설 내가 아니다.

"그냥 같이 하는 거야. 혼자서 궁상떨고 있으려구? 그러면 오라버니가 싫어할 텐데."

"···할게."

오라버니를 살짝 들먹였더니 얼른 일어서는 세리스였다. 쯧쯧, 저것도 중증이야, 중증. 아무리 오라버니가 좋아도 조금은 팅기는 맛이 있어야지 나중에 바람을 안 피우지. 저렇게 마냥 순종만 하면 나중에 후회할 텐데··· 그것도 나를 상대로 말야.

알베르트와 한참 타라투스에 대해서 얘기하고 있는데 갑자기 눈앞이 환해지는 느낌이 들었다.

"뭐지? 아······."

수천의 반딧불이 모여서 신화 속의 님프와 함께 춤을 춘다면 이런 그림을 만들어낼 수 있을까?

손가락 사이로 빠져나가는 붉은색 불꽃은 파르르 떨리며 흩어져 금

싸라기처럼 날아오르고 흔들리는 옷자락은 바람처럼 금빛 물결을 흔들고 있다. 새하얀 손등 위에 앉은 카나리아처럼 멈췄다가 다시 날아오르고 붉은색과 흰색의 물결이 서로 만났다가 떨어짐이 아련한 환상으로만 느껴진다. 까르륵거리는 웃음소리가 귓가에 기분 좋은 두드림으로 다가왔고 내 시선은 그 초점을 잃은 채 멍하니 불꽃 속으로 빠져들었다. 은은한 달빛만으로 가득 찬 이곳은 닫혀진 창문 사이로 들려오는 작은 왈츠 소리와 요정과 그리고 그들의 웃음소리만이 가득했다.

"Beautiful……."

알베르트의 입에서 탄성이 흘러나왔다. 치마를 잡고 흔들며 불꽃을 날리는 훼릴의 모습은 정열적인 탱고를 추는 듯했고 섬세한 손놀림으로 허공에 잔상으로 그림을 그리는 듯한 세리스의 모습은 마치 검무(劍舞)를 추는 듯했다. 하지만 엘리는 키가 작아서 그런지 그런 둘의 사이에서 작은 팔짓으로 불꽃을 흩뿌리고 있을 뿐이었다. 난 엘리의 그런 모습에 장난기가 발동하고 말았다.

조용히 오라를 개방해서 주변의 마나를 끌어 모았다. 전날 있었던 싸움에서 심각한 오라의 고갈을 느꼈는데도 불구하고 현재 내 몸의 오라는 아무런 이상도 없었다.

"앙? 뭐, 뭐야? 오, 오빠?"

엘리의 입에서 당혹감 어린 탄성이 들렸다. 훗.

"엘리, 오라를 개방해서 마나를 움직여 봐."

"……응!"

엘리의 얼굴에 상큼한 웃음이 퍼지더니 연두색 드레스 자락을 펄럭이며 마나를 움직이기 시작했다. 하늘을 날 수 있게 하는 마법은 엘리 혼자서도 할 수 있지만 그렇게 하면 불꽃을 일으키는 마법을 못 쓰게 되니까 내가 조금 손을 쓴 것이었다. 즉, 난 무조건 엘리를 허공에 띄우기만 했고 엘리가 움직이고 싶으면 약간의 마나만 움직여도 되게 만든 것이다.

"히아아~ 너무 기분 좋아~"

마치 행복을 준다는 파랑새처럼 달빛에 반짝이는 초록색 드레스를 팔락이며 허공을 누비던 엘리는 마음껏 탄성을 지르며 파리의 밤 공기를 만끽했다.

시간이 얼마나 흘렀을까? 훼릴과 아이들은 아직 쌀쌀한 파리의 밤 공기 때문에 안으로 들여보냈다. 내가 곁에 없어 이때가 기회라고 생각한 몇몇 남자들이 다가갔지만 막 잠든 엘리가 깰까 봐 살기를 풀풀 날리는 세리스에게 말을 건 사람은 얼마 되지 않았다. 설사 말을 걸었다 해도 그 옆에 앉아 있는 훼릴의 묘한 박력에 꼬리를 말았다. 분홍색 드레스에 붉은 머리카락이 매혹적이긴 하지만 어딘가 모르게 위압감을 주는 그녀의 모습은 마치 여왕님 같았다. 오죽하면 웨이터가 훼릴의 손가락 까딱임에 쪼르르 달려와서 주스를 주고 갔겠는가!

"훼릴이라고 했나? 많이 변했군."

"그럴 만한 일이 있었어. 있었지… 그럴 만한 일이……."

지금도 눈에 선하다. 손가락 사이로 흘러내리는 붉은 피와 엉겨 붙은 머리카락, 그리고 끊어질 듯 숨을 이어가는 작은 심장의 고동 소리까지. 그 순간을 생각하니 다 나았음에도 불구하고 왼쪽 어깨가 불로 지진 듯 아파왔다.

"큭……."

치이익.

생각하기 싫은 장면을 떠올려 버린 나머지 난 주머니 안에서 담배

한 개비를 꺼내 입에 물었다. 라이터가 없었지만 작은 불꽃 마법을 만들어서 불을 붙였다.

"후우우……."

입김과 함께 하얀 담배 연기가 달빛을 아우르며 사라져 갔다.

"알베르트, 부탁이 있는데 들어줄 수 있을까?"

"뭔데?"

악연 아닌 악연으로 시작된 알베르트와의 관계지만 지금은 그저 웃으며 대화를 나눌 수 있는, 서로가 인정한 남자들 간의 관계였다. 이안에게 들은 알베르트의 이야기에서 난 그가 그렇게 나쁜 인간이 아니란 걸 잘 알 수 있었기에 좀 전에 내게 노란원숭이라고 말했을 때도 그렇게 화가 나지 않았다. 그저 고집이 세고 자기중심적인 생각을 해서 그렇지 누구보다 정의감이 강한 녀석이라고 이안에게 들었기 때문이다.

처음엔 인정하기 싫었지만 이안의 말을 듣고 난 후 알베르트의 행동을 차근차근 회상해 보자 완전히 돈키호테가 따로 없다는 걸 느낄 수 있었다. 자기 멋대로 상상을 하고는 무작정 돌진하는 돈키호테 말이다. 마치 희극에 나오는 바보같이 우직한 기사처럼 느껴지는 알베르트의 모습에 왠지 친근감마저 느껴졌다. 가만히 생각해 보면 크리스마스 파티 때의 결투도 꼭 알베르트의 잘못이 아니지 않은가? 지레짐작으로 혼자 열낸 내 잘못도 컸으니…….

알베르트는 내가 부탁이 있다고 하자 무슨 소린가 싶어 조금 긴장한 표정으로 서 있었다.

"부탁 하나 해도 될까?"

난 다시 한 번 물었다.

"흐음… 내가 들어줄 수 있는 거라면."

두 번의 질문에 알베르트는 가볍게 생각하지 않고 조금 뜸을 들이며 심사숙고하더니 어깨를 한번 으쓱하여 대답했다.
"훈련을 부탁해도 될까? 난… 강해지고 싶다."
"훈련? 지금 내게 기사 훈련 참가를 부탁하는 거야?"
알베르트의 얼굴에 어이없어하는 기색이 여실하게 떠올랐다.
"아니, 나같이 허약한 녀석이 기사단의 훈련을 따라갈 리 없지. 하지만 기사를 상대로 싸우는 법은 배울 수 있을 거라 생각해. 또 계속 훈련하다 보면 체력도 길러지지 않을까?"
알베르트에게 대답해 주면서 지난 한 달간 있었던 마물을 상대로 한 훈련이 머리 속을 스쳤다. 일촉즉발의 상황에서 공포감을 이겨내며 싸워야 했던 순간들이었다. 하지만 바로 이틀 전, 그런 훈련을 무색하게 할 정도로 난 처참하게 무너져 내려야만 했다.
타케시, 이 이름을 잊을 수 없었다. 마물을 능가하는 민첩함과 독이 빨보다 위험스러운 주먹과 발길질은 아직도 내 몸에 흔적을 남겨놓고 있었다. 그뿐인가. 비록 내 손에 죽긴 했지만 트레이시만 해도 나 혼자서는 절대 상대할 수 없는 실력자였다. 그때 내가 그녀를 죽일 수 있었던 것도 이안이 그녀의 마음에 공포심을 안겨줬기에 가능했으리라.
하지만 그 무엇보다도 내게 힘에 대한 열망을 안겨준 건 다름 아닌 선혈을 뿌리며 쓰러지던 훼릴과 세리스의 모습이었다.
두 번 다시 겪고 싶지 않은 경험이었다.
누군가가 내 곁에서 영원히 사라질지도 모른다는 생각이 들었다. 그리고 뭐라 말할 수 없는 후회감도 들었다. 차라리 세리스와 훼릴을 만나지 않았다면, 아니, 그날 내가 그곳에 가지 않았다면 이런 상실감을 맛보지 않아도 되지 않았을까 하는 생각도 들었다. 애초에 내가 태어나지 않았다면, 어머니와 아버지가 사랑하지 않았다면, 신이 이 세상을 창조하지 않았다면 하는 생각도 들었다.

불끈 쥔 손에 손톱이 파고드는 느낌에 난 감고 있던 눈을 떴다. 그리고 알베르트의 얼굴을 똑바로 쳐다봤다. 그의 눈 역시 날 똑바로 쳐다보고 있었다. 마치 날 꿰뚫어 보겠다는 듯이.

"절박한가?"

조용한 목소리로 알베르트가 말했다. 조금 전까지 나와 웃으며 농담을 나누던 그리고 생각할 수 없을 정도로 진지한 목소리였다.

"차라리 태어나지 않았으면 할 정도로."

"훈련 중에 그런 생각이 들게 해주겠어."

어깨를 두드리며 알베르트는 일찌감치 내게 겁을 줬다. 하지만 두렵지 않다. 위험한 곳에 뛰어들어야 할 아이들을 생각하면 그 정도 위험은 당연한 것이라고 느껴졌다.

"부탁할게."

어깨 위로 두른 알베르트의 팔을 가볍게 쥐었다 놓았다.

알베르트의 배려에 감사하는 마음을 가지고 있을 때 파티장 안이 어수선해졌다. 무슨 일이라도 있는 건가? 테라스의 문을 열고 안으로 들어가니 훼릴이 씩씩거리며 화를 내고 있었다. 슬쩍 그녀 주위를 살펴보니 두 명의 남자가 살짝 구워진 채 바닥에 뒹굴고 있었다.

"무슨 일이야?"

"오라버니이~"

또 사고를 쳤다는 생각에 머리가 아파왔다. 내 팔에 매달리며 거짓 울음을 터뜨리는 훼릴의 모습이 조금 가증스럽게 느껴졌지만 난 그런 마음을 무시하고 상황 설명을 해보라는 뜻으로 고개를 살짝 끄덕였다.

"히잉~ 글쎄, 이 사람들이 싫다는데도 자꾸 춤을 추자고 하잖아. 자기네가 무슨 대단한 사람이라고 떠벌리면서 말하는 걸 겨우 참아주고 있는데 갑자기 손을 잡으끄는 바람에… 살짝……."

그래, 살짝 구워줬다 이거지?

"끄으으… 절대… 사… 실이……."

훼릴이 자신의 정당성을 변호하고 있을 때 바닥에서 꿈틀대던 남자 중에 한 명이 힘겹게 입을 열었다. 하지만,

퍼억!

"끄어억?!"

"어머? 바닥이 왜 이렇게 미끄럽지?"

바닥이 어떻게 미끄러우면 그 뽀족한 하이힐이 정확하게 목표로 한(?) 저 남자의 입으로 틀어박히냐? 훼릴아, 훼릴아, 아무리 다급했어도 그렇지 입에 박힌 구두는 빼줘야 할 거 아니냐. 저러다 죽기라도 하면 어떡하려구.

내 눈빛을 읽었는지 훼릴이 살짝 먼 산을 보며 슬그머니 남자의 입에 박혀 있던 구두를 발가락으로 빼더니 다시 신었다.

"어떤 상황인지 대충 알겠군. 훼릴, 넌 세리스와 엘리를 데리고 방으로 돌아가. 난 잠깐 주변 정리를 하고 난 다음 갈 테니까."

"응."

조금 전까지 애처로운 표정으로 내게 매달리던 때와는 정반대로 활기 차게 웃으며 대답하는 훼릴이었다.

"후우……."

대충 어떤 상황이었는지 상상이 갔다. 아마 이 두 명은 살기등등한 세리스에게 작업 들어가기가 무서워서 훼릴에게 접근했을 거고 훼릴은

이 두 명의 남자를 상대로 내숭을 떨다가 일벌백계의 심정으로 구웠(?)으리라. 훼릴의 성격이라면 앞으로 이곳에서 할 생활의 편리를 도모하는 한편 후에 있을 타라투스와의 싸움에서 기세적인 우위를 점하고자 한 행동이었음이 틀림없었다. 덤벙대고 엉뚱한 구석이 많은 훼릴이지만 거의 모든 일에 계산적인 그녀의 성격에 자신의 이미지를 손상시키는 짓을 할 리가 없었다.

"제 아이들이 실례를 저질렀군요. 우선 이 사람들을 치료할 만한 곳으로 옮기죠. 알베르트, 도와주겠어?"

"그러지. 그러고 보니 전에 내가 당했을 때보다 훨씬 심하군. 난 그래도 얼굴만 살짝 탔었는데……."

옛일을 생각하니 몸서리가 쳐지는 듯 살짝 몸을 떤 알베르트가 입에 하이힐을 물었던 남자를 들쳐 맸다. 나 역시 오라를 일으키며 마법으로 남아 있는 다른 한 남자를 공중에 띄운 다음 파티장을 나섰다. 내가 마법을 쓰는 것을 보고 뭐라 수군거리는 사람들이 있었지만 알아듣지도 못하는 터라 별 신경 쓰지 않고 자리를 떴다.

건물 안에 있던 의무실에 두 명의 남자를 던져 놓은 난 알베르트에게 다시 한 번 부탁을 상기시켜 주고 방으로 돌아갔다. 시간이 얼마 지나지 않았는데도 아이들은 이미 잠들어 있었다.

"내일부터… 시작이다."

그날 밤, 자꾸 몸부림치는 훼릴의 살짝 드러난 젖가슴 때문에 새벽녘까지 밤잠을 설쳤지만 그래도 비행기 여행으로 지친 심신을 회복할 수 있었다.

chapter 26
지워지지 않는
과거의 무게

"일어나!"
입에서 단내가 나기 시작한다.
"그래서 적을 쓰러뜨릴 수 있겠어? 일어나!"
귓가에 울리는 카랑카랑한 목소리가 내 이성을 송두리째 뒤흔들었다 다시 제자리로 돌려놨다.
지금이 진짜 4월 초일까? 뺨을 대고 있는 붉은색의 벽돌로 된 연무장 바닥이 무척 뜨겁게 느껴진다. 잘 배열된 벽돌 사이사이로 뜨거운 바람이 솟아오르는 것만 같았다. '놈' 은 내가 일어나지 못하자 급기야 발로 툭툭 차기까지 했다. 큭… 내가 짐승이라도 되는 줄 아나?
"끄으으윽……."
갈라 터진 성대로 비명 같은 신음 소리가 터져 나왔다. 어깨와 팔, 그리고 팔꿈치와 손목을 지나 마지막으로 손가락 끝까지 억지로 힘을 전달시켰다. 무릎에 느껴지는 둔탁한 체중의 느낌이 역겹게 느껴졌다. 큽, 여기서 아침에 먹은 아까운 밥을 토해낼 순 없지.

"그래! 일어나! 패배자가 되지 마!"

패배자. 그래, 패배자가 될 순 없지. 이곳에서의 포기는 곧 패배자가 되는 거니까. 그리고 곧 있을 타라투스에서의 싸움에서 패배자가 되는 것은 모든 것을 잃는다는 것을 의미하니까 결코 포기할 수 없었다.

"한바다, 겨우 이 정도로 쓰러질 거면 애초에 내게 부탁을 하지 말았어야지! 여기서 그만둘 거야?"

자존심을 건드리는 알베르트의 말이 내 다리에 힘을 불어넣었다.

"더, 덤벼!"

"그래, 그래야지. 그래야 내가 인정한 남자답지."

겨우 일어서기만 했을 뿐 힘이 없어 이리 비척 저리 비척거리는 날 보며 파라솔 밑의 그늘에 앉은 알베르트가 쓴웃음을 지었다. 흐뭇한 표정이 아니고 쓴웃음이라… 난 저 웃음의 의미를 모르겠다. 같은 파라솔 밑에서 날 보고 있는 아이들의 표정이 딱딱하게 굳어 있었다. 처음에 시작할 때만 해도 짤랑짤랑거리며 응원했었는데… 나의 이런 모습에 실망이라도 한 건가?

"알베르트 경, 계속해야 합니까?"

눈앞에 서 있는 기사, 그 '놈'의 투구 속에서 어이없다는 투의 질문이 나왔다.

"계속해. 눈앞에 있는 남자가 더 이상 일어설 수 없을 때까지 몰아붙여."

"하아… 그럼 사양 않고!"

눈앞에서 천천히 검을 들어 올리는 '놈'은 드레이크였다. 첫날 우리가 이곳에 들어설 때 도열을 지휘했던 강인한 인상을 풍기던 갈색 머리의 사내였다. 큭, 사양 않겠다는 건 사정 봐주지 않고 두들겨 주겠다는 말인 건가?

지금 드레이크가 들고 있는 건 기사단에서 쓰이는 연습용 목검이었다. 하지만 말이 목검이지 그 안에 철심을 박아놓은 것이기에 무게는 일반 철검보다 더 무거웠고 어떤 의미에서는 진짜 철검보다 더 위력적인 무기이기도 했다. 즉, 갑옷을 입고 훈련하는 기사들에게 훈련 중 긴장감을 고조시키기 위해 고안된 목검으로써 갑옷을 입고 맞아도 그 무게 때문에 맞은 사람에겐 둔탁하고도 지속적인 통증을 안겨주는 물건이었다. 그리고 난 지금 그런 흉기에 거의 맨몸으로 노출된 채 맞서고 있었다.

"바다! 피하지 못할 것 같으면 입고 있는 보호구 쪽으로 상대방의 무기를 유도해! 단칼에 목이 날아가고 싶은 거야 뭐야!"

"알… 고 있어."

벌써 수십 번째 듣는 말.

이 훈련을 시작하기 전만 해도 웃으며 힘내라고 하던 알베르트의 얼굴이 지금은 그렇게 가증스럽게 느껴질 수가 없었다. 그리고 내게 꼭 입어야 한다며 대충 사이즈를 줄인 하드레더를 건네주던 그의 행동이 저주스러웠다. 주려면 파트 플레이트 아머 같은 금속제 갑옷을 주던가! 군이 이런 얄팍한 가죽 갑옷을 줬어야 해? 짜식, 전에 나한테 한 대 맞았다고 이런 걸로 복수를 하냐? 그리고 뭐? 보호구 쪽으로 상대방의 무기를 유도하라고? 보호구가 어딨는데? 두께 5㎜ 내외의 가죽 자켓만도 못한 갑옷이 보호구란 건 아니겠지? 지금까지 맞아본 경험으로 비췄을 때 내 몸을 감싸고 있는 이 물건은 절대 갑옷이 아니었다. 아니, 차라리 내게 거추장스럽기만 한 방해물일 뿐이었다.

"이번엔 절대 일어날 수 없게 만들어 드리죠."

고맙게도 드레이크가 서툰 영어로 말했다. 그래, 고맙다. 눈물이 눈앞을 가리는구나.

"차앗!"

드레이크의 목검이 나와의 간격 사이에 부드러운 곡선을 그리며 날아왔다. 직감적으로 허리를 노리고 있다는 걸 알았다. 수십 수백 대를 맞으며 체득하게 된 육감이랄까.

난 반사적으로 허리를 틀며 왼손에 마나를 모았다. 드레이크의 검이 허공을 치는 순간 품으로 뛰어들어 발경을 먹일 생각이었다. 조금 전까지 수십 개의 매직 애로우를 날렸음에도 불구하고 드레이크가 입은 갑옷에 막히는 바람에 털끝만큼의 피해도 줄 수 없었다. 처음엔 대련이라고 생각한 나머지 내가 너무 약하게 마법을 썼다 싶었는데 몇 대 맞고 난 다음, 전력을 다해서 매직 애로우를 날렸어도 드레이크에겐 한 줄기 산들바람일 뿐이었다. 즉, 나의 매직 애로우는 그에게 통하지 않았다.

"그런 미숙한 발경은 통하지 않습니다."

"큭."

역시 벼락치기로 습득된 육감은 수십 년간 고련해서 만들어진 습관과 인지 능력을 능가하지 못하는 것인가. 투구에 가려서 보이진 않지만 분명 그 안의 얼굴은 웃고 있을 것이다. 하지만 세상이 마냥 똑바로 흘러가기만 하면 무슨 재미가 있겠는가. 난 왼손에 모았던 마나를 최대한 방출시켰다. 그리고 기화되어 날아가는 마나에 한 가지 공식을 대입해서 오라로 격발했다. 즉, 날아가는 가스에 대고 라이터 불을 당긴 거라고 할까나?

"큭!"

지속적인 마나 공급이 없었기 때문에 불은 순식간에 사그라들고 말았다. 하지만 그것만으로도 드레이크의 검을 약간이라도 주춤거리게 하는 데 충분했다.

'이때닷! 그런데……'

순간의 빈틈을 놓치지 않아야 된다는 것은 마물과의 훈련에서 뼈저리게 느꼈기에 난 지체없이 드레이크의 옆으로 몸을 뺐다. 하지만 곧장 공격에 들어갈 순 없었다.

'뭘로 공격하냐?'

퍼억!

"캑?! 자, 잠깐!"

막 타임을 요청하던 난 스스로 빈틈을 눈치 챈 드레이크의 팔꿈치에 얻어맞았다. 젠장! 폼으로 기사 서약을 받은 게 아니다 이거다.

"왜?"

"대련에… 쓸 만한 마법이 없었어."

대련에 쓸 만한 마법이 없었다. 지금 내가 알고 있는 마법은 모두 일곱 가지였다. 번개와 화염의 속성을 넣을 수 있는 매직 애로우, 샷건이 그중 두 가지였고 방어계 마법인 포스 필드, 실드가 두 가지였다. 나머지 세 가지는 라이딘이라는 뇌격 계열 중급 주문과 염동력이라고도 하는 텔레키네시스, 그리고 마지막으로 최근에 겨우 완성한 무속성 계열 캐스팅 마법이 다였다.

그런데 이중에 어떤 것을 대련할 때 쓸 수 있을까? 매직 애로우나 샷건이 쓰일 수 있겠지만 그 둘의 수준이래 봐야 드레이크라면 갑옷 없이 검만으로도 소멸시킬 수 있는 수준이었다. 포스 필드나 실드 같은 방어 마법도 드레이크의 칼질 몇 번에 설탕유리처럼 박살이 나버렸고 염동력은 쓸 엄두조차 못 냈다. 그나마 가장 쓸 만한 게 뇌격 계열 주문인 라이딘인데, 아직 완전히 마스터하지 못한 상태에서 대련할 때 써버리면 큰 사고로 이어질 수도 있었다.

캐릭팅 마법도 내가 검을 잘 쓸 수 있어야 효과가 있지, 툭하면 저만치 날아가 버리는 내 검에 마법을 걸어두는 건 바보같이 느껴졌다. 차라리 거기에 소요되는 오라로 매직 애로우 한두 발을 더 쏘는 게 이득 같았다.

"하아… 전격 계열 마법이랑 매직 애로우가 네가 알고 있는 모든 마법이란 거야?"

"그래."

내가 가진 모든 능력을 들은 알베르트와 드레이크의 표정은 거의 절망 그 자체였다.

"내가… 내가 겨우 마법 입문 4개월짜리 애송이랑 드잡이질을 하고 있었단 말인가?"

드레이크의 나직한 독백이 귀에 들려왔다. 나랑 대련한다는 게 그렇게 자존심 상하는 일인 건가? 조금 부끄럽게 느껴졌다.

"어떤 의미에서는… 대단하군. 그래서 문 나이트님이……."

"뭐라고?"

너무 작게 말하는 바람에 알베르트의 말을 끝까지 듣지 못했다. 문 나이트 어쩌고 한 것 같은데 무슨 말을 한 거지?

"아냐. 좋아, 오늘 대련은 여기서 끝내기로 하자. 그리고 바다, 넌 문 나이트님과 함께 휴게실로 와."

알베르트는 드레이크의 머리를 툭툭 치며 연무장을 벗어났다.
"그럼."
"수고 많으셨습니다."
투구를 벗고 땀을 한 번 쓰윽 닦은 드레이크는 내가 아닌 세리스에게 짧게 목례를 취하고 밖으로 나갔다. 나 혼자 인사한 것 같아 기분이 조금 찜찜했지만 옆구리에서 느껴지는 아리한 고통에 별로 신경 쓰진 못했다.
"아효효… 죽겠구만. 으윽! 엘리, 좀 도와줘."
"오빠아아아, 왜 그렇게 많이 맞은 거야? 많이 아프지?"
말이 끝나기가 무섭게 훼릴의 허벅지 위에 앉아 있던 엘리가 쪼르르 달려왔다.
"조금."
"조금은 무슨, 온몸이 타박상에 멍투성이인데 그런 말이 나와요? 오라버니는 좀 더 자기 몸을 생각할 줄 알아야 돼요. 만약 사전에 미리 말해 놓지 않았다면 드레이크란 사람은 적어도 저에게 100번은 죽었어요."
마지막에 '죽었어요'라고 말하는 훼릴의 눈에선 섬뜩한 기광이 번쩍였다. 진짜 내가 살려달라고 하기 전엔 절대 나서지 말라고 미리 말해 놓은 게 천만다행이었다. 애꿎은 기사 하나 죽을 뻔했군.
"대련이라면 제가 상대해 드릴 수도 있는데……."
세리스가 비틀거리는 날 부축하며 중얼거렸다.
'널 상대로 하면 날 극한의 상황으로 몰고 갈 수가 없으니까… 난 강해져야 하거든. 이해해라.'
입 밖으로 말하진 않았지만 마음속으로 생각하자 그것이 전해졌는지 세리스의 입가에 씁쓸한 웃음이 떠올랐다. 이해할 수 없겠지.

세리스의 부축을 받으며 아이들과 함께 휴게실로 가자 알베르트와 드레이크가 소파에 자리를 잡고 TV를 보고 있었다.

"왔군. 이런이런~ 역시 팔자 좋은 녀석은 뭐가 달라도 다르군. 우리 같은 기사들은 손 한 번 잡기도 힘든 문 나이트님의 부축을 받고 오다니. 부러워 죽겠는걸? 드레이크, 내일은 좀 더 강하게 밀어붙여도 아무 소리 안 할게. 알아서 해."

"네."

으윽, 별걸 다 가지고 시비를 거는 알베르트도 맘에 안 들지만 그 말에 저토록 진지하게 대답하는 드레이크는 더 맘에 안 든다. 혹시 내일은 진짜 죽는 게 아닐는지 모르겠다. 슬쩍 훼릴과 세리스를 쳐다보니 배시시 웃고 있었다.

"도와달라는 한마디만 하면 반쯤 태워줄게요."

"…처치할까요?"

"아니, 됐어."

너희들도 똑같애. 쓸데없는 곳에 진지하다니까. 특히 세리스, 넌 그 성격 고치는 게 좋을 것 같다. 툭하면 '처치할까요' 라니… 누가 보면 조폭 똘마니로 보기 딱 좋은 대사잖아.

"자자, 잡담은 그만 하고, 이제부터 본론에 들어가도록 하자."

알베르트는 진지한 목소리로 분위기를 쇄신했다.

"바다, 조금 전에 대련에 쓸 마법이 없다고 했지?"

"응."

"그게 얼마나 멍청한 생각인지 알고 있어?"

"무슨 소리야?"

바보 같은 표정을 지은 채 대답하는 내게 한숨을 내쉰 알베르트는 꼬고 있던 다리를 풀면서 천천히 설명을 했다.

"마법이 내 전공은 아니니까 잘 설명할 순 없으니 내 전공으로 설명하지. 바다, 검으로 전투를 하는 경우에 있어서 필요한 검술이 몇 가지나 된다고 생각해? 수십 가지? 수백 가지? 아냐. 단 세 가지 동작이면 끝나. 찌르고, 베고, 흘리는 동작이면 돼. 다른 모든 자세는 이 세 가지 자세의 응용에 불과한 거야. 물론 찌르고 베는 동작도 여러 가지긴 하지. 하지만 기본은 변하지 않아. 상대가 한 명이든 수백이든 그 모든 상대는 이 세 가지 동작의 연장선에 있는 동작으로 상대할 수 있어. 이건 마법을 이용한 전투에 있어서도 마찬가지일 거야. 원거리에 있는 적과 근거리에 있는 적을 공격하는 마법 한두 가지와 상대의 공격을 막거나 피하는 마법 한두 가지만 있으면 어떤 상대라도 상대할 수 있어. 무슨 소린지 알겠어?"

이해할 수 있었다. 중요한 건 마법을 어떻게 쓸 것인가이지 어떠한 마법을 쓰는 것이 아니란 말이다.

"그럼 내가 할 일은 내가 가진 마법을 자유자재로 쓸 수 있을 만큼 숙달해야 한다는 건가?"

"그래. 그럼 조금 전까지 네 마법을 몸으로 감당했던 드레이크의 소감을 들어볼까? 드레이크, 바다의 마법이 어떠했는지 말해 줘."

드레이크는 잠시 눈을 감은 채 묵묵히 있다가 말했다.

"수준 이상의 위력이기는 했지만 단조롭고 대응하기가 쉬운 마법이었습니다. 마법사를 상대할 때 느끼는 기괴함이나 의외성보다는 마치 유성추 같은 무기를 쓰는 권법가를 상대하는 기분이랄까요."

권법가? 하긴 이곳은 세계에서 내로라하는 실력자들이 은밀하게 활동하는 곳이니 그런 사람이 없으리란 법도 없을 것이다.

"잘 들었지? 지금 네게 필요한 건 새로운 마법이 아니라 지금 가진 마법의 다양한 운용법을 개발하고 그걸 몸으로 숙지하는 거야. 내가 확신하는데, 만약 드레이크를 매직 애로우만으로 이길 수 있는 날이 온다면 그땐 마법없이 맨손으로 싸워도 드레이크와 호각을 이룰 수 있을 거야."

알베르트의 이 말을 마지막으로 나와 아이들은 방으로 돌아왔다. 알베르트와 드레이크는 기사단의 집단 훈련에 참석하기 위해서 다시 연병장으로 나가야만 했다.

"오라버니, 어떤 마법을 숙달시킬 건지 정했어?"

방으로 돌아오자마자 훼릴이 궁금하다는 듯 물었다. 그건 엘라나 세리스에게도 마찬가지였는지 똘망똘망한 눈빛으로 쳐다보며 대답을 구하고 있었다.

"내가 제일 자신있게 쓸 수 있는 마법인 매직 애로우를 발전시켜 볼 생각인데 잘될지는……."

"잘할 수 있어. 내가 옆에서 도와줄 건데 뭐가 걱정이야?"

"그래, 고맙다."

허리에 손을 척 올리며 격려해 주는 훼릴의 도발적인 귀여움에 난 머리를 쓰다듬어 줬다. 하하, 예전엔 가슴 어림에 있던 훼릴의 머리가 지금은 거의 눈앞에 있어서 그런지 기분이 조금 이상해졌다. 문득 눈길이 가슴께로 내려가는 날 막을 수도 없었다. 동생을 앞에 두고 무슨 생각을 하는 건지…….

"난 이제 씻을 테니까, 너희들은 뭘 할 거야?"

땀과 먼지로 범벅이 된 옷을 툭툭 치며 말하자 아이들은 저마다 생각을 조금 하더니 대답했다.
"난 스칼렛 언니에게 가볼 거야. 물어볼 것도 있고."
"우웅~ 난 오빠랑 같이 목욕하면 안 돼? 나두 씻고 싶은데……."
"전… 기사단이 연습하는 곳에 잠깐 가보겠습니다."
같이 목욕하자는 엘리를 제외하고는 다 볼일이 있군. 좋아, 그렇게 하도록 하지. 잘 다녀오라는 말을 뒤로하고 나와 엘리가 욕탕으로 들어가자 세리스와 훼릴도 방을 나갔다. 여전히 이젠 익숙하게 자기 몸을 씻을 줄 아는 엘리의 모습에 조금 아쉬운 여운을 남긴 목욕을 끝내고 밖으로 나오자 이안이 기다리고 있었다.
"어라? 이안 선생님이 웬일이세요?"
아침까지만 해도 스론다이크 씨와 앞으로 있을 계획을 열심히 토론하고 있었는데 무슨 일이라도 있는 건가? 이안의 표정이 조금 어색하게 느껴지는 건 그냥 느낌만 그런 게 아닌 것 같았다.
"한 군에게 전할 말이 있어서 왔습니다."
"네? 잠시만요. 엘리, 어서 옷부터 입어."
"응."
막 욕실에서 나온 터라 나와 엘리는 부산하게 머리를 말리고 간단하게 옷을 입었다. 방 안에 마련된 테이블에 자리를 잡자 엘리는 다른 의자에 앉지 않고 내 무릎 위에 앉았다. 이안에게 예의가 아니란 생각에 옮겨 앉으려고 했지만 이안이 괜찮다고 하는 바람에 내 허벅지는 엘리의 의자 역할을 계속해야만 했다.
"길게 끌 것 없이 간단하게 말하죠. 저와 스칼렛은 내일 오후에 다시 한국으로 돌아가야 합니다. 현재성 길드장이 저에게 일본과 한국에서 활동하고 있는 타라투스를 소탕하는 데 도움을 달라고 했습니다. 유럽 다음으로 타라투스의 활동이 활발한 곳이 한국과 일본이다 보니 꼭 가봐야 할 것 같군요. 새로 수립된 정부에서의 요청도 있었고. 정부에 테러를 가할지도 모른다는 판단이 있었던 것 같습니다."

"한국으로 돌아간다구요? 그럼 저희는요?"

이안과 스칼렛만 돌아간다는 말에 깜짝 놀라서 반문하자 이안은 흘러내린 안경을 올려 쓰며 대답했다.

"한 군과 세리스, 훼릴, 그리고 엘리 양은 이곳에 남아서 조만간에 있을 타라투스 본거지 소탕에 도움을 주기 바랍니다. 타라투스의 주요 전력이 본거지를 벗어나 세계 각국으로 퍼져 있다는 점을 감안하고 또 이곳의 전력 상태를 봤을 때 이곳만큼 안전한 곳은 없다는 게 제 판단입니다."

"으음……."

쉽게 대답할 수는 없었다. 한국이라… 돌아가고 싶었다. 갑자기 연락이 끊겨 버린 내 소식을 궁금해할 친구들과 또 아주머니와 세나를 생각하면 같이 가야 했다. 또 이안이란 마음의 지주라 할 만한 존재가 없이 내가 잘 지낼 수 있을지도 의문이었다. 하지만 아이들의 안전을 생각했을 땐 이곳에 있는 것이 옳은 선택이었다.

"자취하고 있던 곳엔 제가 연락을 전하겠습니다. 그리고 제가 없어도 한 군은 충분히 자기 몫을 해낼 수 있어요. 스스로는 느끼지 못하겠지만 바다 군은 이미 4클래스의 벽을 넘어서고 있으니까요."

"4클래스요? 무슨 소리죠?"

뜬금없이 갑자기 나온 소리에 난 황급히 되물었다. 4클래스라니? 그게 무슨 소린가! 누가 들으면 말도 안 되는 소리라고 반박하고도 남을 소리였다. 마법을 배운 지 이제 4개월이 조금 넘어가는데 벌써 4클래스에 들어섰다고 하면 누구라도 미쳤다고 할 것이다. 1개월당 1클래스의 벽을 돌파했다는 소리잖은가.

"물론 4클래스치고는 아는 마법도 얼마 없고 마나 운용 능력도 턱없이 부족하지만 전에 보여준 '궁그닐'을 쓸 수 있었던 걸로 봐서 몇몇 마법에 있어선 4클래스로 인정해도 되겠다는 판단이 들었습니다. 특히 매직 애로우의 경우 그 수준이 저와 비등할 정도니까 한 사람 몫을 해내는 데 문제없습니다."

궁그닐? 무슨 소린지 모르겠다.

"궁그닐이라뇨? 전 그런 마법을 배운 적도 없는데요?"

영문을 모르겠다는 표정으로 말하는 내게 이안은 그럴 줄 알았다는 듯 고개를 주억였다. 나직한 한숨과 함께 다시 입을 여는 이안.

"역시 스스로는 잘 모르고 있었군요. 전에 타라투스의 여자 마법사를 죽였던 때를 기억해 보세요. 그때 썼던 마법이 바로 궁그닐입니다."

처참하게 죽은 트레이시를 생각하자 살인자가 됐다는 생각에 절로 참담한 생각이 들었다. 하지만 이미 지난 일이고 또 내겐 해야 할 일이 있다는 생각에 금방 떨쳐 버릴 수 있었다. 그런데 설마 그 마법이 무슨 전설의 마법쯤 되는 거라고 말씀하시며 날 위로하려는 건 아니겠지? 난 그때 그 궁그닐인지 궁상인지 하는 마법을 쓰고 싶어서 쓴 게 아니었다. 그저 정신없이 마법을 쏘아 보냈을 뿐, 그 이상도 이하도 아니었다.

"하지만 전 그 마법을 어떻게 썼는지 기억조차 못하는걸요. 그땐 이성을 차리지 못한 채 마법을 썼기 때문에 지금 다시 해보라고 해도 불가능해요."

사실이다. 방금 이안의 말을 듣고 속으로 그때 어떻게 마법을 썼는지 떠올려 봤지만 도무지 생각나는 게 없었다. 그저 끊임없이 치밀어 오르는 분노와 트레이시를 죽여 버리겠다는 생각이 가득했다는 건만 떠오를 뿐, 그때 내가 어떤 공식으로 마나를 운용했는지는 전혀 떠오르는 게 없었다.

"하지만 그건 분명 현대에 규정된 클래스 외에 존재하는 고대 마법 중 하나인 궁그닐이었습니다. 현재로선 거의 쓸 수 있는 사람이 없는 마법이죠. 이론상으론 매직 애로우를 발전시켜 매직 스피어를 만든 다음, 내재된 마나의 불규칙적인 연쇄 충돌을 이용한 파괴 마법입니다. 위력 대 마나 효율을 생각했을 때 가히 궁극의 파괴 마법이라고 불러도 손색이 없는 마법이라고 하죠. 생각 같아선 보여 드리고 싶지만 저도 쓸 줄을 모릅니다. 매직 스피어까지 진화는 시킬 수 있어도 그 다음부터는 불가능하더군요. 이건 저 말고도 궁그닐에 도전했던 수많은 마법사들의 공통점이기도 했죠."

고대 마법이라… 현대에 규정된 각 속성별로 따르는 8클래스의 마법 외에 존재하는 독립적인 마법을 말하는 것이다. 신화 시대에나 존재했다고 전해지는 마법으로 지금은 전승되는 게 거의 없는 마법이다. 하지만 그 위력과 효율이 현대의 마법보다 훨씬 뛰어나다는 게 일반적으로 알려진 사실이기에 그것을 복원하려는 노력은 지금도 끊임없이 이뤄지고 있었다. 그러나 실제로 그것이 성공했다는 소식은 100년에 한 번 있으면 많은 것이라고 배운 게 어렴풋이 기억난다. 지금 이안은 내가 그런 고대 마법을 실현시켰다는 말인가? 하아…….

이안의 친절한 부연 설명이 있었지만 소용없다. 마법을 쓴 당사자인 내가 기억을 못하는데 무슨 소용이 있단 말인가? 만약 그때와 똑같은 상황이 또 벌어진다 해도 쓸 수 있을지 의문이었다.

"그리고 제일 중요한 건 바다 군의 마나 운용량이 5서클 급이란 겁니다. 보통 클래스와 성장을 같이하는 다른 사람에 비해서 바다 군의 경우는 매우 독특한 경우라고 할 수 있어요. 확실한 이유는 모르겠지만 전에 만났던… 아니, 겪었던 마나 역류 현상이 어떻게 작용했는지 모르겠지만 좋은 방향으로 발전된 듯하군요."

이안은 뭐라 달리 말하려 하다가 급히 마나 역류 현상이란 말로 바꿨다. 뭔가 다른 게 있는가 싶었지만 달리 바꿀 말이 없었다.

잠시 침묵이 흘렀다. 난 머리 속으로 이제 어떻게 해야 하는지 생각했고 이안은 내가 입을 열고 어떤 결정이라도 내리길 기다리고 있었다. 결정이래 봐야 내가 여기 남겠다는 말을 하는 것뿐이다. 이안에게 어떤 도움이 되기보다는 짐이 된다는 사실이 내 자존심을 상처 입혔다. 그래, 아이들을 지켜줄 힘을 이곳에서 얻게 된다면 훗날 이안에게도 도움이 될 날이 오겠지. 난 이안을 보며 살짝 고개를 끄덕였다. 이곳에 남겠다는 무언의 대답이었다.

"하아… 그럼 내일 출발하실 건가요?"

"네. 점심 식사 후 곧바로 출발할 겁니다."

안심했다는 듯 홀가분한 표정의 이안이 대답했다. 저렇게 홀가분한 표정이라니, 나란 존재가 그렇게 불안하게 느껴졌단 말인가? 왠지 입 안이 씁쓸하다.

"잘 알겠습니다."

"샤를마뉴 씨에게 바다 군의 마법 지도를 부탁했습니다. 비록 말은 잘 통하지 않겠지만 틈틈이 찾아가서 도움을 요청하세요."

세세하게 신경 써주는 이안이 고마웠다. 제자인 내게 깍듯이 대하는 점이나 인간적인 수양의 정도나 모두 존경스러운 사람이었기에 난 더 이상 그에게 폐를 끼치고 싶지 않아 웃으며 보내주기로 했다.

"잘 다녀오세요. 나중에 저와 아이들을 데리러 오실 거죠?"

"물론이죠. 그럼 바다 군, 전 이만 가봐야 할 것 같군요. 잠시 후 식사 시간에 보도록 해요."

"네."

마음에 걸린다는 표정으로 눈매를 살짝 내리깐 이안이 고개를 까딱하고는 밖으로 나갔다. 난 일어서서 정중히 인사를 하고는 자리에 다시 앉았다.

'궁그닐이라……'

그때의 상황에 대해서는 전혀 떠오르는 것이 없지만 이안이 넌져 준 이 말에 난 내 마법이 나가야 할 방향을 결정할 수 있었다.

"재현시켜 보는 거야."

나직하게 다짐했다. 어느새 엘리가 다가와 손을 꼭 쥐어주고 있었다. 조막만한 손에서 느껴지는 따뜻함이 내게 용기를 북돋아주었다.

'지켜줄게.'

다음날.

난 아이들과 함께 리무진을 타고 떠나는 이안과 스칼렛을 배웅했다. 이안은 믿겠다는 표정으로 내 손을 꼭 잡아주었고 스칼렛은 아이들을 하나하나 꼭 안아주며 아쉬움을 달랬다. 옆에서 알베르트가 '부모 떠나보내는 아이들' 같다며 놀렸지만 사실이 그러했기에 반박하지 않았다. 하지만 그 기분에 주저앉아 있을 수만은 없었다. 이안이 주고 간

힌트를 토대로 나만의 기술인 궁그닐을 재현시켜야 한다는 과제가 남아 있었다. 그리고,

"오늘도 열심히 해야지? 가자구."

내 뒷덜미를 잡아끌며 연무장으로 가는 알베르트의 옆을 따라 걷는 드레이크와의 훈련이 있었다. 하아… 어제의 피로가 다 풀리지도 않았는데… 죽는 건 아닐까?

"저러다 오라버니 죽는 거 아냐?"

"…엘리, 니가 오빠 옆에서 지켜봐."

훼릴이 걱정스럽다는 듯 한마디 하고 세리스가 엘리에게 따라가라고 시키자 엘리가 멀뚱히 둘을 올려다봤다.

"같이 안 가?"

"난 좀 어지러워서 방에 가서 쉴 거야."

"…할 일이 있어."

둘은 엘리에게 간단하게 말하고 휑하니 사라져 버렸다. 나 역시 뒤로 끌려가고 있었기에 그 모습을 볼 수 있었다. 지금까지 날 혼자 두고 가는 일이 없었는데 어딜 가는 거지? 무슨 일인지 신경 쓰였지만 함께 가줄 수는 없었다. 악귀 같은 두 남자가 날 끌고 가는 이상 말이다.

훈련은 어제보다 더 지독했다.

알베르트는 내게 감정이라도 있는지 드레이크를 시켜 더욱 혹독하게 날 몰아붙였고 드레이트는 그의 충실한 수족이 되어 날 걸레로 만들어갔다. 중간중간 쉬는 시간마다 엘리가 정령으로 산들바람이라도 일으켜 주지 않았다면 쓰러져도 진작에 쓰러졌을 것이다.

약 네 시간에 걸친 지옥 같은 훈련이 끝난 다음 난 방으로 가서 간

단히 씻고 이안이 스론다이크에게 부탁해서 마련해 준 마법 수련실로 자리를 옮겼다. 엘리도 따라오려고 했지만 난 혼자서 수련하고 싶어서 엘리를 시녀인 메이에게 맡겨놓고 혼자 움직였다. 아이를 좋아하는지 메이는 성안을 구경시켜 주겠다며 엘리를 데리고 밖으로 나갔다.

수련실은 저택의 최상층에 위치한 다락방이었는데 조용하고 창문을 열어놓으면 바람도 술술 들어오는 구조라 명상을 하며 마나를 운용하는 데 최적의 장소였다. 그리고 마법의 위력을 시험하기 위한 가로세로 1미터에 두께 10㎝ 정도의 강철판도 준비되어 있었다. 다시 한 번 이안의 세심한 배려에 감동을 받는 순간이었다.

"매직 애로우를 매직 스피어로 만드는 게 우선이랬지. 적을 꿰뚫는 섬광, 매직 애로우!"

우웅.

이젠 완전히 숙달이 돼서 전같이 뜸을 들여가며 이미지를 떠올리기 위해 노력하지 않아도 금방 마법이 구현됐다. 난 눈앞에 떠 있는 한 개의 매직 애로우를 매직 스피어로 만들기 위해 마나를 집중시키기 시작했다. 우선 오라로 매직 애로우를 감싼 다음 몸에 쌓여 있던 마나를 조금씩 화살에 덧씌우기 시작했다. 처음엔 팔뚝보다 조금 가늘던 매직 애로우가 시간이 지날수록 그 크기가 커지더니 급기야 내 종아리만큼 굵어지고 길이 역시 2미터 가까이 길어졌다.

'성공이다! 그럼 이제부터 회전 운동을 시켜야지.'

밤새도록 생각한 결과 그때 내가 어떻게 마나를 운용했는지 떠오르는 게 있었다. 난 그 순서대로 작업을 진행시키기로 마음먹었다. 달리 뾰족한 수가 있는 것도 아니고 말도 통하지 않는 샤를마뉴에게 조언을 구해봤자 딱히 방안이 나올 수 있는 것도 아니기에 내 선택은 그 어렴풋이 떠오르는 기억에 의존할 수밖에 없었다.

'돌아라, 돌아라, 돌아라……'

매직 애로우가 서서히 회전을 시작했다. 입가에 얇은 미소가 걸린다. 오라에 순차적으로 강한 힘을 실어서 마나의 회전에 속도를 더했다.

키이이잉.

이제 눈으로 확인할 수 없을 정도로 돌기 시작하자 구현화된 매직 스피어에서 날카로운 소리가 나기 시작했다. 마치 절단기로 쇠를 깎아내는 듯한 소리였다.

'그래, 분명히 여기서 내 몸의 마나를 폭발적으로 쏟아 부었어.'

난 단전에 고여 있는 마나를 최대한 끌어올려서 매직 스피어에 쏟아냈다. 그리고 이안이 말했던 불규칙적인 연쇄 충돌 현상은 이것으로 설명할 수 있을지도 모른다는 생각이 들었다. 하지만 세상일이 마음먹은 대로 다 된다면 무슨 재미로 살까? 갑작스럽게 마나의 공급을 받은 매직 스피어는 순간 이지러진 듯한 물결 현상을 일으킴과 동시에 강렬한 충격과 파공음을 남긴 채 사라져 버렸다.

"콜록, 콜록, 젠장. 실패인 건가?"

허무함이 느껴졌다. 하지만 이제 시작인데 이걸로 좌절하는 건 이르다! 난 끊임없이 도전할 것이고 꼭 성공할 거다.

"다시 시작하자. 뭐가 잘못된 걸까? 그저 마나를 폭발적으로 쏟아 붓는다고 되는 게 아닌 건가 보지?"

나는 실패의 원인을 하나하나 되짚어가면서 그날 저녁까지 걸러가며 수십 번에 걸쳐 연구했다. 하지만 단 한 번도 성공한 적은 없었다. 어쩔 땐 매직 애로우에서 스피어로 만드는 과정에서부터 실패할 때도 있었고 회전이 너무 심하게 일어나 통제할 수 없는 사태도 일어났었다. 그럴 땐 창밖으로 매직 스피어를 쏘아내는 수밖에 없었다.

덕분에 샤를마뉴 씨가 뛰어올라 와서 무슨 일이냐고 묻는 해프닝이 벌어지기도 했었다. 하지만 그건 나에게 좋은 일로 다가왔다. 프랑스어로 설명할 수 없었던 난 대충 매직 스피어를 만들어서 창밖으로 날려 보내는 시늉을 했고 샤를마뉴는 그런 내 모습에 어이없어하는 표정을 지었다. 조금 뒤에 알았지만 샤를마뉴는 내가 창밖으로 매직 스피어를 날린 걸 보고 놀란 게 아니라 매직 스피어를 만드는 과정을 보고 놀란 것이었다. 그 부분에 대해 샤를마뉴는 프랑스어로 내게 뭐라고 말했지만 내가 전혀 못 알아듣자 결국 서툰 영어로 내게 띄엄띄엄 조언을 해주었다.

"음… 이미지 자체를 창으로 만들고 마나를 끌어 모으면 훨씬 빠르다고? …아! 그렇구나! 고맙습니다."

난 허리를 꾸벅 숙이며 감사의 뜻을 전했다. 샤를마뉴는 그런 내 어깨를 툭툭 쳐주고는 매직 스피어를 구현시켜 보라고 격려하고는 내려갔다.

"음… 주문을… 뭐, 이미지화시키는 데 도움이 되면 되는 거니까. 공식은 매직 애로우와 비슷하게 하면 될까? 아냐, 지금 내가 하려는 건 매직 스피어가 아니라 궁그닐의 재현이니까 궁그닐에 맞게 공식을 새로 짜야 할지도 몰라. 우선 회전을 넣어야 하니까 애초에 나선형으로 이미지화시키고, 비순차적인 연쇄 충돌도 있어야 하니까 마나의 분포도 조금은 불규칙하게 대입시켜야 하지 않을까?"

이안의 도움이나 조언 없이 나 스스로 마법 주문을 만드는 일이 이번이 처음은 아니지만 너무 복잡다단한 과정이라 시작부터 골머리를 아프게 했다. 궁그닐의 특성을 살리기 위해 여러 가지 공식을 대입하고 또 이미지화를 위해서 시녀를 시켜 종이에 그림까지 그렸다. 대충 창이란 생각에 화살보다 길면서 그 창대와 날이 나선으로 이루어져 있으며 창대의 두께가 일정하지 않은 모양으로 그렸다.

"흑… 이게 뭐야? 이거 창 맞아?"

완성작을 보고 나니 도무지 창으로 보이지 않는다. 차라리 고목가지에 후레쉬커터(과일을 파도 모양 같은 걸로 자를 때 쓰는 칼)를 달아놓은 게 더 실용적으로 보일 정도였다.

"난리구만. 아아~ 머리 아퍼. 나중에 생각하기로 하고 오늘은 이만 쉬자."

난 대충 다락방을 정리하고 방으로 돌아왔다.

"응? 이게 무슨 일이야?"

방문을 열자마자 음침한 기운이 물씬 느껴졌다. 인기척은 있는데 불은 꺼져 있고 왠지 무겁기만 한 공기가 감돌고 있었다.

달칵.

전기 스위치를 올리자 방 안의 전경이 한눈에 들어왔다. 세 개의 침대에 아이들이 모두 완전히 곯아떨어져 있었다. 보아하니 씻지도 않고 옷도 입은 채 뻗어버린 것 같았다. 나직하게 한숨을 내쉰 난 이불이라도 덮어주려는 마음에 세리스에게 걸어갔다. 그리고 난 군데군데 그슬린 세리스의 옷을 볼 수 있었다.

'뭐지?'

얼굴을 내밀어 세리스의 얼굴도 살펴보니까 작은 생채기 같은 것도 보였다. 머리카락도 조금 타서 몇 가닥은 꼬불꼬불해져 있었다.
'뭘 했길래 이런 꼴인 거지?'
여신처럼 떠받들어지고 있는 세리스에게 상처를 줄 수 있는 사람이 이곳에 있다? 혹시 타라투스의 자객이 침투한 건 아닐까 싶었지만 아무런 경종이 없었던 걸로 봐서 그건 아니었다. 잠시 머리를 굴려서 추측해 보던 난 결국 포기하고 훼릴의 이불도 끌어 올려주려고 했다.
'엉? 얜 또 왜 이래?'
훼릴의 상황도 세리스와 별다른 게 없었다. 군데군데 찢어진 옷 하며 생채기 같은 것들이 팔과 얼굴에 있었다.
'혹시 둘이 싸우기라도 한 건가? 내일 일어나면 물어봐야겠어.'
둘에게 이불을 덮어준 나는 피곤한 몸을 엘리가 누워 있는 침대에 던졌다. 내가 옆에 눕자 엘리의 눈이 게슴츠레하게 떠졌다.
"오… 빠?"
"그래, 오빠야. 일어나지 말구 그냥 자."
"우웅……."
엘리가 내 품으로 꼬물꼬물거리며 파고들어 왔다. 귀여운 것. 그래, 오늘은 꼭 끌어안고 자줄게.
그날 밤 난 엘리를 품에 안고 자서 그런지 몰라도 꿈도 꾸지 않는 개운한 잠을 잘 수 있었다. 하지만 왠지 훼릴과 세리스의 몸에 남아 있는 흔적이 신경 쓰이는 밤이기도 했다.

고요한 새벽. 난 아직 풀리지 않은 피곤함에도 불구하고 눈을 뜨고 말았다.

눈을 떴을 때 제일 먼저 들린 소리는 희미한 흐느낌이었다. 크게 소리 질러 울고 싶은데 꾹 참고 있는 듯한 작은 흐느낌. 끅끅거리며 터져 나오는 울먹임을 참고 있는 소리가 내 귀에 점점 크게 느껴졌다. 예전 같으면 무시하고 다시 잠에 들었을 나지만 오늘따라 도저히 그럴 수가 없었다. 문득 지금 내 귀에 들리는 이 소리가 아이들의 것일 수도 있다는 생각에 난 슬며시 자리에서 일어났다.

침대 시트가 부드러운 촉감을 남기며 허리께로 떨어졌다. 그리고 동시에 희미한 흐느낌도 멈췄다. 창밖을 보니 아직 어스름한 깊은 새벽이었다. 깜깜한 방 안에 적응이 되었는지 달빛이 없음에도 불구하고 방 안의 풍경이 눈에 다 들어왔다.

'누구지?'

내 팔을 베개 삼아 자고 있던 엘리의 머리를 살짝 들었다 놓았다. 엘리의 눈에 입술을 가까이 가져가 대어보았지만 눈물의 짭쪼롬한 맛은 느껴지지 않았다. 이번엔 자리에서 일어나 맨발로 조용히 세리스에게 걸어가 눈가를 손가락으로 쓸어봤다. 역시 아무런 자국도 없었다. 그저 고요하게 숨을 들이쉬는 세리스의 가슴이 올라갔다 내려갔다 하고 있었다.

'훼릴?'

막 세리스가 누워 있는 침대에서 몸을 일으켜 훼릴에게 가려고 할 때 훼릴의 손이 얼굴 근처에서 분주히 움직이는 게 눈에 띄었다. 훼릴이었군. 그런데 왜 울고 있었던 거지? 그렇지 않아도 자기 전에 보았던 작은 생채기와 흐트러진 옷차림이 신경 쓰였던 터라 훼릴의 머리맡에 엉덩이를 대고 앉았다. 훼릴은 파르르 떨리는 속눈썹을 숨기지 못한 채 잠자는 시늉을 하고 있었다.

"무슨 일이야."

굳이 의문형의 억양으로 끝 올림을 하진 않았다. 다른 애들의 잠이 깰까 봐이기도 했고 훼릴의 마음에 부담을 주지 않기 위해서이기도 했다.

"말하기 싫으면 말하지 않아도 돼."

촉촉이 젖은 훼릴의 눈가를 손가락으로 쓸어주며 나직하게 말했다.

"요즘 네 행동이 이상하다는 것은 느끼고 있었어. 아마 갑작스런 성장 때문이 아닐까 하고 생각하지만… 뭔가 다른 문제라도 있는 걸까 싶어 불안해. 내게 말해 줄 수 없는 거니?"

독백 같은 내 말이 길어질수록 훼릴의 어깨에서 느껴지는 떨림도 점점 커져 갔다.

"뭐가 슬픈 거야. 난 너희들의 마음을 읽지 못해서 말하지 않으면 알지 못해. 하지만 기다릴 수는 있으니까 걱정하지 마."

"마스터……."

훼릴의 눈이 천천히 떠지며 입이 열렸다. 하지만 평소처럼 '오라버니' 라 부르지 않고 처음 만났을 때처럼 '마스터' 란 호칭이었다. 순간 그녀가 다른 사람처럼 느껴진 건 착각이었을까? 훼릴의 눈가에서 움직이던 내 손가락의 움직임이 멈칫했다.

"혼란스러워요… 마치 내 안에 누군가가, 나완 다른 누군가가 있어서 자꾸 날 변화시키려 하는 것 같아요."

훼릴을 굳이 일으키지 않았다. 그저 조용히 누워서 아무도 없는 허공에 대고 말하듯 중얼거리게 놔뒀다.

혼란스럽다. 누군가가 자신 안에 있다는 말이 현실적으로 느껴지지 않았다. 내가 겪어보지 못한 현상을 이해한다는 것은 불가능에 가까운 일이기에 난 그저 듣기만 했다.

"이상한 생각들이 자꾸 들어요. 누군가가 내게 명령이라도 하는 듯… 손에 닿는 대로, 눈에 보이는 대로 모두 파괴하고 싶다는 생각이 들어요. 왜 이렇죠? 오늘도 세리스를 보는 순간 저절로 마법을 쓰고 말았어요. 세리스를 해칠 뻔했어요. 그뿐 아니라 잠을 자고 있던 엘리마저 해치려고 했어요. 두려워요. 이대로 가다간 마스터… 오라버니마저 해칠지도 모른다는 생각에… 흑……."

결국 훼릴의 눈에서 한 방울의 눈물이 흘러내려 내 손가락을 적셨다. 난 훼릴을 일으켜 품에 안았다. 그리고 조용히 이마나 뺨이 아닌 입술에 키스해 줬다.

"내 안엔 또 다른 누군가가 있어요."

"누구?"

훼릴의 대답은 한참 뒤에야 나왔다.

"레시안, 레시안 아르미네아……."

전혀 알지 못하는 이름이었다. 그러면서도 어디선가 들어본 듯한 느낌도 들었다. 아르미네아… 아르미네아…….

"아!"

생각났다. 스쳐 지나가듯 들었던 이야기라 금방 떠오르진 않았지만 분명 타라투스의 지도자였던 '백의 마법사'의 성이 아르미네아였다.

"그녀는 제게 자신이 과거의 나라고 했어요. 그리고 제게 계속 속삭였어요. 피로 물든 제 손은 용서받지 못할 거라고… 수백 수천 년의 시간을 두고 씻어낸다 해도 씻을 수 없는 죄악에 물든 손이라고… 흑……."

내 품에 안긴 훼릴은 어깨 위로 팔을 둘러 내 등에 생채기를 냈다.

주체할 수 없는 긴장과 공포감에 자기가 무슨 짓을 하고 있는지도 모르는 것 같았다. 자신을 잃어버릴지도 모른다는 생각에 잠식되어 있었다. 어린 날, 내가 문득 죽음에 대한 공포를 느끼고 이불 속에서 엄마 아빠를 부르며 울었던 그때처럼.

"훼릴, 레시안은 지금도 속삭이고 있어?"

훼릴은 대답 대신 고개를 끄덕였다. 믿을 수 없지만 훼릴이 거짓말을 하지 못한다는 것을 감안한다면 믿어야만 했다.

'이중인격인가? 아니면……'

전에 이안이 말했던 각성이란 것이 시작된 걸까?

마법에 입문한 지 얼마 되지 않았을 때 이안이 말한 적이 있었다. 세라프는 어느 특정한 때나 계기가 만들어지면 각성이란 것을 하게 된다고. 각성이 어떤 것이냐고 물었지만 이안은 차차 알게 될 거라며 확실한 답을 주지 않았었다. 훼릴이 갑작스럽게 성장했을 때 이것이 이안이 말하던 각성인가 싶었지만 이안은 아무런 말도 해주지 않았었다. 그래서 단지 의례히 있는 세라프다운 성장이라고만 생각했었는데……

'하아… 하필 이럴 때 자리에 안 계시는 거야!'

나중에야 왜 이안이 내게 아무런 조언 없이 떠났는지 알게 되지만 지금은 어쨌든 그저 답답할 뿐이었다. 대학교에서 심리학을 전공하겠다는 생각으로 심리학과에 들긴 했지만 내가 들은 수업이라고는 '인간 행동의 이해'나 '심리학 개론' 같은 기초적인 수업뿐이라 훼릴이 겪고 있는 '자아 정체감'의 상실은 이해할 수 없었다. 그저 내가 해줄 수 있는 것이라곤 꼭 안아주고 또 눈에 흐르는 눈물을 입술로 닦아주는 것밖엔……

하지만 그저 이대로 놔둘 수만은 없었다. 괴로워하는 훼릴을 이대로 두면 언제 어떤 일이 일어날지 모르는 것이다.

"훼릴, 잠깐 따라와 봐."

난 훼릴의 손을 잡고 내 마법 연구실인 다락방으로 데려갔다. 이유는 알 수 없지만 훼릴은 자신의 몸을 통제할 수 없을 정도로 혼란에 빠져 있어서 내가 안고 올라가야만 했다. 내 목에 두 팔을 두르고 가슴팍에 눈물 자국을 남기고 있는 훼릴의 모습에 내 발걸음은 점점 빨라졌다. 두 번이나 계단에서 넘어질 뻔하고 나서야 다락방에 도착할 수 있었다.

딸깍.

난 다락방에 달린 작은 백열전구에 불을 켰다. 굳이 밝기도 별로인 백열전구를 켠 건 노란빛을 띤 녀석의 불빛은 왠지 하얀 형광등보다 사람에게 따뜻한 느낌을 주기 때문이었다.

"이젠 편하게 얘기할 수 있겠군. 훼릴, 지금 그 레시안이란 녀석하고 내가 대화하게 할 수 있겠어?"

이중인격, 영화에도 곧잘 등장하고 소설은 물론 만화에도 많이 등장하는 인물 설정에 보면 이중인격에 두 가지 유형이 있다. 하나는 서로 간의 인격이 전혀 관계하지 못하는 유형, 그리고 나머지 하나는 서로 간의 인격이 서로 대화할 수 있고 전혀 별개의 인격이 한 몸에 동시다발적으로 작용하는 유형이었다. 지금 내가 보기엔 훼릴은 두 번째에 속하는 것 같았다. 그렇다면 레시안이란 인격과 내가 대화를 할 수 있지 않을까? 하는 생각이 들었다. 훼릴의 말로는 무척 위험한 인격같이 느껴지지만 그냥 이대로 두고 볼 수만은 없었다. 그리고 이런 상태가 진행된다면 언젠가는 부딪쳐야 할 상황일지도 몰랐다.

"네. 지금 오라버니의 이름을 부르고 있어요. 윽……."

훼릴의 미간 잔뜩 찌푸려졌다. 위험할지도 모른다는 생각에 오라를 일으켜서 몸 주위를 둘러쌌다.

'오라의 느낌이… 달라졌… 다?'

오라를 전개해서 그런지 훼릴의 오라 변화가 확연하게 느껴졌다. 평소엔 훈훈한 정취가 느껴지는 캠프파이어의 불길 같았다면 지금은 마치 가스레인지의 푸른 불꽃처럼 정열보다는 음울한, 귀기 어린 불꽃같이 변했다.

"훼, 훼릴?"

"처음 뵙겠습니다. 레시안 아르미네아가 마스터에게 인사드립니다."

훼릴의 입에서 똑같은 톤이지만 전혀 다른 억양의 목소리가 나왔다.

"레시안?"

"예, 마스터."

말투에서부터 당장 훼릴이 아니라는 걸 알 수 있었다. 무미건조한 억양과 마치 기계 같은 차가운 얼굴은 그녀의 인격이 바뀌었다는 걸 말해 주고 있었다. 그리고 뭐랄까, 분위기 자체도 바뀌었다. 오라가 바뀌어서 그런지 몰라도 전체적으로 발랄하고 가벼운 분위기였던 훼릴에 비해서 많이 차분하고 가라앉은 느낌이 들었다.

"훼릴은 어떻게 됐지?"

그러나 그런 것보다 더 중요한 것은 훼릴의 안부였다. 눈앞의 몸이 멀쩡하다고 정신인 훼릴마저 멀쩡한 게 아닐지도 모르니 말이다.

"저와 함께 마스터를 보고 있습니다."

레시안의 대답에 난 한 가지 사실을 확신할 수 있었다. 레시안과 훼릴은 확실히 하나이면서 둘이었다. 완벽히 분리된 두 인격체이기에 둘은 함께할 수 있었던 것이다.

"그럼 너에게 몇 가지 물어보고 싶은 게 있어. 대답해 줄 수 있어?"
"마스터가 원하시는 것이라면 무엇이든지."

시원시원한 대답 하나는 마음에 드는군.

"우선 첫 번째. 넌 누구지? 어째서 갑작스럽게 훼릴의 안에서 생겨난 거야?"

사건의 가장 본질적인 질문이었기에 난 훼릴, 아니, 레시안의 안색을 살필 수밖에 없었다. 뭔가 조금이라도 수상한 낌새가 느껴지면 모든 오라를 동원해서 이곳에 흐르는 모든 마나의 흐름을 동결시켜 버릴 생각이었다. 혹시 내가 일찍이 만나본 적이 없는 높은 클래스의 백마법사가 마인드 컨트롤을 하고 있을지도 몰랐기 때문이다.

"전 레시안 아르미네아. 훼릴의 전 마스터인 아르미네아님의 세라프였습니다. 훼릴의 각성으로 인해 그녀의 심연에서 눈을 뜰 수 있었습니다."

각성이라… 역시 훼릴은 각성을 한 것인가? 맘속으로 거의 확신을 하고 있던 사실이기에 놀라진 않았다. 하지만 전 마스터가 아르미네아란 사실에는 경악을 금치 못했다. 타라투스의 지도자였고 혈십자 기사단과 성기사단에겐 거의 공포의 존재로 각인되었던 백의 마법사! 그녀가 바로 아르미네아였다. 물론 동명이인일 수도 있다는 가능성에 일말의 기대가 없는 것도 아니었다. 하지만,

"그럼 너의 전 마스터가 타라투스에서 백의 마법사라 불리던 아르미네아인 거야?"
"네. 그녀는 분명히 그렇게 불렸었습니다."

그녀의 대답으로 그런 기대는 완전히 사라지고 말았다. 난 이 엄청 난 사실에 조금 충격을 먹어서 한참 동안 아무런 말도, 생각도 하지 못 했다. 하지만 창문을 통해 들어오는 새벽의 차가운 공기에 정신을 차 리고 다시 질문을 이어갔다.

"후우… 아르미네아의 세라프였던 니가 어떻게 적대 관계에 있던 '티르의 검' 소속인 이안 선생님의 지하 창고에 봉인된 채 있었는지는 모르겠지만, 지금 중요한 건 그게 아니야. 넌 지금 훼릴의 안에서 다시 깨어나 무엇을 하려고 하는 거지? 왜 훼릴을 혼란스럽게 하는 거야? 깨 어난 목적이 도대체 뭐야?"

레시안은 아무런 대답이 없었다. 다시 훼릴의 정신으로 돌아온 건가 싶어 그녀의 얼굴에 손을 가져가려는 찰나 그녀가 입을 열었다.

"운명의 계승을 위하여."

무슨 소리야? 운명의 계승이라니… 궁금해서 물어보려 했지만 굳이 입으로 떠들 필요는 없었다. 이미 정신적인 교감이 이루어진 나와 훼 릴의 관계이다 보니 레시안은 얼른 부연 설명에 들어갔다.

"세라프는 영혼을 구하는 존재. 신의 심판으로 방주에 오르지 못한 버림받은 존재들의 속죄양으로 선택된 제물. 그 운명은 영혼을 찾을 때까지 영원히 계승되어야 하는 것."

신의 심판? 방주? 어디서 많이 들어본 이야기들이었다. 방주라… 그 래, 노아의 방주! 지금 레시안이 말하는 것은 노아의 방주를 두고 말하 는 것 같았다. 성경에 보면 신이 보낸 세상의 모든 짐승들이 방주 안에 들어갔다고 적혀 있었다. 하지만 성경엔 세라프 같은 종족에 대한 언 급은 없었던 걸로 기억하고 있는데 혹시 내가 잘못 알고 있는 건 아닐 까?

"저 레시안 아르미네아는 방주에 오르길 거부했던 불꽃의 휴이 족을 대속하는 자."

불꽃의 휴이 족? 전혀 들어보지 못한 명사였다. 그것에 대한 부연 설명이 듣고 싶었지만 레시안의 말은 끝나지 않았다.

"훼릴이 이 운명을 받아들일 때 전 사라질 겁니다. 저의 기억 속에 남아 있는 '그녀'도 제게 이 운명을 건네주고 완전히 사라졌으니까요."

그럼 언제 운명을 넘겨줄 거냐고 묻고 싶었지만 입 밖으로 낼 수는 없었다. 그건 곧 언제 죽을 것이냐고 묻는 것과 마찬가지였기에 너무 잔인하게 느껴졌다. 결국 그녀는 두 번이나 죽는 것이다.

"이대로… 이대로 사라지는 건 억울하지 않아?"

"……."

레시안은 말이 없었다. 다만 손을 꼭 쥐었다 폈다 하며 눈을 감아버렸을 뿐. 레시안이 어떤 생각을 할지 충분히 짐작하고 남았다. 지금 그녀는 느끼고 있을 것이다. 손에서 느껴지는 촉감과 코로 들어오는 새벽의 차가운 공기, 그리고 눈에서 흐르는 눈물의 뜨거움을…….

"레시안……."

분명 처음 보는 인격임에도 불구하고 그 모습이 훼릴이라는 사실 때문인지 난 별다른 거부감 없이 레시안의 얼굴에 흐르는 눈물을 손가락으로 닦아주었다.

"마스터……."

레시안의 얼굴이 가까이 다가왔다. 촉촉이 젖은 눈동자에 어린 작은 눈물방울이 별빛처럼 반짝였다. 방 안의 불이 꺼졌다. 내가 어떻게 한 건 아니었다. 아마도 레시안이겠지. 심장의 고동 소리가 점점 내 귀에도 들리기 시작했다. 새벽의 어스름한 불빛에 레시안의 입술이 촉촉이 젖은 게 보였다. 레시안이 뒤꿈치를 들어 키를 높였다. 난 고개를 살짝 숙여 잔주름이 잡힌 아랫입술을 살짝 물었다. 그리고 내 목을 휘감아오는 레시안의 팔 힘에 이끌려 우리의 입술은 완전히 겹쳐졌다.

"흡."

어제에 이어 또 한 번의 키스. 다른 것이 있다면 그때는 훼릴이었지만 지금은 레시안이란 것이고 그때의 키스가 단순한 입맞춤이었다면 지금은 열정적인 프렌치키스란 것이었다. 레시안의 혀가 내 앞니를 살짝 치며 입 안으로 들어왔다. 능숙하진 않았다. 다만 필사적으로 내 혀를 감아 올리며 서로의 타액을 갈구할 뿐이었다. 감고 있던 눈을 살짝 떴다. 그리고 난 볼 수 있었다, 끊임없이 흐르는 눈물을.

'훼릴……'

갑자기 요동 치던 심장의 고동 소리가 싸늘하게 식어버렸.

지금 내가 뭘 하는 거지? 아무리 인격이 다르다고는 하지만 그녀의 몸은 훼릴의 것인데! 난 내 목을 휘감고 있는 레시안의 손을 풀려고 했다. 하지만 레시안은 쉽게 물러서지 않았다. 다만 입술을 떼고 내 얼굴을 올려다봤다. 내 입술과 그녀의 입술에 진한 타액의 브릿지가 만들어졌다. 은빛 실처럼 점점 가늘어지다 훼릴의 입가에 붙어버린 타액은 너무나 선정적으로 보여 내 가슴이 쿵 하고 내려앉는 것만 같았다.

"훼릴의 마스터이신 당신… 저를 잊지 말아주시길… 이 세상에 단 한 명 당신만이 저를 기억해 줄 수 있기에 전 당신에게 모든 것을 드리려 합니다. 저의 모든 시간과 쓰라린 과거의 기억을… 거절하지 말아주세요."

레시안의 눈빛은 거짓을 말하고 있지 않았다. 레시안은 한쪽 팔을 풀어 내 손을 잡아 자신의 가슴으로 가져갔다. 뭉클하고 부드럽게 감싸 쥐어지는 느낌에 난 나도 모르게 손을 살짝 움켜쥐었다가 다시 놓았다.

"죄송해요, 마스터······."

누구에게 하는 말일까? 나? 아니면 과거의 종속자인 아르미네아? 알 수는 없었다. 하지만 난 레시안의 어깨 위로 팔을 둘러 꼭 안아주었다. 그리고 또 한 번 길고 긴 입맞춤을 했다.

"윽······."

갑자기 머리 속으로 수많은 생각들이 저절로 떠올랐다. 마치 머리 속에 홍수라도 난 듯 수많은 양의 정보가 머리 속으로 강제로 주입되기 시작했다. 난 입을 떼려고 했지만 레시안의 두 팔이 내 목 뒤로 감겨 있었기에 불가능했다.

얼마의 시간이 흘렀을까? 동시다발적으로 떠오르는 여러 생각에 머리가 아파왔지만 천천히 떨어져 나가는 레시안의 입술에 난 눈을 뜨고 그녀를 바라봤다.

그녀는 웃고 있었다. 기계처럼 차가운 표정만을 짓고 있던 그녀의 얼굴에 엷은 미소가 떠올라 있었다.

"마스터, 갑작스럽게 주입된 저의 과거와 기억의 단편들 때문에 혼란스러우시겠죠? 하지만 그건 며칠만 지나면 모두 사라진답니다. 대신 마스터의 머리 속에 작은 흔적을 남기겠지요. 전 그것만으로도 만족합니다. 제가 살았음을 당신이 기억해 줄 테니까요. 태고부터 내려온 운명의 계승에 관한 기억을 제외하고는 모두 당신께 드렸습니다. 종속된 입장에서 무거운 운명까지 지고 살아야 할 훼릴이기에 그녀에게 저의 죄까지 물려주고 싶지 않았습니다. 추악한 저의 과거를 당신에게 맡기고 떠나는 절 용서하시길."

"레, 레시안?"

훼릴의 몸에서 우윳빛 오라가 서서히 뿜어져 나오기 시작했다. 그리고 어디서 나타났는지 수많은 섬광이 그녀의 몸을 휘감아갔다. 우윳빛 오라가 빠져나가자 훼릴의 몸은 허물어지듯 그 자리에 주저앉았다. 그녀에게 다가가 흔들어봤지만 이미 정신을 잃고 있는지 아무런 반응도 없었다.

"훼릴에게 제 기억의 단편으로 인한 혼란을 줘서 미안하다고 전해주세요. 수십 번의 생을 이어오면서 단 한 번도 영혼을 얻지 못한 저이기에 이젠 영원한 잠에 들려 합니다. 마스터, 훼릴에게 영혼을 주시길. 그녀가 당신과 함께 영원의 시간을 함께할 수 있기를……."

은빛으로 빛나는 섬광은 훼릴의 몸에서 빠져나와 희미한 사람의 실루엣을 무참하게 찢어갔다.

"……!"

레시안이다! 난 그 우윳빛 실루엣이 레시안이란 것을 알 수 있었다. 레시안의 실루엣은 섬광이 그녀의 몸을 꿰뚫는 횟수가 많아질수록 점점 희미해져 갔다. 이것이 영원의 잠이라는 건가? 이건 소멸이잖아? 난 참을 수가 없었다. 뭐가 뭔지 모르겠지만 왠지 참을 수 없는 분노가 치솟았다.

"뭐야? 뭐냐구! 이익! 저리 가! 사라져 버려!"

손발을 휘저어 은빛 섬광을 쳐내려 했지만 부질없었다. 마치 잭나이프같이 실루엣을 관통하는 은빛 섬광은 내 손짓을 허무하게 만들었다.

손가락 사이로 빠져나간 섬광들은 더욱 날카로운 움직임으로 레시안의 실루엣을 완전히 지워 버렸다.

희미한 연기처럼 사그라져 가는 레시안의 오라가 앞으로 내민 내 손가락 사이로 흩어져 갔다.

수십 번 삶을 반복하며 영혼을 갈구하던 가녀린 존재가 고통에 몸부림치다 내 눈앞에서 사라졌다.

"흐어어어어!"

소리를 질렀다. 하지만 큰 소리는 나오지 않았다. 목이 쉬도록 소리를 질렀지만 마치 성대가 잘려 나간 듯 바람 새는 소리만 났다. 섬광은 허공에서 몇 바퀴 정도 휘돌다가 점점 희미해지더니 사라져 버렸다. 방 안은 다시 고요해졌다. 내가 지른 절규도 한낱 소리의 울림이 되어 완전히 어둠에 묻혀 버렸다.

뭐야! 뭐냔 말이다! 왜 사라져야 하는 거지? 물론 레시안이 훼릴의 몸 안에 계속 있는 것도 문제였다. 하지만 그녀의 소멸은 내게 너무나 큰 충격으로 다가왔다. 왜 이럴까? 눈물 따윈 메말라 버렸다고 생각했는데 왜 이렇게 흘러내리는 걸까. 왜 그녀의 소멸이 이렇게 안타까운 걸까? 그녀와의 기억은 겨우 수십 분이 불과한데, 겨우 몇 번의 입맞춤이 전부인데…….

멍하니 손가락만 바라보던 중에 새벽의 미명이 창문을 타고 방 안을 서서히 밝히기 시작했다. 방 한가운데에 누워 있는 훼릴의 모습이 눈에 들어왔다. 흰색의 잠옷에 흐트러진 붉은 머리카락이 마치 레시안이 흘린 붉은 선혈같이 느껴졌다.

너무나 고요하기만 한 방 안을 비추는 태양 빛은 시리도록 차갑기만 했다.

나의 일과는 전날과 똑같이 시작됐다. 마치 아무 일도 없었다는 듯. 그것이 내가 레시안에게 해줄 수 있는 가장 큰 배려였다. 그녀는 몇 마디 나누지도 못하고 보내 버린 존재였다. 가식적으로 슬프게 울어준다고 그녀가 기뻐해 줄 것 같지도 않았다. 그저 훼릴의 마음이 안정을 찾았다는 사실에 그녀의 희생 아닌 희생을 고마워할 뿐이었다. 하지만 나 스스로 아무리 다짐을 하고 기운을 북돋아도 내 몸은 그렇지 않은 모양이었다.

"이봐, 바다! 어제 저녁 못 먹은 거야? 아니면 밤새 손장난이라도 친 거야? 왜 다리가 벌써부터 후들후들거려! 똑바로 못해?!"

알베르트의 잔소리가 짜증스럽게 들린다. 뭐라 대꾸라도 해주려던 난 드레이크의 목검에 복부를 얻어맞고 그만 뒤로 날아가고 말았다.

"컥… 쿨럭쿨럭. 웨엑!"

인정사정 봐주지 않은 몽둥이질(?)에 그만 연무장 바닥에 구토를 하고 말았다.

"휘이~ 엉망진창이군. 알베르트 경, 불쌍한데 그만두죠? 저러다 죽겠습니다."

"드레이크 경, 적당히 봐주면서 해요."

주위가 시끄러웠다. 드레이크와 대련하고 있는 연무장 주변은 혈십자 기사단원들로 가득 차 있었다. 적어도 수십 명은 될 듯한 인원이 나와 드레이크의 대련을 지켜보고 있었던 것이다. 처음에 시작할 때만 해도 한두 명밖에 없었는데 겨우 삼십여 분 만에 수십 명이 늘어버렸다. 그 이유야 뻔했다. 아무 말 없이 조용히 날 지켜보고 있는 세 명의 세라프 때문이었다. 오지 말라고 그렇게 말했건만 막무가내로 와서 파라솔 밑에 자리를 잡고 앉아 말없이 응원하고 있었다. 난 아이들에게 추한 꼴을 보이고 있다는 생각에 일부러 손을 흔들어주거나 아는 체는 하지 않았다.

"쓸데없는 소리 하지 말고 구경이나 해. 휘이~ 냄새하곤… 어때, 바다. 오늘은 여기서 그만둘까?"

알베르트는 손으로 코를 잡으며 말했다. 꼭 그렇게 무안을 줘야 하나?

"아니… 계속해."

"들었지? 계속하란다. 드레이크, 시작해!"

"예."

무슨 기계 인간이라도 되는 양 드레이크는 알베르트의 말에 무미건조하게 대답하고는 목검을 고쳐 잡았다. 검도의 중단에 해당하는 위치에 검을 곧추세우고 검극을 미간으로 향한 자세를 취하자 보기만 해도 위압감을 느낄 정도로 날카로운 예기가 솟아나는 듯했다. 나도 그냥 맞아줄 수는 없지. 조용히 매직 애로우 세 개를 만들어 손 안에 가둬뒀다. 드레이크가 파고듦과 동시에 매직 애로우 세 개를 한꺼번에 날린 다음, 손에 닿는 대로 발경을 먹여줄 생각이었다. 그러나 그건 나의 희망 사항일 뿐 실행에 옮겨지진 못했다.

"흡!"

숨을 멈춤과 동시에 희미한 잔상을 남기며 내게 돌진하는 드레이크의 모습에 난 그대로 굳어버렸다. 마물처럼 목숨이 왔다 갔다 하는 상황도 아닌데 그 기세(氣勢)에 눌려 버린 것이다. 하지만 지난 시간 동안 당하면서 생긴 깡이 있지 복날 개 맞듯이 얻어맞을 수는 없었다.

"매직 애로우!"

"훙!"

쾅!

어이없게도 매직 애로우 세 개는 드레이크의 칼질 한 번에 모두 소멸되어 버렸다. 그리고 또 한 번 옆구리에서 느껴지는 끔찍한 고통. 난 이번에도 바닥을 뒹굴며 숨을 헐떡여야만 했다.

"전에도 말씀드렸다시피 당신은 약합니다. 또 공격의 패턴도 너무 단순합니다. 좀 더 속임수를 쓰십시오."

드레이크의 입에서 차마 더 이상 못하겠다는 듯 염려하는 말이 나왔다. 지금까지 날 대하는 투로 봐서는 날 싫어했던 것 같은데 그의 입에서 이런 말이 나오다니… 내가 그렇게 안돼 보이는 건가? 난 처연히 웃으며 천천히 자리에서 일어났다. 옆구리가 콕콕 쑤시는 걸로 봐서 갈비뼈라도 나간 것 같았다.

"그래? 그 충고 고맙게 받아들이지."

"계속할 거지? 드레이크, 시작해! 그리고 바다, 상대의 공격을 보고 반격하겠다는 생각은 좋은데 너무 눈에 보이는 것만 의지하려 하지 마. 지금 넌 드레이크의 기세에 눌려서 아무것도 못하고 있잖아? 머리로 몸을 통제하려 하지 말고 몸이 반응하는 대로 따르고 움직여!"

알베르트가 소리쳤다. 하지만 그의 목소리가 들리는 것도 잠깐뿐, 곧 이어 주변에서 구경하던 수많은 기사들이 온갖 야유를 날리는 소리가 들렸다.

"저런저런, 사내자식이 허약해 빠져 가지고는… 좀 더 날카롭게 움직이란 말야! 죽도 안 먹었냐?"

"내 살다 살다 저런 둔재는 처음 본다. 차라리 견습 1개월차 꼬맹이가 저놈보다 낫겠네."

"어쭈? 그래도 이번엔 마법이라도 한번 날려보는데? 쯧, 똑같은 실수를 되풀이하다니… 머리는 장식으로 달린 건가?"

이보쇼들, 다 들린다구. 확 짜증나는데 관중석(?)으로 매직 스피어라도 날려 버려? 잘하면 한두 명 정도는 죽어주지 않을까? 그럼 굉장히 흐뭇해질 텐데… 하지만 망상도 여기서 끝내야지. 이번에 얻어맞은 어깨와 가슴 어림이 얼얼하게 아파왔다. 오늘 들어서만 열한 번째로 맞는 바닥과의 랑데부다. 조금만 더 시간이 흐르면 나랑 연무장 바닥과의 열애설이 떠돌아도 이상할 게 없을 정도였다. 후우~ 응원은 못해 줄망정 하나같이 기운 빼는 소리들만 하는 관중이다 보니 힘도 두 배로 빠지는 듯했다. 하지만 그때 내게 활력을 불어넣어 주는 이들이 있었으니!

"오라버니, 힘내요!"

"오빠, 파이팅!"

"파이팅……."

훼릴, 세리스, 그리고 엘리였다. 보아하니 훼릴이 주동해서 소리친 것 같았다. 레시안에 대한 기억은 완전히 사라진 건가? 훼릴의 얼굴이 티없이 맑아 보였다. 운명의 계승에 대한 부담감은 없는 걸까? 설마… 그렇진 않을 것이다. 다만 훼릴의 성격상 그런 걸 내색하지 않았을 뿐일 것이다. 자기 스스로도 힘들 텐데… 그래, 이래서 내가 너희들을 지켜주고 싶은 거야.

"그래, 파이팅이다."

난 주먹을 불끈 쥐며 자리에서 일어났다.

그리고 한 시간 후,

"어어~ 드레이크, 수고했어. 아! 바다도 수고 많이 했고. 어이, 누가 바다를 방으로 데려다 주지 않겠어? 스스로 일어나기도 힘든 것 같은데."

 연무장에서 내려오는 드레이크를 맞는 알베르트의 태도가 무척 쾌활해 보였다. 원래 저런 성격의 녀석이었던가? 난 연무장 한복판에 큰대자로 뻗어 있었다. 몸엔 대련 도중 내가 만들어놓은 토사물이 묻어 있어서 무척 지저분했다.

"우엑! 농담이시겠죠?"

"놔두세요. 조금 있으면 일어나겠죠."

"그러게 왜 저렇게 될 때까지 덤빈 거야? 상대를 보고 덤벼야지… 멍청하긴……. 하여튼 저 녀석 머리는 거의 장식품 수준이군."

 역시나, 왠지 내게 반감을 많이 가지고 있는지 기사단의 사람들은 한결같이 퉁명스런 목소리로 알베르트의 말을 거부했다. 큭… 화낼 기운도 없어서 그저 눈을 감은 채 이빨만 꽉 깨물고 있는데 누군가 내 머리를 받쳐 올렸다. 그리고 느껴지는 부드러운 감촉… 눈을 떠보니 은빛 머리카락이 가득 들어왔다.

"세리스?"

 놀랍게도 세리스가 토사물로 지저분한 내 머리를 자기 허벅지 위에 올려놓고 있었다. 깜짝 놀란 내가 발버둥 치며 일어나려 하자 옆에 있던 훼릴이 손을 뻗어 내 이마를 지그시 눌렀다.

"엘리가 상처를 치료할 때까진 가만히 있어요. 도대체 오라버니는 무슨 생각으로 이런 무모한 행동을 하는 거예요?"

 무모하게 보이는 건가? 하긴 지금까지 드레이크와 대련하면서 단 한 번도 내 마법이 성공한 적이 없으니 그렇게 보일 만도 하다. 하지만 이런 시간이 결코 내게 무의미한 것만은 아니었다. 조금씩이지만 드레이크를 상대하는 시간이 늘어가고 있었고, 또 아주 가끔씩이지만 드레이크의 본실력을 끌어낼 때도 있었다. 그리고 이렇게 막강한 상대와 대련을 하면 왠지 모르게 궁지로 몰린 것만 같아 마법을 응용하는 면에 있어서 많은 영감이 떠올랐다. 당장 실전에 써먹긴 못하지만 나중에 내 마법 연구실에서 연구하면 좋을 것들도 있어서 꽤 의미있는 시간이었다.

"오빠는 날이 갈수록 상처가 심해지는 것 같애. 전에는 멍만 조금 들었는데 오늘은 갈비뼈에 금까지 갔잖아! 너무 심한 거 아냐?"

치유 마법을 쓰던 엘리가 열한 번째 바닥에 누웠을 때 다쳤던 부위를 가리키며 울상을 지었다. 어쩐지 그때부터 갈비뼈가 뜨끔하더라니… 금이 갔었구나.

"괜찮아. 내가 원한 거니까 이 정도는 각오하고 있었어."

심장이 관통되는 고통에 비하면 이깟 갈비뼈에 금 가는 게 무슨 대수일까? 부러졌다 해도 난 상관없었다.

"치료 끝났어?"

엘리의 손에서 더 이상 마나의 흐름이 느껴지지 않자 난 자리에서 일어나려고 했다. 하지만 이번엔 세리스의 손이 내 머리를 누르고 있었다.

"조금만 더……."

결국 난 세리스의 조용한 부탁을 거절하지 못하고 한 시간여를 더 누워 있어야만 했다. 그런 나와 아이들의 모습을 라이브로 보고 있던 백여 명에 달하는 기사들의 눈빛에 감도는 질투의 불길을 눈치 채지 못한 채.

"드레이크, 내일은 아주 반쯤 죽여 버려. 큭."

"네."

 그중에 가장 큰 불길을 눈 안에 담고 있던 두 남자는 두 손을 꼭 맞잡으며 다짐하고 또 다짐했다. 불 낸 놈을 기필코 불구로 만들어 버리겠다고. 그것도 되도록 성불구라는 방향으로 말이다.

 세리스의 말랑말랑한 허벅지를 베고 잠깐 쉰 나는 어느 정도 피로가 풀린 몸을 이끌고 샤를마뉴를 찾았다. 물론 지저분해진 몸을 씻고 간 것은 말할 것도 없다.

"샤를마뉴님 계십니까?"

 프랑스어를 전혀 못하기에 서툰 영어로 물으며 들어간 샤를마뉴의 방엔 아무도 없었다. 쳇, 시간을 잘못 맞춘 건가?

"무슨 일인가?"

"……?"

 막 돌아서서 나가려고 하는데 눈앞에 샤를마뉴가 서 있었다. 어디 나갔다 방금 온 모양이었다. 내가 프랑스어를 못한다는 사실을 익히 알고 있었는지 샤를마뉴도 영어로 말했다.

"다름 아니라 상담할 것이 있어서 왔습니다."

"상담?"

 샤를마뉴의 얼굴에 호기심이 일었다. 하긴 이국의 초보 마법사가 자신에게 도움을 청하러 오는 일은 잘 없을 테니 그럴 만도 하다.

"말해 보게."

 난 조금 뜸을 들였다. 지금부터 내가 말할 내용은 특수한 상황에 있는 사람이 아니면 이해할 수 없는 문제기 때문이었다. 즉, 세라프의 종속자가 아니면 알 수 없는 질문이었다.

"샤를마뉴님은 세라프의 종속자이십니까?"

"Non."

그는 즉각적으로 대답하며 고개를 좌우로 흔들었다. 그리고 프랑스인 특유의 제스처를 취하며 과장된 몸짓을 했다.

"불행하게도 난 세라프의 종속자가 되지 못할 팔자인가 보더군. 몇 번 봉인석과 마주할 기회는 있었지만 그들의 종속자가 되는 복을 누리진 못했다네. 그런 면에서 자네는 아주 복에 겨운 거야. 하나도 아니고 무려 셋이나 되니 말일세."

너무 빨리 말해서 뭐라고 하는지 정확히 알아들을 순 없었지만 대충 내가 세라프를 많이 데리고 있어서 좋겠다는 의미 정도는 알아들을 수 있었다. 그런데 세라프의 종속자가 아니라면 누구에게 상담을 해야 하는 거지?

"그럼 가까운 곳에 세라프의 종속자는 없습니까?"

"흠… 가만있자… 현재 프랑스 내에는 없군. 전부 외국으로 파견을 갔거나 봉인석 상태로 있을 뿐이야. 아! 자네 영국에서 필립 드로이안 님과 같이 지냈다고 했지? 필립님과 상담해 보는 건 어떻겠나?"

필립이라… 생각해 보니 그게 가장 좋을 듯했다. 난 샤를마뉴의 도움으로 장거리 통신을 할 수 있는 마법의 수정구 조작법을 배워서 필립에게 신호를 보냈다. 웃기는 건 수정구 주제에 통화 대기음인 뚜루루루 하는 소리까지 난다는 사실이었다. 누가 마법 기구 아니랄까 봐 정말 신기하게 만들어놓았다. 조금 기다리자 익숙한 얼굴이 수정구에 비쳤다. 중성적인 매력이 흐르는 알테어였다.

[네, 샤를마뉴님이세요? 지금 주인님은 영국 길드에 가셨는데? 어? 바다잖아? 웬일이야?]

알테어 쪽에서도 내 얼굴이 보이는지 호들갑을 떨었다. 간만에 듣는 한국어라 무척 정겹게 느껴지기도 했다.

"아… 샤를마뉴님의 도움을 좀 받고 있어요. 그나저나 물어볼 게 있는데 도와주실 수 있어요?"

[물론이지, 누구 부탁인데. 뭐야? 설마 이거 문제야?]

알테어는 엄지손가락 끝마디를 검지와 중지사이에 끼워서 까딱까딱 했다.

으윽! 도대체 왜 이 닭날개 양성체 누나는 생각하는 게 다 이 모양이야!!

"그럴 리가 없잖아요! 좀 이성적으로 생각해 줘요!"

[아하하~ 정색하긴. 남자가 그러면 재미없어. 그래, 무슨 일이야?]

내가 기겁을 하며 소리치자 옆에 서 있던 샤를마뉴가 고개를 절레절레 흔들며 방 밖으로 나갔다. 아마 나의 프라이버시를 생각해 한 행동일 것이다. 사실 한국어로 대화를 하는 바람에 알아듣지 못해서 그런 것일 수도 있지만. 덕분에 수정구에 들어가는 마나를 내가 충당하게 됐다. 생각 외로 조금 힘이 드네.

"마나 유지하는 것도 힘드니까 단도직입적으로 물을게요. 알테어 누나는 각성을 했어요?"

알테어는 내 질문에 장난스런 표정을 지웠다.

[왜? 혹시 세 명 중에 누가 각성이라도 했어?]

"네. 훼릴이요."

[훼릴이? 흠… 너무 이른데…….]

뭐가 이르다는 것일까? 알테어의 미간에 잔주름이 잡혔다.

[뭐가 묻고 싶은 건데?]

"운명의 계승이 뭔지 알고 싶어요. 훼릴이 각성을 하고 나면서 무엇이 바뀌게 된 건지도 알고 싶구요. 또 뭐가 이르다는 건지도 알고 싶어요."

알테어는 알겠다는 표정으로 고개를 몇 번 끄덕였다. 마치 엄마에게 이것저것 묻는 아이를 보는 듯한 눈빛으로 날 지그시 쳐다봤다.

[훼릴이 걱정돼 죽겠다는 표정이네. 누가 봐도 절대 동생이라고 생각 안 하겠는걸? 키득. 좋아, 잘 들어. 우선 운명의 계승이 어떤 것인지와 훼릴에게 어떤 변화가 일어나는지 알려줄게. 우선 각성을 했다고 해도 훼릴의 인격 자체엔 아무런 변화가 없어. 운명의 계승이란 마치 아주 어렸을 적에 헤어졌던 어머니가 어느 날 갑자기 나타나서 '내가 니 엄마다'라고 하는 걸 믿는다는 것과 다를 게 없으니까. 단, 계승의 의미를 알게 됨으로써 신의 분노를 입은 자신의 운명을 저주하게 될지는 모르지. 하지만 너라는 종속자를 만난 이상 그런 일은 일어나지 않을 것 같으니 신경 쓰지 않아도 좋을 거야.]

알테어의 간단명료한 설명에 난 미덥지 않긴 하지만 안도의 한숨을 내쉬었다. 아무런 변화가 없다라… 난 훼릴이 꼭 새장에서 벗어난 새처럼 멀리 사라져 버릴 것만 같아 불안했었다. 운명의 계승이라니… 스스로를 추악하다 말한 레시안의 말이 내내 신경 쓰였다.

[훼릴에게 또 다른 인격이 나타났을 텐데… 혹시 알고 있어?]

"어제 만났습니다. 레시안 아르미네아라고 하더군요."

레시안의 이름을 다시 되뇌자 새벽에 느꼈던 주체할 수 없는 분노가 다시 느껴졌다. 스스로를 소멸로 이끌어야만 했던 그녀가 섬광에 갈가리 찢기는 모습이 아직도 눈에 선하다.

[레시안… 혹시 발광 같은 건 하지 않았겠지?]

"아니요. 왜……?"

수정구를 통해 보여지는 알테어의 얼굴에 근심의 기색이 어렸다. 무슨 일이라도 있었던 걸까?

  [다행히 정신의 붕괴를 일으킨 상태에서 기억을 전승하진 않았던 모양이네. 다행이다. 혹시 레시안이 타라투스의 지도자였던 아르미네아의 세라프였다는 걸 알고 있어?]

  "네. 어제 그녀의 입으로 직접 들었어요. 그런데 기억의 전승이라뇨?"

  난 레시안이 한 말이 갑자기 생각났다, 자신의 기억을 내 머리 속에 남기겠다는 그녀의 말이.

  [조금 전에 예를 들었다시피 고아가 갑자기 나타난 어머니를 받아들이면 여러 가지 변화가 있겠지? 그 변화가 바로 이전 기억의 전승이야. 이유는 모르겠지만 세라프는 각성하게 될 때 전의 인격이 가지고 있던 여러 가지 기억들을 운명의 계승과 함께 전승하게 돼. 이건 어떻게 보면 무척 좋을 수도 있지만 달리 생각하면 무척 잔인한 일이기도 해. 전생의 쓰라린 기억과 추억들을 그대로 가지게 된다는 것이니까. 내가 레시안이 미치지 않았을까 하고 걱정한 건 그녀가 자신의 종속자인 아르미네아에게 죽임을 당했기 때문이야. 이유는 모르겠지만…… 아마 미친 상태에서 운명의 계승이 이뤄졌다면 그녀의 혼란스러운 기억이 훼릴의 정신 세계까지 망쳤을 수도 있었을 테니…….]

  미치기는커녕 그녀는 내게 자신의 전 종속자가 아르미네아라고 말하기까지 했었다. 아니, 기억의 전승을 내게 했으니 미친 것일지도 모른다. 하지만 지금 내 머리 속엔 아무것도 떠오르는 게 없는데? 기억의 전승이 실패한 건가? 뭐, 알테어가 말했듯 그렇게나 끔찍한 기억들이라면 차라리 전승되지 않는 게 나을지도 모르겠다. 훼릴은 훼릴로서 남아주는 게 가장 좋으니까.

"그럼 운명의 전승이란 게 도대체 뭐죠? 세라프는 도대체 무슨 운명을 짊어져야 하는 거죠?"

알테어는 나의 이 질문엔 대답하기 어려운지 한참을 고심했다. 윽… 마나가 고갈되어 가는데 무슨 뜸을 저렇게 들인담. 오라를 더 이상 끌어올릴 힘도 없을 때 알테어의 입이 열렸다.

[그건 나중에 설명해 주면 안 될까? 나도 조금 머리 속에 정리할 시간을 가져야 할 것 같은데? 간단하게 말할 수도 있지만 자꾸 쓸데없는 생각이 떠올라서 말야.]

"그럼 훼릴의 각성이 너무 이르다고 했는데 뭔가 문제라도 되나요?"

더 이상 시간이 없다는 생각에 난 다그치듯 물었다.

[원래 세라프가 각성하는 덴 적어도 3년이란 시간이 걸러. 그리고 3년이란 시간이 흐른다고 다 각성하는 게 아니라 뭔가 계기가 되는 일이 필요해. 나나 다른 세라프들의 경우 종속자와의 관계 변화에서 일어나긴 하지만… 설마… 어린애를 덮쳤어?]

크아아악! 분명히 이 날개 달린 양성체 누나는 정서적으로 큰 문제가 있는 게 틀림없어. 어떻게 생각하는 게 다 이 모양인 거지? 필립이 평소에 어떻게 생활하는지 의심이 들었다. 이런 음란 세라프랑 함께하면서 물들지 않았을까? 어쩐지 나이보다 더 늙어 보이더라니… 전부 알테어가 필립의 정기를 빨아먹고 있었기 때문일 것이다.

"카아악! 관둬요! 지금 마나를 끌어올릴 힘도 없으니까 내일 이맘때쯤에 다시 연락할게요."

[야! 한바……]

알테어가 뭐라고 외치려 했지만 내가 마나를 끊어버리자 수정구에 비치던 알테어의 모습이 사라지며 목소리도 끊기고 말았다.
"정말… 훼릴이 알테어만은 닮지 말아야 할 텐데……."
뭐… 닮아도 꼭 나쁜 건 아니지만…….
알테어와의 상담이 끝나고 밖으로 나가 샤를마뉴에게 고맙다는 인사를 하며 내일도 쓸 수 있냐는 말을 하자 샤를마뉴는 통 크게도 아예 수정구를 내어줬다. 비상시를 대비해서 하나 정도는 더 있다나? 생각 외로 좋은 사람인 것 같았다.
"오라버니, 잘 자~"
"편안한 밤 되시길."
"에헤헤~ 오빠, 잘자~ 쪽."
훼릴과 세리스가 다른 침대에 자는 데 비해 내 품에 안겨서 자는 엘리는 내 볼에 앙증맞은 입술로 쪽 소리나게 뽀뽀를 하는 걸로 잘 자란 인사를 마무리 지었다. 덕분에 세리스와 훼릴 사이에 미묘한 기류가 흘렀지만 내가 이불을 끌어 올려 잠을 청하자 그런 기류도 이내 사라져 버렸다.

똑.
똑… 똑…….
퐁당…
물방울 소리? 수도꼭지가 새는 건가?
아니다. 이건 물방울이 떨어지는 소리가 아니었다. 창문을 제외하고 사방의 벽에 걸린 미술품이 몇 갠데 방 안에 수도꼭지가 있을 리 없다. 난 힘겹게 눈을 떴다. 하지만 그것은 나의 눈을 뜬 것이 아니라 내 앞에 커다란 창을 연 기분이었다.

마치 마감 작업을 하지 않은 커다란 찜질방에 들어간 것처럼 사방은 후끈한 열기로 달아올라 있었다. 흙으로 된 벽을 타고 오르는 뱀의 혀 같은 불길이 쉬지 않고 무언가를 태우고 있었다.

그것은 이제 검은색으로 변해가는 사람의 뼈. 미처 타지 못한 채 흘러내리는 사람의 지방. 뼈에 달라붙어 끝까지 그 질김을 보여주는 힘줄과 혈관들이었다.

순간 참을 수 없는 욕지기가 나왔다. 하지만 토할 수는 없었다.

여기가 어디지? 난 분명히 방 안에서 잠들었는데? 설마 눈을 떠보니 판타지 세상이었다는 황당한 설정은 아니겠지? 그런 건 이미 한물간 상황 설정이라구!

"레, 레시안? 어째서 네가……?"

사방이 붉은 불길로 불타오르는 와중에 누군가 내 발목을 잡고 믿을 수 없다는 듯 외쳤다. 아래를 쳐다보니 허리가 반쯤 잘린 채 두 팔의 힘만으로 내가 서 있는 곳까지 기어온 듯 핏자국을 허리 뒤로 길게 늘어뜨린 남자가 있었다. 피로 범벅이 된 얼굴과 머리카락으로 봐서 얼마 살지 못할 것 같았다. 옆구리 쪽에 갈라진 내장의 한쪽 끝이 삐죽 삐져 나와 있었다. 끔찍한 모습이었다. 하지만 내겐 그런 모습보다 그의 입에서 나온 이름이 더 충격적이었다.

'레시안? 레시안 아르미네아?'

방금 들은 이름이 분명 레시안이란 이름이었던가?

"마스터의 뜻 안에서……."

내 입에서 나의 의지와는 상관없는 말이 나왔다. 차갑고 무언가를 억누르고 있는 듯한 음색… 분명 레시안의 목소리였다.

'이게 무, 무슨 일이야? 어째서 내가 레시안의 몸 안에 있는 거지?'

"이게 아르미네아님의 뜻이란 말이냐! 쿨럭… 우리의 염원은 어쩌고… 세상을 피로 물들여야 할 것이 아닌가! 커억!"

남자는 끊어진 내장에서 피가 솟아나든 자신의 다리에 불이 옮겨 붙든 아랑곳 않은 채 절규했다. 난 이 남자의 말에서 지금 내가 처한 상황을 어렴풋이 이해할 수 있었다.

꿈이다.

그리고 레시안이 넣어준 기억이었다.

내게 기억을 전승시켰다고 하더니 꿈으로 나타나게 된 모양이다. 자신을 추악하다고 말할 때 결코 아름다운 과거를 지녔으리란 생각은 않았지만 이렇게까지 처절한 모습을 보게 될 줄이야……

"마스터는 복수가 아닌, 흑마법사가 세상에 바로 설 수 있기를 원하고 계십니다. 이곳에 있던 당신을 비롯한 사람들이 원하는 피의 심판 같은 것이 아닙니다."

'피의 심판?

아마 피의 심판이란 페스트 같은 전염성이 강한 병이거나 강력한 저주같이 느껴졌다. 훼릴, 아니, 레시안의 손이 살짝 들렸다. 무엇을 하려는 걸까?

"타올라라."

화아아악—

"끄아아아악! 저주할 것이다아아!"

세상에… 특별한 주문도 없이 레시안의 작은 말 한마디와 함께 손가락으로 가리키기만 했는데 남자의 몸은 순식간에 강렬한 불의 기둥에 휩싸여 버렸다. 레시안은 바로 눈앞에서 뜨겁게 타오르는 불길을 전혀 두려워하지 않았다. 오히려 불꽃들이 레시안을 피하고 있었다. 마치 불꽃을 다스리는 여왕 같았다.
 레시안은 마지막 생존자라고 여겨지는 그 남자의 몸이 완전히 다 타오르고 검은 뼈다귀만 남자 주변을 완전히 불태우기 시작했다. 이상한 유리관에 담긴 생물체들을 유리관째 불태워 버렸고 주변에 어지럽게 널려 있는 고문서나 두루마리 같은 것들을 완전히 재로 만들어 버렸다.
 똑……
 똑… 똑……
 물소리가 아니었다. 완전히 폐허가 되어버린 불바다 속에 홀로 서 있는 한 여인이 흘리는 눈물이 내는 소리였다. 레시안… 그녀가 울고 있었다.
 "레시안."
 그때 뒤에서 누군가 부르는 소리가 들렸다. 레시안의 시선이 천천히 그쪽으로 향했다. 그리고 이윽고 눈에 보이는 백의를 입고 있는 한 명의 여인… 눈물 때문에 희뿌옇게 보여서 어떤 얼굴인지 모르겠지만 하얀 옷을 입고 있는 것과 레시안이 작게 '마스터'라고 속삭이는 걸로 그녀가 아르미네아란 것을 쉽게 유추할 수 있었다.
 "명대로 모두 소멸시켰습니다."
 "그래. 이들은 언젠가 세상에 큰 해가 될 존재들. 미래를 생각지 않는 오로지 파멸만을 부르는 자들의 악념이 깃든 곳… 동료라고 믿고 있던 그들을 배신한 것 같아 미안하긴 하지만 결코 잘못된 일은 아니었다."
 "네……"
 하지만 레시안의 눈물은 그치지 않았다. 오히려 더 많이 흐르고 흐를 뿐. 아르미네아는 고개를 숙인 채 울고 있는 레시안을 가만히 쳐다

보고만 있을 뿐 아무 말도 하지 않았다. 점점 주위의 불길이 더 크게 치솟기 시작했다. 그때 갑자기 먼 곳에서 사람들의 웅성거리는 소리와 병장기 부딪치는 소리가 들렸다.

"이곳의 불길을 보고 혈십자 기사단과 티르의 검이 들이닥친 모양이구나. 레시안, 고개를 들어라."

아르미네아의 말에 레시안은 눈물이 흘러내리고 있는 얼굴을 들었다. 얼굴에 따스하게 느껴지는 손길, 아르미네아가 손가락으로 눈물을 훔쳐 주었다. 그리고 드러난 그녀의 얼굴······.

'헉!! 지영 선배?!'

그리고 그녀의 손에 들린 오싹하니 소름 끼칠 정도로 날카롭게 날이 선 작은 단검. 그 날엔 초록색의 눈에 익은 기운이 어려 있었다.

"컥? ···마스터?"

모든 건 순식간에 일어난 일이었다. 내가 아르미네아의 얼굴을 보고 놀란 것과 레시안의 심장에 날카로운 검이 꽂힌 것은. 믿을 수 없다는 표정으로 바라보는 레시안의 얼굴을 아르미네아는 두 손으로 감싸며 말했다.

"더 이상 너의 손에 피를 묻히기가 싫구나. 이대로 널 다시 봉인석으로 되돌리겠다. 아마 곧 이어 들이닥칠 티르의 검이나 혈십자 기사단이 널 발견하겠지. 시간이 걸리겠지만 언젠가 다시 종속자를 선택하게 된다면··· 그땐 부디 밝은 세상에서 행복하게 살 수 있기를······. 이렇게밖에 못하는 날 용서하렴."

지영 선배의 얼굴과 똑같은 얼굴을 한 아르미네아가 알아들을 수 없는 주문을 영창하기 시작했다. 그리고 점점 붉게 물든 시야는 다시 검붉은 공간 속에 날 홀로 남겨두게 했다.

그리고 그렇게 난 눈을 떴다.

짹짹짹……

간만에 보는 영화 속의 클래시컬한 아침이었다. 아침의 태양으로 어스름하게 밝아오는 하늘과 창밖에 지저귀는 새들이 맞아주는 아침. 하지만 그런 평화로운 아침의 분위기와는 대조적으로 나는 완전히 젖어 버린 잠옷 상의에서 느껴지는 찝찝한 기분에 몸서리를 쳤다.

'지영… 선배가? 어째서?'

아무리 생각해도 지영 선배가 꿈에 나올 일이 없었다. 아니, 정확하게 레시안의 기억 속에 나올 일이 없었다. 아르미네아 그녀는 400년 전의 인물이고 지영 선배는 현대의 인물인데 접선이 있을 리가 없었다. 어떻게 지영 선배네 조상 중에 아르미네아와 관련이 있는 사람이 있다 해도 그렇게 똑같이 생긴 사람이 나올 수는 없는 것이다.

'욕구 불만인가?'

짝사랑하던 지영 선배가 꿈에 나오다니… 이불을 들어 팬티 안을 확인했더니 역시나였다.

"으응… 오빠?"

윽?! 엘리에게 민망한 모습을 보이기 전에 진정시켜야지. 5분 정도 눈을 감고 어려운 미적분 공식과 마나 운용 이론을 떠올리자 겨우겨우 흥분을 가라앉힐 수 있었다. 그러나 때는 이미 늦어 있었다.

"오빠, 이거 커졌어."

"어어억?! 엘리, 어딜 건드리는 거야!!"

겨우 죽어가던(?) 나의 심볼은 아무것도 모르는 엘리의 다독거림(?)에 다시 흥분하고 말았다. 크윽… 겨우 초등학교 3, 4학년으로 보이는 엘리의 손길에 흥분하다니, 아직 수양이 절대적으로 부족하다는 것을 느꼈다.

"왜? 아픈 거 아냐? 우웅~"

"아냐. 아픈 거 아니니까 어서 세리스랑 훼릴이나 깨워. 알았지?"

엘리의 신경을 돌리기 위해 이마에 가벼운 키스와 함께 억지웃음을 짓자 얼굴이 마비될 것 같았다. 하지만 변태로 낙인찍힐 수는 없는 일! 난 필사적이었다.

"알았어. 세리스으~ 훼에릴~ 일어나아아아~"

침대에서 폴짝 뛰어내려 훼릴과 세리스를 흔들어 깨우는 모습을 곁눈질로 확인한 나는 얼른 침대에서 뛰쳐나와 바지를 입었다. 집에서 가져온 평상복이 아니라 혈십자 기사단에서 얻은 수련복이었기에 약간 펄렁했다.

'이 정도면 충분히 감출 수 있겠지.'

바지를 입고 이리저리 살펴봐도 아무런 티가 나지 않자 난 적지 않게 안도했다. 다행이다.

나와 아이들은 시녀들이 가져다 준 아침 식사를 간단하게 먹은 뒤 연무장으로 향했다.

"오늘도 열심히 수련해야지."

"오라버니는 다치지나 마세요. 정말 무모하다니깐."

톡 쏘는 어투로 내 어깨를 툭 치는 훼릴의 얼굴에 걱정, 근심이 가득했다. 쯧쯧, 예쁜 얼굴로 인상을 쓰면 주름살 생기는데…

"주름살 걱정해 주실 정도로 신경 쓰이신다면 다치지나 마세요."

"윽… 읽은 거야?"

각성을 하고 나서 마음을 읽는 기술이 더 는 걸까? 훼릴의 입에서 거의 완벽할 정도로 내 마음을 꿰뚫는 말이 나오자 난 가슴이 뜨끔했다. 이대로 완전히 마음을 들키고 살아야 한다면 민망해서 어떻게 살으라고! 가끔씩 하는 므흐흐한 생각은 전혀 못하게 될 텐데, 난 그런 갑갑한 생활을 할 자신이 없었다. 그리고 야한 생각이란 게 내 맘대로 하고 안 할 수 있는 것도 아닌데!! 난 슬그머니 훼릴의 옆에서 떨어졌다.

"왜요? 읽으면 안 되는 거라도 있어요? 키득, 이제 엉큼한 생각도 못하게 됐다고 생각했죠? 하여튼 오라버니는 마음을 읽지 않아도 충분히 얼굴에 드러나니까 괜히 걱정하지 않아도 돼요. 알았어요?"

그래서 읽을 수 있다는 거야 없다는 거야? 쳇. 각성하더니만 예전보다 더 능글맞게 된 것 같다니깐.

chapter 27
운명에 맞설 수 있기를…

연무장에 도착하자 어제보다 더 많은 관중(?)들이 기다리고 있었다. 어제 훈련이 끝난 다음 훼릴에게 듣기로는 모두 자유 기사들이라고 했다. 즉, 어느 정도 실력이 되는 기사들로 스스로 하는 훈련만으로도 충분히 자기 관리를 할 수 있다고 판단되는 사람들이었다. 그런데 그런 사람들이 왜 나 같은 녀석이 박살나는 광경을 구경하러 오는 거냐고! 타인의 고통은 자신의 기쁨이다 이건가? 그게 정의를 표방하는 혈십자 기사단의 자유 기사가 가져야 할 덕목이란 말인가~ 오호~ 통재로다.

"이봐! 바다, 뭘 그렇게 주절주절거리는 거야? 어서 준비 안 해? 드레이크, 오늘은 아주 작살을 내버려!"

"큭. 알베르트, 어감이 상당히 좋지 않아. 작살이라니? 누구 잡을 일 있어?"

"흥… 잡을 수만 있다면 잡았지."

"뭐라구?"

알베르트가 뭐라고 작게 말했는데 들리지가 않았다.

"아냐, 신경 쓸 것 없어. 그보다 눈앞의 상대에게나 집중하는 게 어때? 조금은 나아진 모습을 보여야 드레이크도 이 시간이 지루해지지 않지."

"알베르트 경, 그건 아무래도 무리일 것 같은데? 100년쯤 죽도록 단련하면 지금의 드레이크를 상대할 수 있을는지 모르겠지만. 어디서 저런 몸치를 데려온 거유?"

자유 기사 중에 한 명이 피식피식 웃으며 알베르트에게 접근해 물었다. 둘이 뭐라고 말하긴 했지만 굶주린 늑대마냥 번뜩이는 눈빛으로 달려드는 드레이크 때문에 들을 순 없었다. 보나마나 날 잘근잘근 씹어대고 있겠지? 하지만 오늘은 나도 마냥 당하고 있진 않을 생각이다. 비록 어제 하루 동안의 연습뿐이었지만 새로운 공격 마법을 익혔던 것이다.

"받아라아아앗! 대지와 하늘을 뚫는 섬격의 화살! 미니어처 썬더볼트!"

치직!

같은 뇌격계 주문인 라이딘의 것을 거의 카피하다시피 했지만 어차피 구현하기 편하게 하기 위한 주문일 뿐이므로 크게 상관없었다. 주문과 함께 시동어까지 영창을 끝내자 내 손바닥 위엔 꼭 다트 크기만 한 화살이 일곱 개 만들어졌다. 하지만 여기서 끝나면 전과 다를 게 없으니 하나 더 추가해야겠지?

"......!"

드레이크의 몸이 순간 움찔했다. 그럴 만도 하다. 일곱 개밖에 없던

미니어쳐 썬더볼트가 수십 개로 불어났기 때문이다. 바로 내가 쓴 '미러 이미지'란 마법 때문이었다. 실체가 아닌 허상을 만드는 마법이기에 적은 마나로도 톡톡한 효과를 볼 수 있는 마법이었다. 구현을 위한 마법 수식도 간단한 편이고, 미리 캐스팅을 해놓으면 순간적으로 허상을 만들 수 있기에 직접적으로 물리적인 피해를 줄 수는 없지만 상대의 허점을 만드는 데에는 충분할 것 같았다. 숙련된 마법사나 마나 감응력이 뛰어난 마법사라면 금방 실체와 허상을 구분할 수 있겠지만 불행하게도 드레이크는 기사였다. 물론 내력을 가지고 있기 때문에 어렴풋이 뭐가 실체인지는 알 수 있겠지만 지금 내가 만든 마법은 썬더볼트 중에서도 순간적인 전기 충격만 주는 아주 약한―그래도 치한 퇴치용 전기총 정도는 된다―마법이기에 섬세하게 실체를 구분해서 쳐낼 수는 없을 것이다. 거기다 전기 속성이니 함부로 검을 가져갔다간 낭패를 보기 십상이고 말이다.

"저 녀석 머리 좀 썼는걸?"

"호오~ 전기 속성의 마법이라… 잔머리가 제법이군요."

주위에서 다양한 감탄성이 들려왔다.

큭큭큭큭. 이걸로 어제처럼 꼴사나운 모습은 안 보여줘도 되겠구만. 하지만 나직하게 중얼거리는 자유 기사의 말은 들리지 않았다.

"하지만… 저게 전혀 소용없다는 걸 곧 알게 되겠지요."

그리고 삼 분 후.

"으아아아악! 어째서 전격 마법에 전혀 영향을 안 받는 거야아아아!!"

"바보 같은 녀석. 여긴 혈십자 기사단이란 말이다! 전격 마법에 대항하기 위한 갑옷 처리 정도는 기본적인 거라고!"

그, 그런… 바보 같은!!

퍼억!

"쿠에에엑~!"

어제와 똑같이 처절한 괴성과 함께 땅바닥과 키스하는 나였다. 어제 하루 동안 머리 터져라 생각해 낸 필살기가 이렇게 허무하게 무용지물이 되다니… 좌절감마저 들었다.

"발상은 좋았다만 아직 멀었어. 드레이크, 적당히 주물러 줘."

"네."

혹시 저것들 이 상황을 즐기고 있는 거 아냐? 알베르트의 말이 끝나기가 무섭게 달려드는 드레이크의 모습에 난 눈을 질끈 감고 말았다. 하지만 그때 들려오는 목소리가 있었다.

"식칼이라고 꼭 야채만 자르란 법은 없지요."

"……!!"

순간 머리 속을 번쩍 하고 스쳐 지나가는 것이 있었다.

휙.

"……?"

비틀거리며 서 있는 나를 향해 달려들던 드레이크의 검은 허공에 완만한 궤적을 그리기만 했을 뿐 내 몸에 적중하진 못했다.

"호오? 제법인데?"

조금 전에 서 있던 자리가 아니라 두어 발자국 뒤에 나타난 내 모습에 드레이크는 얼굴에 이채를 떠올렸다.

"도구는 쓰기 나름이란 걸 이제야 조금 깨달은 것 같군요."

"흐응~ 누군가 했더니 잭키 교관님이셨군요."

드레이크와의 훈련은 갑작스레 나타난 한 남자로 인해 잠시 소강 상태에 접어들었다. 알베르트의 옆에 서서 내게 조언 아닌 조언을 해준 남자는 이제 막 40대에 접어드는 얼굴을 한 동양인이었다. 턱수염이 까칠까칠하게 난 얼굴에 어깨 뒤까지 길게 기른 검은 머리를 끈으로 묶은 남자는 다른 기사들처럼 갑옷을 걸치지 않고 약간 펄렁펄렁한 중국 옷을 입고 있었다.

"알베르트 경, 괜찮다면 내가 저 친구를 도와줘도 될까?"

"뜻대로. 권사인 당신이 보기에 맨손으로 기사와 싸우는 바다가 꽤 맘에 들었나 보죠? 하지만 저 친구는 마법사인데."

"마법이든 검술이든, 아니면 권법이든 모두 하나의 기술일 뿐 쓰는 것은 사람인 것을… 그럼 잠깐 실례하도록 하지."

잭키라 불린 남자의 말에 알베르트는 피식 하고 웃더니 날 불렀다.

"바다, 인사드려. 권사면서 기사의 칭호를 받은 리우 잭키님이셔. 혈십자 기사단에서 교관을 맡고 계신 분이야."

"아, 안녕하세요."

"처음 보는군."

이름에서 영어권의 색이 짙어서 영어로 인사하자 잭키 역시 영어로 답해줬다. 억양이 조금 독특한 걸로 봐서 미국이 아니라 홍콩 출신인 것 같았다. 아니, 이게 당연한 건가?

"어제와 오늘 이틀 동안 줄기차게 얻어터지는 모습을 잘 봤다. 폐가 되지 않는다면 내가 약간 도움을 주고 싶은데 괜찮을까?"

"무, 물론이죠. 제가 오히려 부탁드리고 싶은데요."

조금 전에도 이 사람의 조언 덕분에 낭패를 면할 수 있었다는 생각에 난 힘차게 고개를 끄덕였다.

"흠… 그럼 잠깐 저쪽으로 자리를 옮기지. 드레이크 경, 잠시만 기다려 줘."

"뜻대로."

슬쩍 뒤를 돌아 세리스를 비롯해 아이들의 얼굴을 봤다. 그러자 나와 눈이 마주친 세리스가 고개를 끄덕이며 잭키란 남자를 따라가란 눈치를 줬다.

잭키는 연무장 구석에 있는 나무 그늘로 날 데려갔다. 그리고 주변에 있던 구경꾼들을 모두 쫓아내고는 내 몸의 이곳저곳을 더듬거렸다.

"흠… 그렇게 좋은 골격은 아니군. 나이도 나이인데다 운동도 거의 하지 않아서 근육도 많이 굳었고… 흠, 다행히 외근보다는 내근이 더 발달되어 있어서 기본은 배울 만하군. 자, 바다 군이라고 했나?"

"네? 네."

잭키는 내 얼굴을 똑바로 보더니 소매 안에 있던 손을 꺼내서 내 가슴에 올렸다.

"잘 듣게. 설명은 단 한 번뿐이니까. 우선… 이게 발경!"

퍼엉!

"쿠에에에에엑?!"

갑작스런 공격에 난 아무런 반항도 못한 채 바닥을 굴러야만 했다. 순식간에 조용해지는 좌중의 분위기가 압권이었다.

"…이라는 거네."

지금 그걸 개그라고 한 겁니까? 아니면 사람 잡을 일이라도 있는 겁니까! 으윽!

"엄살 부리지 마. 죽을 정도로 친 것도 아닌데 사내놈이 엄살은… 쯧. 자, 다음은 자네 차례야. 날 공격을 해봐. 마법도 좋고, 자네가 쓸 줄 아는 다른 기술도 좋아."

입 안으로 들어온 모래와 지푸라기를 뱉어낸 나는 잭키의 말에 잠깐 내 귀를 의심했다. 후비적후비적, 귀에 귀청이 많이 끼었나? 갑자기 헛소리가 들리는 것 같은데.

"잘못 들은 거 아니니까. 지금 내게 마법을 써보라고 했네. 그럴 일은 절! 대! 없겠지만 내가 다치거나 죽어도 자네를 원망하지 않을 테니 최대한의 힘으로 공격해."

"그, 그래도……."

"어서!"

내가 어물쩍거리자 잭키는 호통을 쳤다. 에라, 모르겠다. 죽어도 당신 책임이야!

난 드레이크와의 훈련에서는 단 한 번도 써보지 않았던 매직 스피어를 만들어냈다.

"죽어도 모릅니다."

"흥."

내 작은 경고에 잭키의 안색이 약간 어두워졌지만 끝내 물러서진 않았다. 그래서 난 좀 더 위압감을 주기 위해서 마나를 회전시키기 시작했다.

"키이이잉!"

"윽!"

"저런!"

내가 쓰려는 마법이 지금까지와는 뭔가 다르다는 것을 느꼈는지 주위에서 경악성이 흘러나왔다. 하긴 지금 내 귀에 들리는 날카로운 바람 소리만으로도 충분히 그 위력을 상상하고도 남을 것이다. 아직 정확한 컨트롤과 발동하는 데 시간이 걸린다는 것만 제외하고는 내가 가진 마법 중에 가장 강한 마법이었다.

"호오~ 잘도 이런 마법을 쓰지 않은 채 드레이크와 대련을 했군."

"대련할 때 이런 마법을 쓰면 마법이 구현되기도 전에 얻어맞기 십상이니까요."

"쯧쯧쯧, 그런 생각을 하니까 드레이크한테 얻어터지지. 뭐 해? 어서 날리지 않고."

잭키는 이제 완전히 말을 놓아버린 채 내게 명령했다. 덕분에 예의범절 같은 건 구만 리 밖으로 날려 버리고 시동어를 외쳤다.

"매직 스피어!"

바로 지척에 있었기에 난 그가 매직 스피어에 꿰뚫리거나 피했을 거라 생각했다. 일부로 이동 속도를 줄였으니 웬만하면 피할 수 있을 것이다. 거기다 혈십자 기사단의 격투술 교관이라면 나도 피할 만큼 느린 마법쯤이면 쉽게 피했겠지?

파아앙!

하지만 그런 나의 생각은 완전히 뒤집히고 말았다.

"마, 말도 안 되는……!"

내가 만들어낼 수 있는 물리력을 가진 마법 중에 최강을 자랑하는 매직 스피어가 손가락 하나에 밀리고 있었다. 잭키의 검지손가락은 희미한 광채를 내면서 매직 스피어의 첨예한 끝을 정확하게 누르고 있었다. 그리고 그의 손이 미미하게 흔들린다고 느꼈을 때 맹렬하게 회전하던 매직 스피어의 회전은 완전히 멈춰 버렸고 본체 역시 완전히 분해되어 사라져 버리고 말았다.

"후우, 의외로 강렬한 마법인데? 방심한 채 받았다면 크게 낭패를 볼 뻔했군. 응? 자네 왜 그런 표정을 짓고 있는가?"

난 충격에 휩싸여서 아무런 말도 하지 못했다. 겨우 손가락 하나로 매직 스피어를 흩어버리다니… 비록 내가 내 마법 실력에 무슨 대단한 자부심을 가지고 있는 건 아니지만 지금의 상황은 꽤나 충격으로 와 닿았다.

"흥, 내가 손가락 하나로 마법을 받아내서 충격에 빠진 건가? 바다라고 했었지? 이런이런… 겨우 이런 걸로 넋이 나가다니. 정신 차렷!"

퍼억!

큭. 잭키의 주먹이 배에 꽂혔다. 아랫배에 느껴지는 아릿한 고통에 허리를 숙이고 그를 올려다보자 잭키는 한심하다는 표정으로 서 있었다.

"어른이 말할 때는 경건한 마음으로 듣는 거다. 알았나? 자, 이번엔 네가 쓴다는 발경으로 날 한번 쳐봐."

"큭."

이번엔 두말없이 모든 마나를 끌어 모아 두 주먹을 잭키의 가슴을 향해 뻗었다. 방금 본 실력으로 내가 진짜 어떻게 해보려 해도 어떻게 될 사람이 아니란 걸 알 수 있었기 때문이다. 하지만 이것 역시 멀쩡히 서 있는 잭키의 모습에 정신을 차리고 보니 손가락 하나에 막혀 있었다.

"흥. 차라리 좀 전의 그 마법이 훨 낫군. 지금 내 행동에서 뭐 느낀 게 있나?"

"뭘요?"

내가 멍한 목소리로 대답하자 잭키는 혀를 끌끌 차며 내 귀를 잡아 당겼다. 화끈한 통증에 정신이 번쩍 들었다.

"쯧쯧쯧. 다시 한 번 몸으로 배우고 싶나? 마법사라면 지금까지 내가 어떻게 자네 기술을 막고 또 발경을 썼는지 생각해 봐."

"아야야~ 자, 잠깐, 이것부터 놓구요."

잠시간 귀를 놓네 마네 하며 옥신각신한 뒤에야 난 잭키가 어떻게 내 기술을 막고 또 발경을 썼는지 머리 속으로 그려봤다. 하지만 특별한 걸 못 느낀 난 오라를 전개해서 주변의 마나를 쭉 훑어봤다. 하지만 특별히 드러나는 게 없었다. 단지 지금도 공기 중에 희미하게 맴도는 기운과 잭키의 손가락에서 느껴지는 기운이 거의 똑같다는 것 정도였다.

"글쎄요… 그저 잭키 교관님의 기운이 처음부터 끝까지 비슷했다는 것 정도… 만."

"처음부터 똑같은 힘으로, 똑같은 방식으로 썼을 뿐이야."

어물어물거리며 내가 답안지를 꺼내자 잭키는 채점할 필요도 없다는 듯 퉁명스럽게 말했다.

"네?"

내가 무슨 소리냐는 듯 어이없다는 표정으로 반문하자 잭키는 날 똑바로 쳐다보며 말했다.

"처음에 발경을 쓸 때나 자네의 그 마법을 막을 때나 마지막으로 자네의 발경이라고 불리는 잔재주를 막을 때나, 모두 똑같은 힘으로 똑같은 방식을 사용했다고 했네."

"그럴 리가! 하나같이 그 위력이나 질적인 차이가 큰데 어떻게……."

내가 부정을 하든 말든 잭키는 덤덤히 듣고 있다가 잡고 있던 내 귀를 살짝 잡아당기는 걸로 입을 다물게 만들었다. 큭, 처음엔 상냥한 중국 사람이라고 생각했는데 완전히 잘못 찍힌 것 같다.

"드레이크 경과 겨룰 때 내가 한 말을 기억하고 있나?"

"네? 네, 식칼로 야채만 자르는 건 아니라고 했잖아요. 아! 그럼 똑같은 힘인데 모두 다른 방식으로 썼다는 건가요?"

빡!

내 딴엔 맞다고 생각해서 말한 거였는데 대답은 눈물이 쏙 나올 만큼 혹독한 꿀밤 한 대였다.

"분명히 똑같은 힘에 똑같은 방.식.이라고 한 것 같은데?"

이씨~ 이 아저씨가 언제부터 날 봤다고 함부로 주먹질이야? 하지만 어찌한다고 어떻게 될 사람도 아니니 착한 내가 참는다(?).

"그럼?"

"지렛대를 아는가? 아니면 좀 더 어려운 말로 사량발천근(四樑發闡筋)이란 말은 아는가? 적은 힘으로 큰 힘을 능히 누른다는 말이 있지. 또 사기종인이라 하여 상대방의 힘을 거스르지 않는다는 말도 있고. 즉, 내가 발경으로 자네를 쓰러뜨린 힘은 사기종인이라 하여 지구의 힘, 즉 중력을 거스르지 않고 썼기에 큰 힘을 낼 수 있었던 것이고 마법은 그 마법의 맹점을 찰나의 순간에 포착해서 그 핵을 흔들었기에 적은 힘으로 흩뜨릴 수 있었던 거지. 자네의 발경 아닌 발경을 막은 것도 다 사기종인이란 방식으로 그 힘을 지면으로 모두 흘려 버렸기에 멀쩡할 수 있었던 게야. 물론 그 안에 숨어 있는 내기(內氣)의 비결이 있긴 하지만 그것 역시 방금 말한 것의 범주에서 벗어난 게 아니지. 이 모든 것은 기술(技術)이 아니라 그 순간순간에 통찰해서 써야 하는 것이야. 이제 지금 자네에게 가장 필요한 게 뭔지 알겠는가?"

영어로 표현하기 어려운 말은 본토 중국어로 하는 바람에 정확한 뜻은 알 수 없었지만 나에게 가장 필요한 것이 뭐냐는 질문은 알아들을 수 있었다.

"그 사, 사기종인인가 하는 건가요?"

따악!

크윽… 또 맞았다.

"그런 거창한 건 필요없어. 그저 자네의 힘을 그 틀에 맞추지 말고 쓸 수 있는 임기응변이 필요해. 내가 똑같은 힘과 똑같은 방식을 썼지만 그 효능이 다르게 나타날 수 있듯이 마법이란 게 뭔지는 확실히 모르겠지만 마법에도 그런 것이 있을 것이야. 조금 전만 해도 마법 화살의 개수를 불리는 데 썼던 마법을 자기 자신에게 쓰지 않았던가. 권법이든 검이든, 아니면 그것이 마법이든 간에 그것은 도구일 뿐 그 자체가 목적이 될 수는 없는 것이야."

도구라… 마법을 도구로 생각하란 말인가? 갑자기 잭키의 말이 가슴 속에 가득 차는 것같이 느껴졌다. 그래, 난 마법을 배운 대로 정형화시켜서 쓰기만 했었어. 가끔 내가 생각하는 방향으로 조금씩 바꿔서 쓰긴 했지만 그것 역시 정형화된 틀에서 벗어나질 못했었지.

틀을 깬다. 정형을 탈피한다란 생각이 들자 갑자기 머리 속에 무궁무진한 아이디어가 떠오르기 시작했다. 그 모든 것이 비록 예전에 쳤던 장난에 가까운 것이지만 드레이크를 상대로 한다면 분명 효과 만점일 것 같았다. 큭큭큭.

"고맙습니다. 덕분에 많을 걸 깨달았습니다."

"뭘, 단지 저 녀석들이 훈련을 빙자해서 자네를 괴롭히는 게 보기 싫었을 뿐이니 신경 쓰지 말게."

"네? 훈련을 빙자해서 절 괴롭히다니요? 이건 제가 원해서 하는 겁니다만?"

자신의 말에 내가 무슨 소리냐는 듯 반문하자 잭키는 내 얼굴을 물끄러미 바라보기만 할 뿐 아무 말도 않았다. 잠시 동안의 정적이 흐르고 드레이크가 연무장으로 올라가자 나도 연무장으로 올라갈 준비를 했다. 연무장의 돌 계단 앞에 다다르자 잭키의 입이 조용히 열렸다.

"바보인 건지 아니면 순진한 건지. 쯧."

"네?"

사오정이 되어가고 있는 건가? 왜 사람들 말이 제대로 안 들리는 거지?

"아닐세. 시간나면 날 한번 찾아오게. 아스파라거스관(꽃말·불변)에 있으니… 힘내게."

잭키는 내게 손을 한 번 들어주고는 이내 장내에서 사라져 버렸다. 미처 고맙다는 말도 못한 채 보내 버려야 했던 나는 잭키가 사라진 쪽으로 허리를 90도로 꺾어 인사를 하고 연무장으로 올랐다. 생각 같아서는 큰절이라도 하고 싶었지만 사람들의 이목이 많아서 차마 그럴 순 없었다.

"준비는 되셨나?"

"물론. 이제부터는 조금 달라질 거야. 기대해도 좋아."

왠지 나 스스로도 자신만만하게 들리는 말에 알베르트와 드레이크는 희미하게 웃었다. 아마 가소롭다는 뜻이겠지? 하긴 보통 사람이라면 한 시간 정도 말로 뭐라 설명한다고 달라질 게 없으니 당연한 것인지도 몰랐다. 하지만 그 생각을 오늘 훈련이 끝나기 전에 바꿔주마.

"간다!"

난 연무장에 올라온 이래 처음으로 큰 목소리로 드레이크를 도발해 봤다.

"흥."

희미하게 들리는 드레이크의 비웃음 소리. 하지만 난 개의치 않았다. 내가 한 말은 진짜로 실현될 것이기에. 이번엔 알베르트가 염장 지르는 소리를 따로 하지 않아도 드레이크가 알아서 내게 달려들었다. 코웃음 치긴 했지만 조금 불안하긴 했나보지? 아마 그 예상은 적중할 거야.

'미러 이미지, 적을 꿰뚫는 섬광의 화살, 매직 애로우!'

안정성에서 조금 불안하긴 하지만 입으로 주문을 영창하지 않고 마법을 구현화시켰다. 소리없이 손 위에 나타난 세 개의 매직 애로우에 드레이크는 검을 고쳐 잡았다. 아마 예전처럼 마법을 날리기 전에 분쇄해 버리거나 몸으로 때우고는 날 칠 생각이겠지?

"차앗!"

드레이크의 입에서 우렁찬 기합이 터져 나왔다. 하지만 그가 벤 것은 마법을 구현화시킨 나의 허상일 뿐 난 그보다 두 걸음 정도 뒤에서 매직 애로우를 날렸다. 그리고 그와 동시에 몸을 앞으로 던지며 두 주먹에 마나를 집중해서 드레이크의 어깨를 공격해 갔다.

"큭!"

퍼, 퍼엉!

시원한 타격음과 함께 드레이크의 몸이 뒤로 세 걸음이나 튕겨져 나갔다. 매직 애로우를 두 개까진 소멸시킬 순 있었지만 나머지 하나와 나의 발경까진 막을 수 없었던 것이다.

"첫!"

"드레이크, 뭘 하는 거야? 이대로 바다에게 밀리면 오늘 저녁은 없다."

치사하게 먹는 걸로 협박하는 거냐? 난 알베르트의 말에 약간 기분이 상했다. 하지만 그것도 잠시일 뿐, 알베르트의 협박 아닌 협박에 드레이크는 이글이글 불타는 눈빛으로 날 노려봤다. 그리고 투구를 벗어서 바닥에 던져 버렸다.

"더 이상 투구를 쓰는 핸디캡은 없어도 될 것 같군요."

핸디캡이라니? 투구는 보호구가 아니었던 건가?

"흥, 시야를 절대적으로 좁혀 버리는 투구를 벗었으니 저 운동치의 승률은 진짜 제로가 되고 말았군."

"하지만 드레이크가 시야의 불편을 느낄 정도라니 저 마법사도 많이 늘었군. 역시 세리스님의 종속자다 이건가? 조금 아류가 섞여 있긴 하지만 마법사 주제에 발경을 쓰기도 하고."

"그래 봤자 아직 드레이크를 이기려면 요원하기만 해. 우선 저 녀석은 체력이 절대적으로 열세에 놓여 있는 데다 마법을 줄기차게 쓸 수도 없는 노릇인지라 더 이상 보는 건 시간 낭비일 뿐이야."

주위에서 수군수군대는 소리가 내 귀에도 똑똑히 들렸다. 쳇, 그럼 난 지금까지 핸디캡을 안고 싸우는 상대에게 그렇게 얻어터졌다는 건가? 왠지 기분이 확 틀리면서 오기가 치솟았다.

'뭐… 투구를 벗었다는 것 내게도 좋은 일이니 상관없겠지.'

과연 투구를 벗은 드레이크의 검은 한층 더 날카롭게 변해 있었다. 목검이니 망정이지 진검이었으면 적어도 열두 토막은 났을 정도로 난 삼십여 분 사이에 완전히 다져진 고기 신세가 되고 말았다. 하지만 전처럼 복날 개 맞듯이 맞은 건 거의 없었다. 대부분이 스쳐 지나가는 검에 휩쓸린 것이거나 검을 피하다가 다리가 꼬여서 넘어진 게 다였다. 이 정도면 순식간에 장족의 발전을 한 게 아니겠는가!

"후우… 후우……."

우린 지금 잠깐의 대치 상태에 들어가 있었다. 체력적으로 약한 내가 숨을 고를 시간을 주는 것이었다. 그리고 보니 역시 드레이크의 입장에선 철저하게 봐주면서 싸우고 있는 것이었다. 전장이었다면 숨을 고를 시간도 주지 않았을 텐데 이런 친절함까지 보여주니 말이다.

"갑니다."

거기다 언제 공격이 들어가는지도 알려주는 저 상냥함이란 뭇 기사의 마음가짐이 아닐까 싶다. 하지만 난 기사가 아니니 곧이곧대로 맞받아쳐 줄 필요는 없겠지? 잭키의 가르침도 있었고 나 스스로 느낀 것도 많다 보니 전처럼 마법을 구현화시켜서 기다리는 짓은 하지 않았다. 마법을 구현시킨 상태에서는 기동성이 떨어지기 때문에 드레이크 같은 기사에겐 요리하기 쉬운 통조림으로 보였을 것이다.

"……!"

드레이크의 갑옷에서 달그락 하는 소리가 들리기도 전에 그는 이미 내 옆에 서 있었다. 그야말로 전광석화 같은 동작이었다. 그러나 나도 이미 마물과의 대련에서 이 정도의 움직임은 질리도록 상대해 본 터였다. 어깨의 움직임으로 드레이크의 검이 날아올 방향을 예측한 다음 발목에 힘을 주고 몸을 비틀었다. 하지만 검을 피한다 싶자 드레이크의 발이 축이 되는 다리를 걸어차 버렸다.

큭. 난 괜히 버티려 하지 않고 잽싸게 바닥을 굴러 두 번째로 날아오는 공격을 피했다. 그리고 무릎을 이용한 반동으로 자리에서 벌떡 일어나 그대로 매직 미사일 두 개를 만들어 날렸다. 괜히 마나를 분산시켜 여러 개 만들지 않고 위력이 확실하게 다섯 개 분량의 마나를 두 개로 압축한 것이다.

'미러 이미지(Mirror Image)!'

그리고 드레이크의 코앞에서 마법을 걸어서 매직 애로우가 여덟 개로 보이게 만들어 버렸다.

"카아앗!"

우렁찬 괴성, 드레이크는 눈에 보이지도 않는 속도로 검과 손을 휘둘러 여덟 개의 매직 애로우를 몽땅 쳐내 버렸다. 하지만 위력이 강화된 매직 애로우라 그런지 곧장 나에게 달려들진 못하고 뒤로 한 걸음 물러서야 했다.

"헉… 헉… 어때?"

"꽤… 아니, 많이 나아졌군요."

씨익, 털썩.

난 드레이크의 입에서 나아졌다는 말을 들음과 동시에 그만 자리에 주저앉고 말았다. 주문을 영창하지도 않고 마법을 구현한 데다 평소보다 많이 움직여서 그런지 훨씬 피곤하게 느껴졌다.

"오늘은 이만하죠."

"그러지."

내 상태를 한눈에 알아본 드레이크가 그만 하자고 하자 아무 말 없이 지켜보기만 하던 알베르트가 선선히 고개를 끄덕였다.

"바다님, 수고하셨습니다."

"어? 으응? 아. 그래, 고마워."

드레이크가 주저앉아 있던 내게 손을 내밀었다. 며칠 동안 한 번도 내 손을 잡고 일으켜 세워준 일이 없었기에 난 얼른 대답하지 못하고 엉거주춤하게 손을 내밀었다. 건틀릿에서 느껴지는 뜨거운 열기에 깜짝 놀랐지만 희미하게 웃고 있는 드레이크에게 실례다 싶어 나도 빙긋 웃어주었다.

"다음엔 즐거운 대련이 될 것 같군요. 그럼 이만."

드레이크는 의미심장한 웃음과 함께 연무장을 빠져나갔다. 처음엔 몰랐는데 어째 보면 볼수록 멋있게 느껴지는 사람이었다. 처음 봤을 때 내게 질투의 눈빛을 불태우던 모습을 생각하면 그저 웃음이 나올 정도로 말이다.

"오라버니, 많이 나아졌다아~ 오늘은 비교적 멀쩡하네?"

지금까지 그늘에서 날 구경하고 있던 아이들이 관중들이 나가는 것을 확인한 다음 내게 쪼르르 달려왔다.

"오빠오빠~ 오늘 정말 멋졌어. 상으로 엘리가 뽀뽀해 줄게~"

왠지 비꼬는 듯한 훼릴의 반응과는 달리 엘리는 온갖 호들갑을 떨면서 내 주위를 빙글빙글 돌았다. 그리고 등 뒤에서 내 목에 매달리더니 뺨에 쪽 소리가 나게 뽀뽀를 해줬다. 땀투성이에 먼지도 많은데 그런 건 신경 쓰이지도 않는가 보다.

"먼지를……."

세리스는 언제 준비했는지 물에 적신 손수건을 내밀었다. 하얀 바탕에 작게 장미가 수놓아져 있는 걸로 봐서 기사단 중 한 명에게 빌려온 것 같았다. 아마 이 손수건을 준 기사는 설레는 맘으로 잠도 못 잘 게 틀림없었다. 불쌍한 것.

"고마워. 역시 니가 최고다."

뭐, 나야 다른 사람의 마음이 찢어지든 산산조각이 나든 알 바 아니니 그 손수건으로 얼굴에 묻은 먼지를 완전히 닦아냈다.

그리고 완전히 얼룩져 버린 손수건은 대충 꼬깃꼬깃 접혀서 쓰레기통에 들어가 버렸다.

아이들이 자기 나름대로 훈련을 하겠다고 혈십자 기사단에서 마련해 준 지하 연무장으로 간 사이에 난 서둘러 방으로 들어갔다. 알테어와 약속된 시간이 지났기 때문이다. 드레이크와의 대련에 정신이 팔려서 시간 가는 줄도 몰랐던 것이다.

[바다? 왜 이렇게 늦었어? 한참 기다렸잖아.]

알테어는 수정구에 얼굴이 뜨자마자 잔소리부터 해댔다.

"아하하… 죄송해요. 훈련이 조금 길어져서요."

[훈련?]

알테어의 의문 가득한 반문에 난 혈십자 기사단에서 알베르트의 지도 아래 드레이크와 매일 대련을 하고 있다고 말해 주었다.

[드레이크 경과? 알베르트 경의 지도 아래?]

어째 알테어의 반응이 참신했다. 눈이 땡그래져서는 수정구에 코를 갖다 박을 정도로 흥분한 얼굴이라니, 뭐가 그렇게 놀라워서 저러는 걸까?

[정말 혈십자 기사단의 드레이크 경과 알베르트 경이란 말이지? 호오~ 바다 군의 배경 인물이 의외로 화려한걸? 혈십자 기사단 내에서 열 손가락 안에 드는 실력자들의 지도와 대련 상대라…….]

드레이크와 알베르트가 그렇게 실력이 좋은 인물이었던가? 알베르트와는 크리스마스 때의 악연이 있어서 대충 그 인적 사항을 알고 있었지만 드레이크의 경우는 전혀 모르고 있었다. 다만 알베르트가 막대하는 것 같아서 혈십자 기사단에서 말단 기사쯤 된다고 생각했었는데… 10위권에 드는 실력자라니?

이런 내 생각을 말하자 알테어는 이런 것도 모르고 어떻게 대련 상대를 하고 있는 거냐고 면박을 주며 설명해 줬다.

[드레이크는 알베르트의 이종 사촌이야. 정확하게 말하자면 알베르트의 가신이라고나 할까? 드레이크의 가문인 알칸사스 가는 알베르트의 로펜하임 가의 기사 가문이니… 뭐, 그런 이야긴 그만 하기로 하고

어제 하던 얘기나 마저 하자. 너, 설마 훼릴을 덮친 거야?]

이마 위로 핏줄이 솟아나다 못해 아주 터질 것만 같았다.

"그럴 리가 없잖아요! 후우… 사실……."

난 공항에서 있었던 일을 하나하나 말해 주기 시작했다. 타라투스가 나타났을 때와 그들이 아이들을 해치려 했던 순간들, 그리고 자기 대신 죽음을 선택하려 했던 훼릴의 모습을 말이다.

[흠… 그런 일이 있었구나. 알다시피 이곳은 외부와 완전히 단절되어 있어서 그런 일이 있는 줄 몰랐어. 그래서 다들 몸은 괜찮아? 이안 님이랑 스칼렛은?]

"두 분은 한국으로 돌아가셨어요. 그쪽에 뿌리를 내리고 있는 타라투스를 소탕하기 위해서 현재성 길드장이 소환했다네요. 그나저나 지금 중요한 건 그게 아니고, 물어볼 게 있어요. 도대체 세라프들은 왜 그런 운명을 계승하게 된 거죠? 이유가 뭐예요?"

마나가 또 언제 고갈될지 모르기에 난 조금 다급해하고 있었다. 젠장, 담에 통신할 땐 훼릴한테서 마나 저장 귀고리라도 빌려서 해야겠다.

[운명의 계승이라…….]

하지만 이런 나의 마음을 아는지 모르는지 알테어는 몽롱한 눈빛을 한 채 허공을 바라보고 있었다. 아련한 과거를 생각하는 눈빛, 그리고 왠지 더 이상 바래질 수 없는 빛 바랜 사진을 들고 과거를 회상하는 얼굴이었다. 5분 정도 시간이 흘렀을까. 더 이상 참을 수 없어서 다음에 대화하자는 말을 하려는 찰나 알테어의 눈에 생기가 돌아왔다.

[이젠 그 시작이 언제인지도 기억이 안 나서 잠시 멍해져 버렸다. 아하하… 미안. 오래 기다렸지. 몇천 년이 지난 과거의 일인지라 회상하

느라 시간이 많이 걸려 버렸어. 내 경우엔 운명의 계승이 시작되고 나서 아홉 번의 종속자를 거쳐 왔으니까…….]

아홉 명의 종속자. 내게 그 말은 곧 아홉 번의 삶과 죽음이 있었고 또 아홉 명의 기억이 알테어에게 있다는 말로 들렸다. 겨우 한 명의 기억을 조금 공유했을 뿐인 내가 어젯밤의 꿈에서 레시안의 과거를 봤는데 알테어는 오죽할까? 왠지 오싹한 생각에 몸서리쳐졌다.

아홉의 인격이 가진 각각의 과거엔 어떤 일이 있었을까? 도저히 상상이 되지 않았다. 단 한 명의 삶이 짧든 길든 그 시간은 결코 단순하거나 복잡하지만은 않았을 텐데, 나라면 그 모든 것을 안고 살아갈 수 있을까? 문득 운명의 계승이란 것이 결코 어떤 일이나 행위를 이루기 위한 것이 아니란 생각이 들었다. 만약 무언가를 하기 위한 운명의 계승이라면 굳이 과거의 기억까지 전승할 필요는 없을 테니까.

[바다는 노아의 방주를 알고 있어?]

"노아의 방주? 알고 있어요. 교회에서 배웠으니까."

잘 알고 있었다. 아무리 내가 썬데이 크리스천이라고는 하지만 어릴 때부터 교회를 다닌 전적이 있기에 웬만한 성경상의 이야기는 꿰고 있었으니 말이다.

노아. 그는 창세 후 신에게 최초로 '의인'이란 칭호를 받은 사람이었다. 세상이 혼란에 휩싸이고 타락의 길을 걷고 있을 때, 그만은 신의 뜻을 따르고 선한 삶을 살았던 존재였기에 그와 그의 가족만은 신의 심판을 피할 수 있었다. 그는 신의 목소리를 듣고 방주를 만들었는데 그곳에 세상에 존재하는 모든 동물들 암수 한 쌍을 태워서 멸망을 피하게 했다. 그런데 그런 그가 왜 갑자기 거론되는 거지?

[알다시피 노아는 방주를 만들어서 세상의 모든 피조물의 암수 한

쌍을 실었다고 하지. 하지만 진짜 그곳에 세상에 존재하는 모든 피조물의 암수 한 쌍을 실었을까? 내 대답은 아니다야.]

아니라면?

[성경이나 그 어느 신화에도 나오지 않지만 방주에 들지 못한 족속이 있었어. 그것도 한둘이 아닌 여든하나의 족속이었지.]

알테어의 목소리는 점점 가라앉아 갔다. 그리고 조금 아련한 떨림을 남기고 있었다.

"네?"

난 깜짝 놀랐다. 알테어는 방금 신학적으로 완전히 위배되는 말을 한 것이었다. 물론 내가 크리스천임에도 불구하고 마법을 쓴다는 것 자체가 신학에 위배되는 것이긴 하지만 그래도 아직 뇌리 속에 남아 있는 신에 대한 경외감은 알테어의 말에 거부감을 느끼게 하고도 남았다.

그리고 여든하나의 족속. 내가 기억하기론 세라프의 수도 그와 같았다. 혹시 무슨 상관이라도?

[여든하나의 족속은 그 당시 세상을 나누어 지배하던 대표적인 종족들이었어. 평소 불가침의 관계이거나 적대 관계였던 그들은 신탁을 듣는 순간 세상의 심판을 바라는 신에게 반기를 들기로 했어. 비익족인 나를 비롯해서 엘프, 드워프… 모두가 신에게 반기를 들었어. 신의 조화로움을 가장 많이 타고났다는 엘프조차 반기를 들었으니 말 다 했지. 하지만 약한 피조물일 수밖에 없었던 그들은 신을 이길 수 없었어. 결국 수많은 희생을 대가로 차원의 틈에 자신들을 숨길 수밖에 없었지. 하지만 신이란 존재가 숨는다고 못 찾아낼 존재일까? 우리 일족을 비롯해서 남은 팔십여 족속은 멸망을 두려워했어. 신에게 반기를 든 이

상 일족의 존속조차 불투명하게 된 거야. 그래서 그들은 생각했지.]

무엇을… 수정구로 비쳐지는 알테어의 날개가 파르르 하고 떨리고 있었다.

[자신들의 존속을 위해서 신에게 제물을 바치자고. 그들에게 있어서 가장 순수한, 죄를 짓지 않은 존재를 바치기로 말야. 나의 일족인 비익족에서는 태어난 지 얼마 되지 않았던 족장의 자식인 나를, 다른 부족에서도 그에 걸맞는 존재를 제물로 바쳤어. 바다, 과연 신은 자신에게 반기를 든 피조물이 내어놓은 그 제물들을 어떻게 했을까?]

말을 하며 처연하게 웃는 알테어의 말에 난 아무런 대답도 해주지 못했다. 날개를 접었다 폈다 하며 자신의 불안한 정서를 간접적으로 보여주던 그녀는 무거운 어조로 다시 입을 열었다.

[진노하리라 생각되었던 신은 의외로 그 제물들을 받아들였어. 하지만 조건을 내걸었지. 신은 제물들을 영원히 죽지도 살지도 못하는 존재로 만들었고 그들에게 영혼을 찾으라고 했어. 어딘가에 봉인해 버린 영혼을 말야. 정말 웃기지 않아? 차라리 우리의 몸을 불태운 다음 그 향기를 맡으며 만족감이나 얻을 것이지! 아니면 영혼을 찾을 자유를 주던가! 하하… 그만 하자.]

점점 커져 가는 자신의 목소리를 들었는지 알테어는 그만 고개를 들어 천장을 쳐다보고 말았다. 고개를 숙이고 약한 모습을 보이기 싫어하는 그녀의 성격다운 행동이었다.

[애써 잊고 지냈던 과거를 생각해 버렸더니 조금 흥분한 것 같아. 하아……]

손사래를 치면서 고개를 살짝 돌리는 그녀의 얼굴엔 지금까지 단 한 번도 보지 못했던 아픔이 깃들어 있었다.

"그럼… 지금까지 단 한 명의 세라프도 영혼을 찾지 못했나요?"

군이 대답을 기대하지 않는 질문을 했다. 조용히 눈을 감는 알테어. 가물가물한 과거를 기억해 내려는 얼굴은 아니었다. 뭐라 말하지 못할 복잡한 표정이었다. 내가 나중에 생각나면 대답해 달라고 말하려는 찰나 알테어의 눈이 떠졌다.

[있어, 단 한 명.]

"있다구요?"

내가 놀라서 반문했지만 알테어는 그리 놀랍지도 또 기쁘지도 않은 모양이었다. 영혼을 찾은 세라프가 있다면 언젠가 자신도 영혼을 찾을 수 있다는 희망을 주기에 충분할 텐데 왜 기쁜 표정이 아닌 걸까?

[응. 단 한 명… 더 썬(The Sun)이라는 녀석이었어. 하지만…….]

"하지만?"

알테어의 얼굴은 어두웠다.

[죽었어.]

죽었다?

[정확한 이유는 몰라. 하지만 그가 이어야 했던 운명의 계승은 더 이상 일어나지 않았고 그의 카드와 봉인석은 세상에서 영원히 사라졌어. 그게… 아마 90여 년 전일 거야.]

"90년… 전?"

알테어의 마지막 말에 난 완전히 좌절하고 말았다. 사실 더 썬이라는 세라프가 죽었다는 소리를 들었어도 난 그리 실망되지 않았다. 세라프가 있다는 것은 그의 종속자가 있다는 말과 마찬가지니까 말이다. 하지만 그런 나의 바람은 완전히 산산조각나고 말았다. 90년이란 시간. 한 인간이 태어나서 죽어도 남는 시간이 있을 정도로 긴 시간이다.

즉, 그 90년 전이라면 더 썬의 종속자가 1살 때 세라프를 봉인에서 풀었어도 나이가 90대가 넘어가는 영감님이란 소리다.

"그럼… 그 마법사의 종속자는요?"

[몰라. 그때는 나의 봉인이 풀리기도 전이었고 너무 오래된 일이라 정확한 일의 경과를 아는 사람은 없어. 아니, 이안님이라면 알고 계실지도…….]

"이안 선생님이?"

[응. 이안님의 나이가… 음… 160여 세 정도 되셨으니까… 알고 계시지 않을까?]

"네에?!"

둔기로 머리를 한 대 맞은 듯한 충격이 왔다. 160여 세? 그게 인간의 나이란 말인가! 지금까지 이안의 나이를 겨우 30대 중반 정도로 알고 있던 난 이 믿을 수 없는 소리에 그저 입만 벙긋벙긋할 뿐이었다.

[몰랐어? 하긴… 이안님은 자신에 대해서 그렇게 많은 걸 말하는 성격이 아니시지. 나도 필립님을 통해서 잠깐 들었을 뿐이니까.]

"그, 그럼 필립님의 나이는요?"

난 혹시 모든 마법사가 그렇게 오래 사는 건가 싶어서 물었다.

[이제 쉰을 조금 넘으셨어. 설마 모든 마법사가 이안님처럼 오래 산다고 믿는 건 아니겠지? 이안님은 아주 특별한 경우야. 이유는 모르겠지만 나이로만 따지면 세계에서 가장 많을걸?]

세상에… 난 배신감 비슷한 것을 느꼈다. 지금까지 알고 지내오면서 단 한 번도 그런 사실을 말해 주지 않은 이안과 스칼렛이 서운하게 느껴졌다. 어쩐지 나이 지긋한 분들일수록 이안에게 존대를 하더라니 그런 비사가 있었던 것이다.

[대체로 어떤 세라프의 봉인석을 가지고 있느냐는 그 봉인석의 종속자가 나타나기 전까진 비밀로 부쳐 두는 묵계가 있어. 그래서 공식적인 장소에서 소개를 하지 않는 이상 어느 봉인석이 풀렸는지는 아무도 알 수 없지. 하지만 이안님이라면 그 당시에 가장 활발한 활동을 하신 분이니까 알고 계실지도 몰라.]

"네에……."

힘없는 나의 대답을 끝으로 알테어와의 대화는 끝이 났다. 더 이상 마나를 움직일 수 없을 만큼 힘도 들었고 혼자 생각할 것도 있어서였다.

'도대체 이안님은 어떤 사람인 거지? 또… 더 썬의 종속자는 어떻게 그의 영혼을 찾게 했을까? 훼릴은 자신의 영혼을 어떻게 찾으려고 할까? 그냥 이대로 어딘가로 떠나보내서 영혼을 찾아다니라고 해야 하는 걸까? 아니, 지금은 타라투스와의 전쟁 중이니 그럴 여유는 없겠지. 하지만 과연 이렇게 아이들을 붙잡고 있는 게 옳은 일일까? 이대로 가다간 훼릴이나 세리스는 타라투스와의 싸움에서 많은 피를 흘리게 될 텐데……'

"아악! 머리 아퍼! 천천히 생각하자."

하나의 의문을 풀기 위해 시작했던 알테어와의 대화는 오히려 더 많은 의문만을 안겨준 채 끝이 나고 말았다. 알테어는 오늘 저녁부터 자기도 필립님을 따라 영국의 길드에 가야 한다며 이번이 마지막 통신이라 했다. 이젠 더 이상 깊게 물어볼 사람도 없었다.

난 너무 피곤하고 머리가 아팠기에 조금 쉴 생각으로 샤워를 한 뒤에 곧장 침대로 기어들어 가 베개에 얼굴을 파묻었다. 몸이 그대로 침대를 뚫고 바닥으로 떨어질 듯 몸이 무겁게 느껴졌다.

"조금 있다 훼릴이 돌아오면 몇 가지만 직접 물어봐야겠다."

그리고 난 그대로 잠에 빠져들었다.

눈을 떴을 땐 이미 해가 어스름하게 떨어지고 있을 무렵이었다.

"응?"

왠지 몸이 무겁게 느껴져서 고개만 돌려서 주위를 확인해 보니 훼릴이 내 침대맡에 머리를 기댄 채 잠들어 있었다.

"왜 침대에서 안 자고… 하여튼."

몸을 일으켜 훼릴을 안아 들었다. 이래도 눈을 뜨지 않은 걸 봐서 많이 피곤했던 모양이다. 품 안에 안긴 훼릴의 잠자는 얼굴을 보니 무척 사랑스럽게 느껴졌다. 햇빛에 뽀송뽀송하게 잘 건조된 솜이불처럼 부드럽게 보이는 볼에 살짝 키스를 해줬다.

"응?"

그런데 어째 훼릴의 얼굴이 빨갛다? 석양 때문인가 했지만 가만히 보니 눈꼬리가 파르르 떨리고 있었다. 이런이런……

"훼릴, 일어났으면 내 팔에서 내려오지 않을래? 자꾸 자는 척하고 있으면 그냥 공중에 던져 버린다."

"에헤헤. 오라버니, 언제 알았어?"

게슴츠레하게 눈을 뜨며 배시시 웃는 훼릴이었다. 내 팔에서 빠져나온 훼릴은 아쉽다는 듯 입맛을 다시더니 날 보며 물었다.

"감히 오라버니를 놀리려고 하다니, 이제부터 다시는 뽀뽀 안 해줄 거다."

말도 안 되는 삐침이라 나도 모르게 웃음이 슬며시 나왔다.

"아! 너무한 거 아냐? 쫀쫀해. 그런 거 가지고 삐치다니."

"쫀쫀? 너어~ 이리 와!"
"꺄아아!"

옆구리를 간지럽히자 훼릴이 허리를 틀어가며 교성을 질렀다. 거의 숨넘어가는 소리가 들릴 때까지 간지럽히자 훼릴은 더 이상 서 있는 것도 힘든지 그만 자리에 주저앉아 버렸다. 나도 앙탈 부리는 훼릴을 간지럽히느라 진이 빠져 버려서 훼릴을 뒤에서 안은 채 같이 주저앉아 버렸다.

"……."

훼릴이 여전히 옆구리에 있던 내 두 손을 잡아서 자기 허리에 둘렀다. 자연스럽게 내가 뒤에서 안고 있는 자세가 만들어졌다. 평소 같았으면 장난스럽게 웃으며 일어났겠지만 불안해하는 훼릴의 마음이 느껴졌기에 난 그대로 있었다.

어색한 정적이 흘렀다.

"세리스랑 엘리는?"

연인이랑 단둘이 있는 상황에서 다른 여자의 이름을 부르는 것만큼 멍청한 짓은 없지만 우린 연인 사이가 아니었기에 난 어색함을 풀기 위해서 물었다.

"알베르트가 불러서 연무장으로 갔어."

알베르트가… 신경이 쓰였지만 엘리가 같이 갔다는 말에 난 별일없겠다 싶었다. 그리고 훼릴이 허리춤에 있는 내 손을 살짝 쓰다듬었기에 내 신경은 내 가슴과 두 팔에 느껴지는 포근한 느낌에 모든 감각이 쏠려 있었다.

"훼릴……."
"응?"

나직하게 부르자 훼릴은 고개를 살짝 숙이며 대답했다. 주황색의 부드러운 석양에 훼릴의 붉은 머리카락이 반짝였다. 머리카락에 살짝 코를 파묻었다. 샤워 후였는지 향긋한 라벤더 향이 났다. 하얀 목덜미가 눈 안으로 들어왔다. 옴폭 파인 쇄골의 곡선이 무척 선정적으로 느껴졌다. 부드럽게 보이는 저 살결에 입맞추고 싶다는 충동이 불끈 일었다.

'하아… 내가 무슨 생각을……'

하지만 내게도 이성은 있었기에 난 머리카락에 파묻고 있던 얼굴을 들었다. 견물생심이라고 안 보는 게 정신 건강에 더 좋을 것 같았다.

"힘들지 않아?"

어떤 의미로 그녀에게 와 닿았을지는 모르겠지만 훼릴의 작은 어깨가 살짝 떨렸다.

"운명의 계승이란 것. 알고 있었어?"

"아니."

훼릴은 내 손을 좀 더 세게 잡았다.

"지금은?"

"……"

훼릴은 작게 고개를 끄덕였다.

"영혼을 찾고 싶니? 운명에서 벗어나고 싶어?"

"……"

훼릴은 아무 말도 없었다.

"내가… 보내줄까?"

내가 생각해도 너무 쉽게 나와 버린 말이었다. 하지만 쉽게 나온 만큼 후회도 컸다. 혹시나, 혹시나 훼릴이 떠나고 싶다고 해버린다면 어떡하지? 영혼을 찾아서 날 떠나고 싶어한다면 어떡하지? 그럼 나중에 세리스와 엘리도 각성을 하게 되면 떠나보내야 하는 걸까? 알테아나 스칼렛은 종속자를 떠나지 않고 있다 하지만 그것은 그들의 사정이고 나와 아이들은 다를 수도 있었다.

"응? 무슨 소리야? 무슨 말이야, 오빠!"

훼릴이 깜짝 놀라서 돌아봤다. 내 품 안에 안긴 채 앉아 있었기에 훼릴이 몸을 돌리자 우리 둘의 몸은 그만 뒤로 넘어가고 말았다. 내 가슴 위에 누운 훼릴이 커질 대로 커진 두 눈을 내 눈에 맞추고 말했다.

"보내다니? 지금 나더러 떠나란 말이야, 영혼을 찾으러?"

"훼, 훼릴……."

격앙된 목소리였다. 작은 흐느낌이 점점 목소리를 타고 울리고 있었다.

"갑작스럽게 나타나 운명이라고 말하는 것을 따라서 떠나란 말인 거야? 일족의 희생양으로 선택된 우리의 영혼을 어디서 찾으란 말야? 누구에게 영혼을 달라고 해야 하는데? 신에게? 하나님에게 우리의 영혼을 돌려달라고 부탁할까? 수녀원에 들어가서 한평생 신에게 간구해 볼까? 아냐! 난 그런 걸 원하지 않아. 내게 영혼이 없다 한들 지금 오빠와 말하고 있는 난 나야. 훼릴이라구. 오라버니가 지어준 이름이 있잖아. 오라버니가 불러줄 이름이 있잖아. 난 그걸로 족해. 오라버니가… 오라버니가 내 곁에 있어주는 것이 내겐 영혼을 찾는 것보다 더 소중해. 흑……."

내 뺨 위로 뜨거운 물방울이 떨어졌다. 한 방울, 두 방울… 눈에서 떨어진 눈물이 내 눈에도 떨어졌다. 손을 뻗어 훼릴의 뺨을 살짝 어루만졌다. 뺨에서 입술로, 입술에서 목을 타고 내려가던 손가락은 이윽고 다시 겨드랑이 사이로 들어가 훼릴을 끌어안았다. 가슴 가득히 차오르는 포근함에 나의 눈시울도 뜨거워졌다.

하하… 내가 이렇게 감상적인 사람이 아니었는데… 사랑의 고백보다 더 뜨거운 훼릴의 말에 난 벅차오르는 기쁨을 주체할 수 없었다. 마냥 큰 소리로 웃고 싶었지만 울고 있는 훼릴을 앞에 두고 그럴 순 없었다. 난 얼굴을 보여주지 않으려고 훼릴의 목을 잡아끌어 가슴에 얼굴을 묻게 만들었다. 그리고 나 역시 훼릴의 말에 안심한 나머지 눈시울이 뜨거워지는 게 느껴졌다. 이렇게 기쁜데도 눈물이 나오는 건가?

"미안… 이제 두 번 다시 그런 말 하지 않을게."

"흑… 으아아아앙……."

그렇게도 서러웠던 걸까? 언제나 한 발자국 뒤에 서서 냉정하게 사물을 바라보던 훼릴이 처음으로 내 품 안에서 울고 있었다. 그것도 목이 터져라 울음소리를 내며 말이다. 시간이 얼마나 흘렀는지 이젠 석양빛도 어두워져 방 안이 컴컴해질 때쯤에서야 훼릴의 울음소리는 잦아들었다. 가끔씩 어깨를 들썩이며 숨을 고르고 있는 모습이 지금까지 내게 말하지 못한 채 얼마나 힘들어했는지 말해 주고 있었다.

"훼릴… 읍."

울다 지쳐 내 가슴 위에 머리를 기대고 있던 훼릴을 이만 떼어낼 생각으로 부르자 훼릴이 고개를 들어 내게 키스했다. 내 위에 올라타 앉아 날 꼭 끌어안은 채 혀를 밀어 넣는 훼릴의 박력에 난 그만 입을 열고 혀를 받아들이고 말았다. 마치 교미하는 뱀처럼 이리저리 뒤엉키며 머리를 새하얗게 만드는 혀의 움직임에 난 숨 쉬는 것조차 잊고 말았다. 입가로 타액이 흘러내리는 게 느껴졌다. 입술을 타고 턱을 지나 목덜미로 흘러내리는 뜨겁고 끈적한 느낌이 내 몸을 마음대로 움직이게 하고 있었다. 부드러운 몸의 곡선을 타고 흐르던 손에 손 안 가득히 부드러운 감촉이 느껴졌다.

"읍."

훼릴의 입에서 나의 입으로 뜨거운 입김이 들어왔다. 싫은 건가 싶어 눈을 살짝 떠보니 훼릴의 얼굴이 빨갛게 물들어 있었다.

"싫어?"

"으으응."

훼릴의 고개를 잘래잘래 흔들었다. 그리고 우린 다시 입술을 포갰고 나의 두 손은 완전한 자유를 얻은 채 훼릴의 몸을 더듬어갔다. 더 이상 동생이란 느낌은 없었다. 운명이 내게 안겨준 아이들이 처음으로 내게 한 말인 주인님이란 소리를 들었을 때, 난 나 자신을 위해서, 그리고 운명으로 내게 온 아이들을 위해서 동생으로 여기려 했었다. 마음 한구석에선 주인님이라 말하는 이 아이들의 주인으로서 생활하는 게 더 낫지 않겠냐는 속삭임도 있었지만 난 애써 무시했었다. 내가 성인군자여서도, 또 성적으로 불구여서도 아니었다. 단지 이 아이들에게 진심으로 사랑받고 싶다는 생각 때문이었다. 주종 관계의 틀 속에서가 아닌 대등한 인간 대 인간의 관계에서 사랑을 받고 싶었다. 그것이 이성 간의 사랑이 아닌 남매 간의 사랑이라 해도.

하지만 지금 내게 입술과 몸을 맡기고 있는 눈앞의 훼릴은 더 이상 내게 동생으로 다가오지 않았다. 성숙한 한 명의 여인으로서, 그리고 오직 나만을 바라보는 사랑스러운 여인이었다.

"으……."

훼릴의 미간이 찌푸려지며 입술이 떨어졌다. 혀와 혀끝에서 투명한 은색의 실이 이어져 있다 그것이 떨어지기 전에 다시 입술이 포개졌다.

혀끝에서 비릿한 피 맛이 났다.
"미안. 아팠지."
입술을 떼고 살짝 혀끝으로 훼릴의 혀를 건드리며 말하자 훼릴의 얼굴이 더 이상 붉어질 수 없을 정도 붉어졌다. 하지만 자신의 부끄러워하는 모습을 보여주긴 싫은지 조금 어색하게 웃으며 내 목으로 얼굴을 가져갔다.
"응? 아악!"
난 목에서 느껴지는 격렬한 통증에 눈물이 찔끔 흘리고 말았다.
"날 아프게 한 벌이야."
가지런한 이빨을 혓바닥으로 한 번 쓰윽 닦는 훼릴의 표정엔 장난기가 가득했다. 손가락으로 물린 곳을 만져 보니 가지런한 이빨 자국이 나 있었다.
"아야야… 너무하잖아?"
"글쎄? 키스마크로 바꿔줄 걸 그랬나?"
조금 전까지만 해도 얼굴이 홍당무였던 주제에 잘도 그런 말을 입으로 내뱉는다. 이참에 나도 이빨 자국 하나 만들어줘? 내가 애도 아니고 참자. 하지만 이대로 그냥 넘어갈 수는 없는 일, 조금만 응징해 주도록 할까?
지이익.
등 뒤로 손을 옮긴 나는 훼릴이 입고 있는 드레스의 지퍼를 끌어내렸다.
"오, 오라버니?"
"이건 날 아프게 한 벌이야."
일순 당황하는 훼릴의 표정을 즐긴 나는 손 안에 느껴지는 훼릴의 매끄러운 피부의 촉감을 느꼈다. 그리고 척추를 타고 흐르는 관능적인 굴곡을 손끝으로 타고 서핑을 하자 훼릴의 입에서 참기 힘들어하는 신음 소리가 나왔다. 벌치고는 너무 부드러운 건가? 하지만 여기서 끝낼 생각은 없었다. 훼릴의 목으로 입술을 가져갔다.

"하아……"

입김이 간지러웠는지 훼릴이 턱을 당겼다. 하지만 내 입술이 목에 닿자 다시 목을 들어 사슴 같은 흰 목을 내 앞에 드러냈다.

"아!"

혀를 감아 올려 강하게 빨아당기자 훼릴의 목에 작은 붉은 반점이 생겼다. 그렇게 오랫동안 빨지 않았기에 자국은 희미했지만 적어도 삼 사 일은 갈 키스마크였다.

"이건 선물."

"엉큼해."

말만 그렇게 하지 다시 내 입에 입술을 포개는 저의는 무엇인지. 하지만 나 역시 이 평안하고 벅찬 기분을 짧게 끝내고 싶지 않았다. 둘의 입에서 침이 고여 입가를 타고 흐를 때까지 키스한 우리는 겨우 마음을 진정시키고 침대로 갔다. 다리가 풀려 버린 훼릴은 침대에 누웠고 난 그 옆에 걸터앉아 훼릴의 머리카락을 손가락으로 배배 꼬았다.

방 안에 불은 켜지 않았다. 어둠이 주는 아늑함이 좋았고 또 서서히 떠오르는 달빛에 훼릴의 모습이 더욱 아름답게 보였기 때문이다. 살짝 내리깐 두 눈동자에 촘촘히 나 있는 속눈썹은 달빛을 받아 반짝이고 있었고 보석을 녹여 만든 것 같은 붉은 머리카락은 은빛의 달빛 속에서 검고 붉게 물들어 요요한 광택을 발하고 있었다. 흐트러진 장미 꽃잎이 침대 위에 깔려 있는 듯한 훼릴의 모습은 쉽게 손을 뻗어 만질 수 없을 만큼 아름다웠다.

"오라버니……."

"응?"

서로가 아무 말 없이 시간을 보낸 지 10여 분이 흘렀을 때쯤 훼릴이 나직하게 날 불렀다.

"날 사랑해?"

난 쉽게 대답할 수 없었다. 눈을 감은 채 말하는 훼릴의 모습은 사랑을 속삭이길 원하는 여인의 그것이 아니었기에 난 잠깐 생각을 해야 했다. 하지만 대답은 생각을 해도 마찬가지였다.

"응, 사랑해."

"그럼 엘리와 세리스는?"

"……."

난 대답할 수 없었다. 어떻게 대답해야 할까? 내가 사랑하든 사랑하지 않든 엘리와 세리스는 날 떠나 살 수 없었다. 아니, 설사 날 떠나고 싶다 해도 떠나보낼 자신이 없었다. 이미 그 둘이 없는 삶은 내게 상상 불허의 영역이 되어버렸기 때문이다. 훼릴의 마음을 흡족하게 하기 위해서라면 쉽게 여동생으로서 좋아한다고 말할 수도 있다. 하지만 그건 아니라고 여겨졌다. 내가 무슨 어린아이에게 성욕을 느끼는 변태라서가 아니다. 그 둘에 대한 나의 책임감을 숨기고 싶지 않았다. 잘 상상은 가지 않지만 엘리와 세리스가 누군가를 사랑하게 되어 떠나가게 된다면 축복 속에 보내줄 수 있었다. 물론 엄청 대단해서 내가 인정할 수밖에 없는 녀석이 아닌 이상 보내지 않겠지만. 하지만 그런 생각이 드는 반면, 마음 한구석에선 아무에게도 넘겨주고 싶지 않다는 생각도 들었다. 세리스와 엘리, 둘 다 내 것이었다. 마치 물건처럼 생각하고 있다 해서 날 나쁜 놈이라 생각지 마라. 처음 그 애들이 말을 배워 내게 주인님이라 했을 때, 그리고 내게 오빠라 했을 때의 감동은 지금도 잊을 수 없었다.

"후우… 사랑해. 세리스와 엘리, 그리고 너까지 모두 사랑해. 이기적이라고 말해도 뭐라 할 수 없지만 서로를 따로 생각하는 건 내게 무리야. 실망했어?"

"으으응."

훼릴은 눈이 점점 그렁그렁해졌다. 그러나 눈물을 보여주긴 싫은지 억지로 웃으며 내 목을 잡아끌어 안았다. 어깨 위로 훼릴이 흘린 눈물이 촉촉하게 느껴졌다. 그냥 동생으로서 사랑한다고 말할 걸 그랬나? 난 나쁜 놈인가 보다.

"오라버니 말이 옳아. 우린 서로 떨어질 수 없는걸. 마스터에게 버림받는 것이 얼마나 슬픈 것인지 잘 아는걸. 그것이 나를 위한 것이라는 것을 알고 있다 하더라도 난 마스터 곁에 있고 싶었는걸. 흑… 오라버니, 그럼 나랑 약속 하나만 해줘."

"응."

약속의 제한 같은 건 걸지 않았다. 지키기 어려운 무리한 약속을 할 훼릴도 아니고 또 조금 무리한 것이라도 다 들어주고 싶었다.

"나중에 세리스랑 엘리가 오라버니를 사랑하게 되면 모두 받아줘. 나 그 둘이라면 질투하지 않을 자신있으니까. 알았지?"

"그래."

과연 그런 날이 올까 싶었지만 난 고개를 끄덕였다. 그것이 훼릴에게 또 한 번의 상처를 준 것인지도 모른 채.

"그리고… 지금은 나만 바라봐 줘. 날 사랑해 줘. 오늘만은 오라버니를 독점하고 싶어."

"훼릴······."

입으로 표현하는 약속보다 몸으로 보여주는 게 더 확실한 대답이 되었다. 오늘 들어 몇 번이나 하는 키스인지 모르겠지만 끊임없이 흐르는 훼릴의 눈물의 짭쪼롬한 맛을 느끼며 서로의 혀를 탐닉하는 우리에게 더 이상 대화는 필요없었다. 흘러내리는 옷자락 아래로 드러난 동그란 어깨를 감싸 안는 것도 사랑한다는 말이었고 입술에서 목으로 목에서 가슴으로 따라 내려가며 쉴 새 없이 키스하는 것도 사랑한다는 말이었다.

"흑."

마치 동그란 살구 푸딩을 업어놓은 듯한 훼릴의 가슴을 손으로 감싸자 훼릴의 입에서 울음 섞인 신음 소리가 났다. 입술로 훼릴의 가슴 정상에 솟은 작은 유실을 건드리자 참을 수 없는 쾌감에 파르르 떨어댔다. 입술과 손으로, 그리고 마음으로 훼릴의 가슴을 애무한 나는 상체를 들어 윗옷을 벗었다. 비너스보다 더욱 아름다운 훼릴의 몸에 비해서 그저 평범하고 아랫배에 느껴지는 도톰한 지방질이 처량하기까지 한 내 몸이 드러났다. 훼릴이 손을 뻗어 내 가슴을 어루만졌다.

"하아··· 하아······."

"···하··· 학! 오라버니, 사랑해······."

훼릴의 드레스는 반쯤 벗겨져 상체만 나신이 드러나 있었다. 훼릴의 가슴을 애무하며 손을 뻗어 치맛자락을 걷어 올려 허벅지를 쓰다듬었다.

"오, 오라버니······."

자신의 은밀한 곳에 손이 닿자 훼릴은 본능적으로 두려운지 몸을 살짝 웅크렸다. 타액으로 번들거리는 가슴과 입가를 타고 흐른 침 때문에 무척 퇴폐적으로 느껴졌지만 날 보는 두 눈동자와 눈가에 흐르는 또 한줄기의 눈물이 너무나 순수하게 보여 난 잠깐 움직임을 멈추고 훼릴을 바라봤다.

흐트러진 치맛자락이 허벅지까지 쓸려 올라가 희디흰 다리를 거진 다 드러내고 있었고 그 사이로 언뜻언뜻 속옷도 보이고 있었다. 그리고 눈물과 타액으로 범벅이 된 훼릴의 얼굴과 가슴… 그리고 사랑한다 말하는 입술과 눈동자. 너무나 사랑스러웠다. 내 일생에 이와 같이 아름다운 이가 내게 사랑한다 말하는 일이 또 있을까? 또 이렇게 아름다운 이가 또 있을까? 하지만 난 다시 훼릴을 안아줄 수 없었다. 머리 속에서 이성이 날 말리고 있었다.

'훼릴은 이제 태어난 지 4개월이 조금 넘어가는 어린애야. 몸이 어른이면 뭐 해, 아직 속은 어린아이에 불과한데… 이건… 아직 너무 일러.'

아쉽지만, 손끝에 느껴지는 촉감과 입술에 느껴지는 촉촉함이 너무나 아쉬웠지만 난 몸을 일으켰다.

"훼릴, 역시 이렇게 널 안는 건 아직 무리인 것 같아."

"…왜?"

훼릴이 의문 가득한 얼굴로 물었다. 내가 안지 않겠다는 말에 안심을 해서인지 아니면 실망을 해서인지 눈물은 이미 멎어 있었다.

"아직 넌 너무 어려."

"하지만 더 이상 자랄 수도 없는데?"

"큭… 그런 말로 자꾸 유혹하려 해도 안 돼."

뚱한 얼굴을 짓는 훼릴.

"오라버니는 너무 소심해. 소심쟁이 아저씨!"

"윽!"

그래도 얼굴엔 안도의 미소가 흐른다. 역시 안지 않길 잘했다. 내가 몸을 일으키자 훼릴도 침대에서 일어났다.

"윽! 뭐 하는 거야? 어서 옷 제대로 안 입어?"

"호홍~ 설마 이렇게 구겨지고 흐트러진 옷차림으로 나가란 소리는 아니겠지? 오라버니랑 사랑하는 건 좋지만 그걸 사방팔방에 티내고 싶지는 않은데요?"

훼릴은 따로 단추를 풀거나 지퍼를 내릴 필요 없이 그냥 허리 근처에 몰려 있는 드레스를 다리 밑으로 떨구는 것만으로도 완전한 나신이 되고 말았다. 조금 전까지 전희를 나누던 사이였지만 역시 이성을 가진 채 성숙한 어른의 몸이 된 훼릴의 나신을 똑바로 보는 건 힘들었다.

"쿡… 오라버니, 쑥스러운 거야?"

내가 고개를 돌리고 있자 훼릴이 작게 웃으며 내 등 뒤에 매달렸다. 부드러운 촉감이 등을 감싸는 느낌이 날 흥분하게 했다. 하지만 참기로 한 이상 욕념을 천천히 죽여갔다.

"흠흠… 어서 옷이나 입어. 난 연구실로 갈 테니까."

"그럼 키스만 해주고 가."

정말 키스만 하고 갈 수 있을지 모르겠지만 난 훼릴의 팔을 풀고 가볍게 입맞춤을 했다. 혀까지 집어넣었다간 또 어디까지 진행될지 몰라 정말 입술만 맞대고는 얼른 밖으로 나왔다.

"소심쟁이~"

뒤에서 훼릴이 뭐라 했지만 귀에서부터 자동 심의 삭제해 버렸다. 지나가던 시녀들이 날 보고 수군수군거렸다.

'이런!'

 난 뭣 때문인지 의아해하다가 문득 피부에 와 닿는 공기가 차다는 느낌에 정신이 번쩍 들었다. 세상에! 급하게 나오는 바람에 아직 윗옷을 입고 있지 않고 손에 들고 있었던 것이다. 난 얼른 손에 든 와이셔츠를 입고 옥상에 있는 연구실로 향했다.

chapter 28
쓸 만한 것

연구실로 들어섰지만 특별히 할 일은 없었다. 궁그닐의 진척율도 지지부진이었고 이안이 없는 곳에서 마법을 혼자 수련한다는 것은 무척 위험한 일이기에 다음 클래스의 마법이나 4클래스의 다른 마법을 배운다는 건 어불성설이었다. 그리고 궁극적으로 그러한 마법의 수식을 계산해 낼 자신이 없었다.

같은 계열의 마법, 즉 매직 애로우나 매직 스피어의 경우 그 마법의 수식이나 마나 운용 방식이 비슷해서 어떻게 성공시킬 수 있었지만 다른 마법은 엄두도 못 냈다. 마법 연구란 것은 손 안에 폭탄을 들고 실험하는 것과 마찬가지이기 때문에 조력자나 서포트해 줄 수 있는 사람이 없는 이상 무척 위험한 것이었다. 뭐, 마법적 능력으로 봤을 때 훼릴이나 엘리를 보조로 쓸 수도 있지만 왠지 내키지가 않았다. 동생들에게 손을 벌리기 싫다는 얄팍한 자존심도 있었지만 무엇보다 나와 다른 계열의 마법사기 때문이기도 했다.

훼릴은 화염 계열의 원파워 마스터이고 엘리는 정령 마법과 치료 계열 마법에 특성을 보이고 있기 때문에 마법 수식을 나 대신 계산해 주는 것 정도 말고는 도움이 될 게 없었다. 그리고 마법이 실패했을 때 그 여파에서 보호해 줄 만한 실력도 되지 않았다. 오히려 내가 안쓰러워해서 더 위험하다고 해야 할지도 모르겠다. 그래서 차선책으로 샤를 마뉴에게 조언을 구해가며 연구를 하긴 하지만 어디 말이 통해야지 묻고 배울 것이 아닌가! 이안은 자기가 프랑스어를 할 줄 안다고 나까지 잘한다고 생각한 모양이었다.

'그나저나 오늘은 기분 전환도 할 겸 화염 계열 마법이나 해볼까?'

수정구를 사용하느라 많은 마나는 끌어 모을 수 없었지만 마법을 구현하는 데까진 별 무리가 없었으므로 난 간단하게 파이어 볼을 구상하기 시작했다. 파이어 볼은 느리고 위력이 적은 에너지 볼에 화염의 속성으로 변화시켜 마나의 활동성을 높이는 걸로 가장 기본적인 마법의 핵을 만들어낼 수 있었다. 여기까진 파이어 애로우를 만드는 작업과 대동소이했기에 쉽게 해낼 수 있었다. 하지만 이 다음 단계인 핵을 다단계로 압축시켜서 폭발성을 지니게 하는 수식을 대입하고 느려 터진 에너지 볼과 달리 빠른 속도로 목표물을 향해 날아가게 만들기 위해서 호밍 기능까지 넣는 것은 내겐 너무나 어려운 작업이었다.

"작렬하는 불꽃으로 타올라 대지에 울려라. 하아… 하아… 윽!"

훼릴과의 전화가 남긴 여운 때문인지 도저히 마나의 운용에 집중이 되지 않았다.

'안 되겠다. 오늘은 이만 여기서 그만둬야겠어. 이대로 가다간 진짜 사고 치지…….'

하지만 막 마법을 캔슬하려고 할 때였다. 핵에 가해지는 마나의 압력을 조금씩 줄이기 시작하자 갑자기 핵이 요동 치기 시작했다. 그리고 급기야 핵의 한쪽 귀퉁이가 무너지더니 무슨 LPG가스통에서 가스가 새듯 피시식 하는 소리와 함께 화염 속성을 지닌 마나가 구현화된 가스 형태로 방 안을 가득 채우기 시작했다.

"뭐야, 뭐야?!"

난 적지 않게 당황했다. 지금까지 수많은 마법 실험을 하면서도 이런 적은 단 한 번도 없었다. 가스화된 마나라니? 하지만 내가 어떻게 다른 방책을 구하기도 전에 파이어 볼의 핵은 완전히 가스로 변해서 방 안에 가득 차고 말았다.

"윽! 지가 무슨 LPG가스라도 되는 줄 아는 거야 뭐야? 쳇, 일이 안 되려니까 별게 다 속을 썩이네. 환기시키면 날아가려나?"

기억하고 있을지 모르겠지만 마나는 질량이 존재하지 않는다. 그렇기 때문에 창문을 열어서 환기를 시킨다고 했지만 방 안에 가득 찬 무색 무취의 은은한 마나의 가스는(?) 요지부동이었다.

"뭐야, 이거? 아! 마나라서 바람에 날아갈 일이 없지. 어떻게 하지? 그냥 이 마나들의 속성을 전부 소거한 다음 공기 중에 흩어버려? 아아~ 귀찮은데……."

이런 사태는 처음 겪는 일이고 또 이런 상황에 대한 조언 같은 것도 들은 적이 없었기에 난 창문틀에 기대앉아서 고심했다. 아~ 담배 생각나네.

"내가 담배를 어디다 뒀더라… 아, 여기 있다."

이곳의 사람들은 모두 운동(?)하는 사람이라 그런지 흡연자가 거의 없어서 흡연 장소가 마땅치 않았다. 그래서 연구실에 담배를 비치하고 있으면서 가끔씩 여기서 피우곤 했다.

칙칙.

"엥? 부싯돌이 다 됐잖아? 정말 되는 일이 없네."

대한민국 흡연자라면 적어도 일 년에 열 개 이상은 소비하는 가격대 성능비가 가장 탁월한 불X나 라이터가 먹통이 되고 말았다. 젠장, 빨강색이라 아끼던 거였는데. 뭐, 그래도 명색이 마법사인 내가 라이터 없다고 담배를 못 피우겠냐.

"타올라라 심연의 불꽃."

손가락 끝에 마나를 모아서 자그마한 불꽃을 피울 핵을 만들었다. 무슨 폭발력이나 섬광 같은 기능 없이 작은 불꽃 하나만 만들면 되기에 특별히 마나를 모을 필요도 없었다. 하지만 무속성 계열의 마법은 아니기에 난 조금 귀찮지만 주문을 외워야만 했다. 이제 시동어만 남았군.

"티어 오브 파이어."

작은 불꽃의 모양이 물방울과 같다는 데에서 착상된 시동어답게 만들어진 불꽃은 정말 라이터 불꽃 정도의 크기였다. 그리고 막 담배에 불을 붙이려고 하는 찰나!

화르르르르르륵!

"화륵?"

퍼어엉!

"우와아아아아악!"

천지가 뒤집어지는 듯한 엄청난 섬광과 대구의 상인동 가스 폭발을 연상시키는 굉음, 그리고 굶주린 이리처럼 사방으로 퍼져 나가는 불길이 눈 안에 가득히 들어왔다.

"으극! 이런, 젠장?!"

온몸에서 부서지는 듯한 고통이 느껴졌다. 순간적으로 오라 실드를 쳐서 몸이 불에 타는 일은 없었지만 창문에 앉아 있었던 터라 내 몸은 공중을 날고 있었다. 오래된 고성을 여기저기 보수해서 만든 요새 형태의 건물이기 때문에 옥상과 지면의 높이 차는 굉장한 것이었다. 적어도 15층 아파트 정도의 높이는 되고도 남을 것 같았다. 짧은 시간이지만 눈앞에 지난날들이 주마등처럼 지나가기 시작했다. 올해 들어 벌써 두 번째 보는 주마등이다(반갑구만).

'이대로 죽는 걸까? 안 돼! 싫어! 아직 훼릴이랑 갈 데까지 가보지도 못했는데!'

남자의 집념이란 무서운 것이다.

별로 좋은 생각으로 삶에 대한 의욕이 솟은 건 아니지만 난 오라를 있는 대로 끌어 모아 떨어지고 있는 방향으로 최대한 겹겹이 포스 필드를 쌓았다. 물리력을 막아주는 마법이니만큼 지면에 부딪치는 충격을 감소시켜 줄 거란 계산에서였다.

"응?"

역시 마냥 죽으란 법은 없는지 잔뜩 우거진 숲이 눈에 들어왔다. 폭발의 여운이 아직 남아 있어서 내 몸은 숲 쪽으로 향하고 있었다.

'죽기 아니면 까무러치기다!'

"와아아악!"

나뭇가지 부러지는 소리와 나뭇잎을 스치는 소리에 귀가 따가웠다. 숲의 나무들이 완충 역할을 해서인지 바닥에 다다랐을 땐 몸의 떨어지는 속도가 현저하게 줄어 있었다. 포스 필드가 바닥에 부딪치면서 산산조각이 나고 난 정신을 잃고 말았다. 고통 때문이 아니라 살기 위해

온 힘을 다해 마나를 끌어 모았기 때문에 탈진해서였다.

"으윽……."

눈을 떴을 때 주위에 많은 사람들이 있다는 걸 느낄 수 있었다. 안경이 벗겨져 있어서 선명하게 보이진 않지만 붉은색 머리카락은 훼릴일 것이고 은발 머리는 세리스, 그리고 초록색 머리는 엘리겠지? 그리고 반쯤 벗겨진 머리는 다니엘, 화려한 금발 머리는 알베르트, 밤색 머리는… 응… 덩치로 봐선 드레이크 같았다.

"아! 오빠 눈이 떠졌어!"

"오라버니! 괜찮아? 으아아앙~"

엘리의 말이 떨어지기가 무섭게 훼릴이 내 품에 달려들었다. 세리스와 엘리도 가만히 내 손을 잡아주었다. 으윽… 세리스? 웬 손을 그렇게 꽉 잡는 거야?

"미안……."

별거 아니라는 듯 멋쩍은 웃음으로 분위기를 바꾸려던 나는 세리스가 잡고 있던 손에 느껴지는 촉촉한 감촉에 그만 작게 사과하고 말았다.

"미안하다고 될 일이냐? 너 때문에 얼마나 난리가 났었는데!"

알베르트가 아직도 멍~하게 울리는 머리를 한 대 쳤다. 으윽~ 골이 울린다. 장황하게 지난 상황을 설명하는 알베르트의 말에 의하면 난리도 보통 난리가 아니었다고 한다. 말없는 드레이크조차 조용히 고개를 끄덕이며 동의했을 정도니 말이다.

놀랍게도 난 사고 다음날 새벽에 발견되었고 그 후로 무려 이틀이나 잠들어 있었다고 한다. 그 이틀 사이에 있었던 일을 알베르트가 설명해 주었는데, 그 설명이 끝날 때쯤 되자 난 고개를 똑바로 들 수가 없었다. 그 폭발이 타라투스의 습격 신호인 줄 알았다니… 옥상, 그것도 내가 연구실로 쓰는 곳이 폭발하자 다니엘과 스론다이크는 세라프들을 손쉽게 제거하기 위한 방편으로 날 제일 먼저 제거한 게 아닐까 하고 추론했다고 한다. 하지만 폭발 장소를 뒤져도 내가 없고 또 한참 동안 타라투스의 2차 습격(?)도 없자 기사단은 곧 수색대를 풀어 날 찾기 시작했다고 한다. 최초로 날 발견한 기사의 말에 의하면 난 땅에 반쯤 파묻힌 채 무슨 운석이 떨어진 듯한 크레이터 속에 있었다는데, 이 말을 들을 때쯤 난 알베르트에게 한 대 맞고 있었다.

"그 최초로 발견한 기사가 바로 나다, 임마!"

그래, 고맙다. 눈물이 앞을 가리는구나. 생명의 은인이라고 외치며 오늘 밤 몸이라도 바쳐 주리? 그런데 크레이터라고?

'포스 필드 때문이군. 크레이터? 내가 무슨 우주에서 떨어진 별똥별이라도 되는 줄 아는 건가?'

다니엘은 이마에 흐르는 땀을 훔치며 내게 신신당부하기를, 다음부터 마법 실험을 할 땐 꼭 안전을 거듭 확인하라 했고 알베르트는 혈십자 기사단 역사상 세 번째 일어난 화재였다며 아주 속을 뒤집어놓았다. 나야 지은 죄가 있으니 아무 말도 못했지만 세리스와 훼릴은 날카로운 눈째림으로 더 이상 날 추궁하지 못하게 했다.

아직 몸이 완전히 나은 것도 아니고 떨어질 때의 충격으로 몸을 잘 가눌 수 없어서 안정을 취해야 한다는 의사의 말대로 모두들 밖으로 나가자 난 조용한 가운데 사색에 잠길 수 있었다. 모두들 밖으로 나간 뒤 가장 먼저 생각한 것은 폭발의 원인이었다.

'겨우 담배에 불을 붙이기 위한 마법이 그만한 폭발력과 위력을 낼 수는 없다. 굉음과 섬광, 그리고 그 불길은 마치 파이어 볼의 강화판이 잖은가? 그럼 두 가지 가설을 세울 수 있을 법하다. 하나는 '티어 오브 파이어'가 상상을 초월할 정도로 강한 마법일 수 있다는 것과 두 번째는 폭발 전에 만들어졌던 가스화된 마나의 영향이 있을 수 있다는 것이다. 만약 '티어 오브 파이어'의 시동어가 화염 속성을 지니고 있던 '마나가스'를 점화하는 기폭제가 되었다면? 이건 충분히 가능성이 있는 이야기다!'

그리고 두 번째 가설이 맞아떨어진다면 그 폭발과 위력을 설명할 근거도 있었다.

분진 폭발.

탄광에서 일어나는 폭발 사고의 원인 중에 가장 많은 것으로 공기 중에 떠다니는 먼지나 석탄 가루 같은 잘 타는 물질이 밀폐된 장소에 일정 밀도 이상 존재하게 되면, 작은 불씨로 촉발된 불꽃이 있을 경우 급격하게 사방으로 타 들어가며 위력적인 폭발력을 얻게 된다는 이론이었다.

'이건… 쓸모가 있겠어!'

다음날 나는 아이들에게 부탁해서 병목이 작은 유리병을 하나 가져다 달라고 부탁했다. 그리고 훼릴과 엘리의 보조를 받으며 모종의 실험에 들어갔다. 우선 병 안에 파이어 볼의 100분의 1정도 되는 크기의 핵을 만들었다. 무척 세심한 작업이었기에 수도 없이 실패했지만 100번째가 조금 안 되는 시점에서 겨우 성공할 수 있었다. 그리고 난 핵에 가해지는 마나의 압력을 조금씩 풀어가며 핵의 축을 흔들었다. 이건 가스가 나오기 전에 핵이 요동 쳤기 때문이기도 했고 당시 내가 만든 핵은 달걀과 같은 상태여서 그 껍질이 깨지면서 내용물이 흘러나온 게 아닐까 하는 추측도 있어서였다. 하지만 핵을 만드는 데도 많은 실패가 있었듯 핵을 흔들어서 그 안의 가스가 나오게 만드는 작업도 결코 쉽게 되지 않았다. 아무리 해도 핵은 요동만 칠 뿐 그 안의 가스가 나오는 일은 없었다.

'흔드는 것만으로는 안 되는 걸까? 그럼 그땐 내가 모르는 어떤 요인이 있어서 파이어 볼의 핵에 흠집을 줬다는 걸까? 아냐아냐! 다시 생각하자. 꼭 핵을 만들어서 가스를 뽑아내는 작업이 필요할까? 애초에 수식과 이미지화를 다르게 하면 처음부터 가스를 만들어낼 수 있지 않을까?'

계속되는 실패에 난 발상의 전환을 꾀해보기로 했다. 천재라 불러도 손색이 없는 훼릴과 엘리의 도움으로 난 이틀에 걸쳐서 새로운 수식을 세울 수 있었다. 뭐, 나야 훼릴과 엘리에게 시키기만 하고 푹 쉬었기 때문에 힘들 건 없었다. 다만 훼릴과 엘리는 두 눈이 충혈될 정도로 열심이었지만… 미안하구만.

'새로운 수식은 두 가지 기능을 가진다. 하나는 마나의 밀도를 높이기 위해서 원통형의 오라 통로를 만들어서 반복적인 마나를 순환과 압축을 할 수 있다는 것이고 두 번째는 시전자를 중심으로 둥글게 퍼져나갈 수 있도록 가스의 움직임을 제한적으로나마 통제할 수 있다는 것이다. 이거라면… 한번 해볼 만하다.'

새로운 수식이 만들어진 시점에서의 내 몸은 꽤 많이 나아진 터라 실험 장소를 탁 트인 연무장으로 선택했다. 지난 폭발 사건이 있어서인지 구경하는 사람은 없었다. 덕분에 맘 편하게 마법 실험을 할 수 있게 된 난 조용히 주문에 들어갔다.

"소리없이 타오르는 고요한 불길의 안개여 적의 숨결마저 태워라."

주문이 완성되어 갈수록 마나의 밀도가 높아지는 것이 느껴졌다. 그리고 '태워라'라는 말을 끝냄과 동시에 화염의 속성을 마나에 불어넣자 점점 사고 때 느꼈던 마나와 비슷하게 만들어져 갔다.

"파이어 클라우드!"

화아아악!

시동어를 외침과 동시에 마나가 날 중심으로 직경 10미터 정도의 넓이로 퍼졌다.

"서, 성공이다!!"

기뻐하는 나와는 반대로 훼릴과 엘리는 바짝 긴장한 채 내 등 뒤에 숨어 있었다. 내가 오라 실드를 펼쳐서 마나가스가 들어오지 않도록 하라고 시켰기 때문에 다칠 일은 없겠지만 그래도 내가 다친 전적이 있으니 겁이 날 만도 하다.

"자, 이젠 기폭제로 쓸 마법이 있어야겠지? 훼릴, 엘리, 저리로 가."

굳이 모두 함께 마나가스의 중앙에 있을 필요는 없기에 훼릴과 엘리는 안전한 곳으로 보냈다.

"기폭시킨 다음이 중요해······."

마나가스를 기폭시키는 것은 쉬운 일이다. 라이터 불을 만들 마법으로도 충분하니까 말이다. 하지만 폭발의 중앙에서 그 충격을 버티는 것은 쉬운 일이 아니었다. 탁 트인 공간에서의 분진 폭발이 위력적이지 않다는 것은 알고 있지만 그래도 무서운 건 무서운 거다.

"티어 오브 파이어."

화르르르륵!

시동어를 외치자마자 사고가 일어났던 날 밤에 일어났던 모든 상황이 눈앞에 재현되기 시작했다. 순식간에 타오르는 불길과 섬광, 그리고 폭음!

콰쾅!

10초 정도 흘렀을까? 불꽃이 사그라들고 한줄기 후끈한 열기만 남아 있을 때쯤 돼서 난 눈을 떴다.

"흐음… 역시. 예상대로였어!"

난 마법을 시전된 다음 눈앞에 드러난 연무장의 모습에 고개를 주억거렸다.

"오라버니, 정말 성공한 거 맞아요?"

"이게 뭐야?"

훼릴과 엘리가 가리키는 주변은 약간의 그을음만 있을 뿐 아무런 이상도 없는 연무장이었다.

"응, 성공한 거 맞어. 아주 만족스러운 결과야."

아이들이 놀라는 것도 무리는 아니었다. 방금 시전한 마법은 라이터로 손바닥에 모아놓은 가스에 불을 붙여 장난치는 것과 매한가지였다. 즉, 지속적인 발화가 없는 순간적인 불꽃에 불과한 것이었던 것이다. 이런 불길로는 목표물의 머리카락이나 살짝 태울 수 있을지 의문이다. 하지만 내겐 이 마나가스를 조금만 더 활용하면 범위 마법인 파이어월이 부럽지 않은 대단위 범위 마법을 만들 수 있을 거란 확신이 있었다. 그리고 다른 방향으로의 활용 방법도 머리 속에 몇 가지 떠올랐다.

'이제 남은 건 생체 실험과 함께 마법을 시전할 파트너와의 연습 정도랄까?'

머리 속에 떠오른 아이디어가 잔혹한 것일지도 모른다는 생각이 들었지만 난 신경 쓰지 않았다. 피를 흩뿌리며 쓰러지던 훼릴과 세리스를 생각하면 그보다 더한 것도 할 수 있었다.

그늘이 짙게 깔린 어두운 공간. 빛이라곤 창문을 통과해 들어오는 타락을 상징하는 보라색의 저물어가는 석양뿐이었다. 손을 대면 부스러질 듯한 파스텔 톤의 배경 속에 검은색 로브를 입은 세 사람이 원탁을 중심으로 앉아 있었다.

"새로운 금주에 대한 일은 어떻게 됐는가?"

음침하면서도 쉰 듯한 목소리가 검은 로브 아래서 나왔다. 아무런 표식도 없는 로브였지만 다른 두 명이 가슴에 각각 피 범벅이 된 여인의 머리와 화형당하는 여인을 수놓고 있어서 쉽게 구분할 수 있었다.

"완성되었습니다."

마치 기계가 말하는 듯 아무런 억양도 감정도 느껴지지 않는 음성이었다. 독일어 특유의 억양이 들리는 걸로 봐서 그 목소리는 그가 무뚝뚝한 북부 독일 출신이라는 것을 말해 주고 있었다.

"그럼… 이제 때가 된 것인가?"

가슴에 아무런 표식을 하지 않은 로브를 입은 사람의 입에서 나직한 탄식이 흘러나왔다.

"성기사단의 동태는 어떠한가?"

이번 질문엔 가슴에 화형당하는 여인을 수놓고 있는 사람이 대답했다.

"우리의 움직임을 눈치 채지 못하고 교황청 쪽으로 모든 팰러딘을 끌어 모으고 있어요. 그 수는 약 300여 명 정도. 하지만 성기사단엔 팰러딘뿐만 아니라 가디언이란 현대식 무기를 가지고 싸우는 전투 집단도 있더군요. 과거처럼 성수와 신성력만으로 싸우던 시대가 아니란 말이죠. 실제로 그들의 전적을 봤을 때 팰러딘과 비교해서 결코 뒤떨어지지 않는 전력을 가지고 있다는 것이 판명됐어요. 7년 전 우리가 남미에서 한 실험의 실패로 도망간 뱀파이어와 웨어 울프를 이 주일 만에 소탕한 전적만 봐도 충분히 성기사단에 버금간다고 말할 수 있더군요. 과거와는 달리 교황청은 너무 거대해져 버렸어요. 단 한 번에 궤멸시키긴 어려울 듯하더군요."

대답하는 목소리는 차분하고 낮은 톤을 가진 여성의 목소리였다.

"교황청을 공격한다는 것은 세상을 적으로 돌리는 일로 봐도 될 만큼 카톨릭의 교세는 널리 퍼진 상태지. 그들의 힘은 과거와 비교할 수 없겠지. 어쩌면 우리의 일도 단순히 도발로 끝날지 몰라. 하지만 현대식 무기에 안주하고 또 신의 목소리가 끊긴 지 700년이 넘어가는 마당에 세라핌 급 신성력을 쓸 만큼 돈독한 믿음을 가진 이가 있을까? 시간은 걸리겠지만 최소한 우리의 존재를 각인시키고 오만한 교황청의 무리들에게 막대한 타격은 입힐 수 있을 것이다. 그리고 직접적인 전투를 벌이는 것은 이 한 번으로 족해. 우리의 목적은 단순히 교황청의 궤멸이 아니니까. 진짜는 그런 하찮은 것이 아니지."

그는 원탁의 귀퉁이를 잡고 일어섰다.

"마법이 다시 세상에 도래할 때가 왔다. 무지하고 어리석은 인간들이 과학이란 하찮은 재주를 믿고 우주로 나간다 하지만 우주의 법칙과 인간의 의지가 하나가 되는 마법을 뛰어넘을 수는 없는 일. 이제 세상을 지배하는 것은 과학이 아니라 마법이 될 것이다! 그리고 세속에 물들어 더러운 속셈으로 마법을 탄압하고 유린했던 교황청! 이젠 우리가 그들을 유린하고 심판할 때가 왔다!"

들어주는 사람이라곤 두 명밖에 없는데도 스스로의 감정에 못 이겨 부들부들 떨며 외친 그의 몸에서 검붉은 오라가 뿜어져 나왔다. 어둠고 무거운 검붉은 오라가.

"유다, 넌 지금 당장 텔러호크와 가고일을 이끌고 성 바티칸을 공격하도록! 그리고 당신은……."

그는 화형당하는 여인을 수놓은 로브의 여인을 물끄러미 바라보다가 이윽고 입을 열었다.

"지영, 당신은 혈십자 기사단의 움직임을 봉쇄해 주겠소? 단 3일. 3일이면 되오. 그 시간이면 세계의 흐름은 새로운 방향으로 흐르게 될 것이오."

"네."

대답하는 그녀의 얼굴을 덮고 있던 로브의 두건이 자연스레 벗겨졌다.

검은 머릿결, 맑고도 깊은 어둠을 간직하고 있는 눈동자는 희디흰 피부와 대조되며 요요한 빛을 냈다. 보랏빛의 석양이 그녀의 흰 피부 역시 보랏빛으로 물들였다. 마치 다가올 미래의 암울함을 보여주는 것처럼… 그녀는 다른 누구도 아닌 류지영이었다.

"그럼… 전 이만."

유다라 불린 남자는 텔레포트 마법으로 그 자리에서 꺼져 버리듯 사라졌다. 하지만 그의 눈빛은 끝까지 남아 류지영의 얼굴에 박혀 있었다.

"그럼 나도 티르의 검을 흔들러 가봐야겠군. 모든 것이 끝난 뒤 새로운 역사의 시대를 볼 수 있기를."

우두머리로 보였던 남자 역시 텔레포트로 사라졌다.

"모든 것이 끝난 뒤라… 이들은 알고 있을까? 그들 역시 자신을 과신하는 오만한 인간에 불과하다는 것을……."

류지영은 가만히 눈을 감았다. 그리고 작은 읊조림이 끝남과 동시에 그녀의 신형도 신기루처럼 사라졌다. 그녀가 있던 자리엔 화형당하는 여인이 수놓아진 로브만이 남아 있었다. 그리고 그것 역시 작게 피어오르는 불꽃에 뒤덮여 완전한 재로 변했다.

습기가 가득한 동굴. 일단의 무리가 석회질로 된 인공의 동굴 속을 조심스럽게 걸어가고 있었다.

"아키라, 정말 이곳이 타라투스의 거점 중에 하나란 말입니까?"

"아! 이안님, 벌써 몇 번이나 말씀드렸잖아요. 길드의 정보원이 이곳에서 흑마법의 기운과 수상한 무리들이 출입하는 걸 봤다구요. 틀림없어요. 거기다 흑마법의 기운도 확실히 느껴지는데 의심할 거 있나요?"

아키라라 불린 사람은 이제 막 30대 초반에 접어든 젊은 마법사였다. 그는 이안에게 약간 짜증을 내며 대답했다. 이안의 실제 나이가 160살에 이른다는 걸 알면 짜증은커녕 고개도 못 들 텐데 역시 동안(?)이란 점이 강하게 작용하는 듯했다.

"하지만……."

이안은 자신의 주장을 뒷받침해 줄 근거를 찾지 못한 듯 뒷말을 흐리고 말았다.

"으악! 함정이다!"

그때 앞쪽에서 경계를 하며 가던 두 기사의 입에서 다급한 경고성이 터졌다. 그리고 그와 동시에 천장과 지면을 사이에 두고 작은 스파크가 일기 시작했다.

찌이이잉!

"전격 계열 트랩이다! 모두 실드를 치도록 해!"

군이 명령을 내릴 필요는 없었다. 타라투스의 거점을 치기 위해 선발된 인원답게 모두 잽싸게 주문을 외우는 한편 스크롤을 찢어서 함정에 대비했다. 하지만 미처 주문을 완성하지 못한 몇 명은 주위의 다른 사람이 만든 실드 안으로 들어가 몸을 피신해야만 했다.

"후우… 다행히 다친 사람은 없는 것 같군. 어쨌든 요악한 타라투스 놈들! 이런 함정이나 만들고……."

아키라의 입에서 험한 소리가 나왔다. 하지만 그런 아키라를 보는 이안의 눈동자는 의혹이 가득 차 있었다.

"아무래도 미심쩍어. 아키라 군, 전위에 나간 사람들을 모두 불러들여요."

"네?"

"어서!"

평소답지 않게 이안이 강압적으로 말하자 아키라는 한국의 현재성 길드장과 일본의 이노우에 길드장이 이안에게 존대하던 장면이 떠올랐다. 아키라가 사람들을 뒤로 물리자 이안은 말없이 앞으로 천천히 나아갔다. 스칼렛도 뒤에 서 있다가 이안의 옆으로 다가갔다.

"무슨 생각이세요?"

"최대한 빠르게 통과할 거야. 왠지 미심쩍은 기운이 느껴져. 아무래도 함정 같은 느낌을 지울 수가 없어. 스칼렛은 물리적인 트랩을 부탁해. 난 마법 트랩을 담당할 테니."

"네!"

둘은 말없이 앞으로 달려나가기 시작했다. 이안은 나직하게 헤이스트 주문을 외웠다. 오라가 활성화되며 그의 몸을 감싸자 그의 신형은 점점 인간의 눈으로 쫓을 수 없을 만큼 빨라졌다.

"오른쪽 상단에 화염계 트랩! 스펠 캔슬레이트!"

스펠 캔슬레이트는 가장 간단하면서도 효과적인 주문 해체 마법으로 한마디로 강력한 마나 통제력을 발휘해서 마법을 구동시키는 데 필요한 마나를 얼려 버리는 주문이었다. 이 마법을 쓰기 위해선 마법의 시전자보다 월등히 뛰어난 마나 통제력을 가지고 있어야 했기에 웬만해서는 잘 쓰이지 않는데도 불구하고 이안은 이번뿐만 아니라 계속해서 나오는 마법 트랩을 이 주문으로 처리하며 앞으로 나갔다.

한편 스칼렛도 그저 놀고 있는 건 아니어서 중간중간 화살이 튀어나오는 트랩이나 기타 조잡한 트랩을 정지시키며 이안의 앞길을 여는 데 동조했다.

"세상에……."

아키라는 앞서 뛰어가는 이안과 스칼렛의 모습에 그저 입만 벙긋벙긋할 뿐 말을 못했다. 눈으로 쫓을 수 없을 만큼 빠른 속력으로 트랩을 해체하며 앞으로 나아가는 이안의 모습은 지금까지 보여준 순하고 착한 인상을 한번에 날려 버리기에 충분했다.

"입구?"

"파괴할까요?"

동굴의 긴 통로를 따라 트랩을 해체하며 안으로 들어간 이안은 지금까지의 진행 양상과는 달리 목조로 된 나무가 나타나자 신중하게 살펴보기 시작했다. 오라로 문과 문의 내부를 살펴봤지만 특별히 이상한 낌새는 찾을 수 없었다. 그렇다고 문 안에 귀를 가져가 청력을 돋워봐도 무슨 기계음 같은 소리는 들리지 않았다.

"파괴해."

"로컬 익스플러전!"

콰쾅!

스칼렛의 즉각적이고 화끈한 마법에 문은 흔적도 없이 날아가 버렸다. 석회질 동굴이란 점을 감안해서 파괴력을 집중시킨 마법이기에 동굴이 울린다거나 무너지는 사태는 일어나지 않았다.

"이건!!"

문이 파괴되고 눈앞에 드러난 광경에 이안은 경악하고 말았다.

검붉게 물들어 있는 사방의 벽면과 아직도 허연 김을 뿜으며 그 생명의 약동을 보여주는 심장, 그리고 끈적이는 원유가 무중력 공간 중에 꿈틀거리고 있는 듯한 검은 구체.

이안과 스칼렛은 더 이상 생각할 것도 없다는 듯 뒤로 돌아 달음질쳤다.

"모두 탈출해!"

단말마와도 같은 날카로운 외침. 이안은 따라오고 있었을 수많은 사람들을 떠올렸다. 하지만 그런 그의 외침은 곧 이어 터져 나온 굉음에 완전히 묻혀 버리고 말았다. 마치 빗발처럼 쏟아지는 포탄의 폭음 속에서 신음하는 부상자의 그것처럼…….

chapter 29
리벤저 上

파리의 4월은 화창한 날씨가 계속됐다. 몇 년 동안 이곳에서 살아온 것도 아니어서 예년에 비해 어떻다고 말하진 못하겠지만 최소한 한국의 대구만큼 맑은 날씨가 계속되는 것 같았다. 하늘에는 구름도 별로 없어서 드레이크와 대련할 때마다 따가운 땡볕에서 땀투성이가 되야만 했다.

드레이크와의 대련은 최근 들어 새로운 양상에 접어들고 있었다. 거의 일방적으로 구타를 당하던 과거와는 달리 요즘은 꽤 치열한 공방을 주고받는 대련다운 대련을 하고 있었다. 내가 연무장의 바닥과 얼굴을 맞대는 일도 많이 줄어들었음은 말할 나위도 없다.

사실 이렇게 장족의 발전을 하게 된 데에는 그만한 이유가 있었다. 다름 아닌 잭키의 가르침이었다. 잭키는 내게 특별한 기술을 가르치진 않았다. 그저 가끔씩 드레이크와 내가 드잡이질을 하고 있는 걸 보고 있다가 내가 간신히 깨달을 수 있을 정도의 조언을 가벼운 주먹질과 함께 내 머리에 새겨주는 것이 다였다. 하지만 그 조언들은 내게 금옥 같은 것이어서 잭키의 조언을 한번 듣고 나면 가끔씩이지만 드레이크에게 통쾌한 일격을 먹일 때도 있었다.

그리고 잭키에게 가르침을 받다 보니 그에 대해서 알게 되는 것도 있었는데, 놀랍게도 그는 세리스와 권법에 있어서는 호각을 이루는 고수라는 사실이었다. 최근 들어 세리스가 잘 안 보인다 했더니 잭키에게 가서 자신의 권법을 가다듬고 있었던 것이다. 체술과 검술에 있어서 감히 따를 자가 없다고 생각되던 세리스가 남에게 배우는 일이 있다니… 식사 중에 들어서 흘려듣긴 했지만 잭키의 말에 의하면 세리스의 모든 공부는 혼자서 터득한 것이라 실전적인 면과 임기응변적인 면에서 많이 모자란다는 것 같았다. 그래서 그런 것을 경험이 풍부한 잭키에게 배운다는 것이었는데, 세리스와 잭키가 대련을 하면 거의 7:3의 비율로 잭키가 승리한다고 하니… 그의 실력을 단적으로 보여주는 사실이었다.

"많이 나아졌구나."

"네, 잭키님 덕분이에요."

날이 많이 더워져서 조금 쉬는 시간을 갖는 동안 세리스 옆에 서 있던 잭키가 다가와서 말했다. 그리고 또 달라진 게 있다면 잭키와 나의 사이가 무척 친밀해졌다는 것이다. 잭키의 평소 대인 관계를 잘 알진 못하지만 내가 알기론 친하게 지내는 사람이 없었다. 그런데 유독 나에겐 잘 대해줬는데 그 이유는 알 수 없었다. 뭐, 친밀해졌다고는 하지만 그 말은 곧 내가 평소에 얻어맞는 횟수가 많아졌다는 말과 같은 것이었다. 어떻게 된 성격인지 한마디 조언을 해줄 때마다 빠짐없이 주먹이 날아드니…….

"알긴 아는군. 하지만 아직 많이 멀었어. 그 일루전인가 뭔가 하는 마법으로 잔상을 만들어 상대의 기술을 피하는 것도 좋다만 너무 자주 쓰면 오히려 허점을 보일 수가 있다는 걸 명심해. 그리고 나나 세리스 정도의 실력자라면 그런 잔상은 단순한 그림자에 지나지 않는다는 것도."

"네."

난 조금 지쳐 있었기 때문에 짧게 대답하곤 훼릴이 마련해 준 그늘진 자리에 드러눕고 말았다.

"이런이런! 당장 일어나지 못해! 대련 중에 쉬는 시간이라고는 하지만 땀을 식혀 버리다니!"

퍼억!

윽! 잭키의 날카로운 발길이 내 옆구리에 꽂히고 말았다. 크윽… 이 사람은 자신의 가벼운 발길질이 어떤 위력을 가지고 있는지 자각을 못하고 있는 건가? 갈비뼈가 두 대는 나간 것 같은 고통에 정신이 번쩍 들었다.

"아야야… 쓰읍. 아프잖아요!"

가뜩이나 피곤한데 쉬는 시간마저 편하게 못 쉬게 되자 자연스럽게 짜증 어린 대꾸가 나왔다.

"어라라? 이게 충고를 해주는데도 눈알을 부라리네. 세리스의 부탁 때문에 귀찮을 걸 무릅쓰고 온 건데 요놈의 싸가지를 보게. 그래~ 오늘 한번 죽어봐라. 내가 오늘 직접 어른 공경이란 단어를 체득하게 해줄 테니!"

억! 난 순간적으로 실수했다는 것을 알 수 있었다. 잭키의 얼굴이 점점 벌겋게 변하는 것 같더니 양 주먹에 서서히 내력이 실리고 있었다. 난 자리에서 벌떡 일어나 잭키의 어깨를 토닥토닥 두들기며 아부를 시작했다.

"자, 잠깐만요. 그렇다고 내력까지 실어가며 때릴 필요는 없잖아요. 잘못했어요. 제가 잘못했어요. 자자~ 피곤하시죠? 여기 시원한 곳에 앉아서 기분이나 가라앉히세요. 헤헤헤~"

'헤헤헤~'라… 내가 언제부터 이런 간사스런 웃음을 지어낼 수 있었더라? 아마 저 잭키란 중년인이 나타나서 내게 주먹질을 해댈 때부터가 아닐까? 한 대 맞을 때마다 뼛속까지 저리는 위력의 주먹이 날아오니 당연한 일일지도 몰랐다.

"흠~ 알면 됐어. 어어~ 시원하다. 그래, 거기. 오른쪽에 좀 더 힘을 실어서."

아이들이 어이없다는 표정으로 나와 잭키를 바라보고 있었다. 하지만 이내 한숨을 폭 쉬고는 그러려니 하는 표정을 지었다. 하긴, 지난 두 주간 이런 일이 비일비재했으니 만성화될 만도 했다. 이렇게 아부를 떨며 기분을 풀어주는 요령을 터득하기까지 얼마나 많은 주먹질과 발경, 그리고 관절기를 당했던가. 덕분에 이젠 발경 한두 방은 거뜬하게 버틸 정도로 맷집이 좋아졌다.

"쉬는 시간이 끝나가는군. 어깨는 그만 주무르고 몸이나 풀어."

"후우… 네."

결국 쉬는 시간이 5분 남짓 남을 때까지 어깨를 주무른 나는 울며 겨자 먹기 식으로 몸을 풀기 시작했다. 내가 몸을 푸는 방식은 보통의 마법사가 하는 것과 조금 달랐다. 내가 정통적인 마법사라면 그냥 오라를 뿜어내 주변의 마나를 한 번 일깨우는 것으로 충분하겠지만 난 이례적으로 접근전을 중요시하는 마법사이다 보니 오라와 마나를 모두 일깨워 온몸을 유연하게 풀어야만 했다. 오라의 통로를 만들어 온몸으로 마나를 끌어들인 다음 좀 더 세분화된 오라의 통로를 온몸에 뻗었다. 그리고 그 마나가 온몸으로 퍼져 갈 때의 기분에 나도 모르게 몸을 부르르 떨고 말았다. 후우……

'의외로 짜릿한 게 기분이 좋단 말이야.'

전율이랄까? 온몸의 털이 모조리 곤두서는 듯한 기분에 난 잠깐 숨을 가다듬었다.

"저 녀석 변태 아냐. 어떻게 내력 운용법을 알게 된 건지는 모르겠지만 내력을 일주천한 다음에 몸을 부르르 떨다니… 세리스, 니가 가르쳤냐?"

"아닙니다."

윽. 내 모습이 그렇게 이상했나? 살짝 눈을 떠서 좌중을 살펴보니 별놈을 다 보겠다는 듯 혀를 끌끌 차고 있는 잭키와 신기하다는 듯 눈을 똥그랗게 뜨고 있는 엘리와 훼릴이 보였다. 세리스는 눈을 내리깐 채 가만히 앉아 잭키의 말을 부정하며 손을 쥐었다 폈다 했다.

"오빠는… 스스로 발견한 겁니다. 제가 가르쳐 준 건 없습니다."

뭔가 불만에 싸인 듯한 대답이었다.

"스스로 찾아냈다고? 으음… 바다야, 이리 와서 손 좀 내밀어봐라."

"네?"

"얼른!"

"네, 네."

압력이 가득 찬 잭키의 말에 난 강아지처럼 얼른 달려가서 손을 척! 하고 내밀었다.

"흐흥~ 착하군. 자, 어디……."

"윽!"

손목을 잡고 있던 잭키의 손에서 갑작스런 마나가 흘러 들어왔다. 내 몸속에 자리를 잡고 있는 마나와는 그 농도와 성질이 전혀 다른 마나였다. 마치 투명한 마티니 안에 붉은색 딸기 시럽이 쏟아져 들어오는 것 같은 이미지랄까? 통증은 느껴지지 않았지만 몸 안으로 한 마리

뱀이 훑고 지나가는 느낌이었다. 그리고 그 뱀은 내 몸 안 구석구석을 훑어보고는 다시 잭키의 손 안으로 돌아갔다.

"호오~ 신기하군. 내력 운용하는 연습은 전혀 하지 않았다고 들었는데 비록 두 팔에 국한적이긴 하지만 내 2성 공력이 자연스럽게 드나들 정도로 혈맥을 뚫어놓았다니… 운용하는 경로가 너무 직선적이라 단순하긴 하지만 네놈이 활용하기엔 아주 적당하구나. 세리스, 정말 니가 가르친 게 아니냐?"

"전에 발경을 쓰기 위한 요령 정도만 조금 가르쳤을 뿐… 오빠는 마법사이기 때문에 그 외의 내력 운용법은 결코 가르친 적이 없습니다."

놀라워하는 기색이 역력한 잭키의 말에 세리스는 여전히 시큰둥한 목소리로 대답했다.

"그래? 흐흥… 그렇단 말이지? 좋아, 결정했다. 어이~ 알베르트 경, 오늘은 대련을 여기서 접기로 하지. 이 녀석에게 가르칠 게 생겨서 말이야."

"네?"

내가 뭐라 말할 틈도 없이 잭키는 알베르트에게 일방적인 통보를 날리고는 날 자신의 거처로 끌고 갔다.

잭키의 거처는 아스파라거스관이라고 해서 연병자 뒤쪽 인공 숲 근처에 마련된 도장이었다. 단층으로 된 기와 건물은 자작나무로 된 울타리와 정원까지 조형되어 있어서 중세풍의 저택 안에 있다고는 생각되지 않을 정도로 잘 정돈되어 있었다.

혈십자 기사단 내에서 특별한 위치에 있는 사람이라고는 알고 있었지만 이런 특별 대우라니… 문득 그의 정체가 궁금해지는 순간이었다. 혈십자 기사단의 무술 교관이 이 정도의 대접을 받을 수 있는 위치였던가?

잭키는 우리를 건물 안으로 불러들였고 우린 건물 면적의 대부분을 차지하는 넓은 마루바닥으로 된 도장 안으로 들어섰다. 이 사람은 도대체 뭘 하자는 걸까? 워낙 다혈질적인 성격이라 도무지 의도를 알 수가 없었다. 그리고 뒤따라 걸어오는 세리스는 왜 또 저렇게 뚱한 표정을 짓고 있는 거야? 조금 전부터 느낀 거지만 왠지 세리스의 표정이 심상치 않았다. 뭔가 내게 많은 불만이 있는 듯, 가끔씩 날 보며 뭐라 중얼중얼거리기도 하는 게 영~ 불안했다. 막 세리스에 대해서 생각하려는데 잭키의 입이 열렸다.

"바다, 내가 왜 대련을 중간에 그만두게 했는지 알고 싶지?"

"글쎄요?"

퍼억!

윽… 방어할 틈도 없이 잭키의 주먹이 복부에 꽂혔다.

"알.고. 싶.지?"

"네! 너.무.너.무. 궁금해요."

난 '너무너무' 란 단어에 강렬한 악센트를 주며 대답했다. 두 주먹에는 내력이 요동 치고 있고 억지로 웃는 게 역력한 얼굴에 힘줄이 돋아나 있는데 그 누가 반항을 할까?

"다른 게 아니라 너한테 보법(步法)이라도 가르쳐 볼까 해서 말야."

"네?"

〈4권으로 이어집니다〉

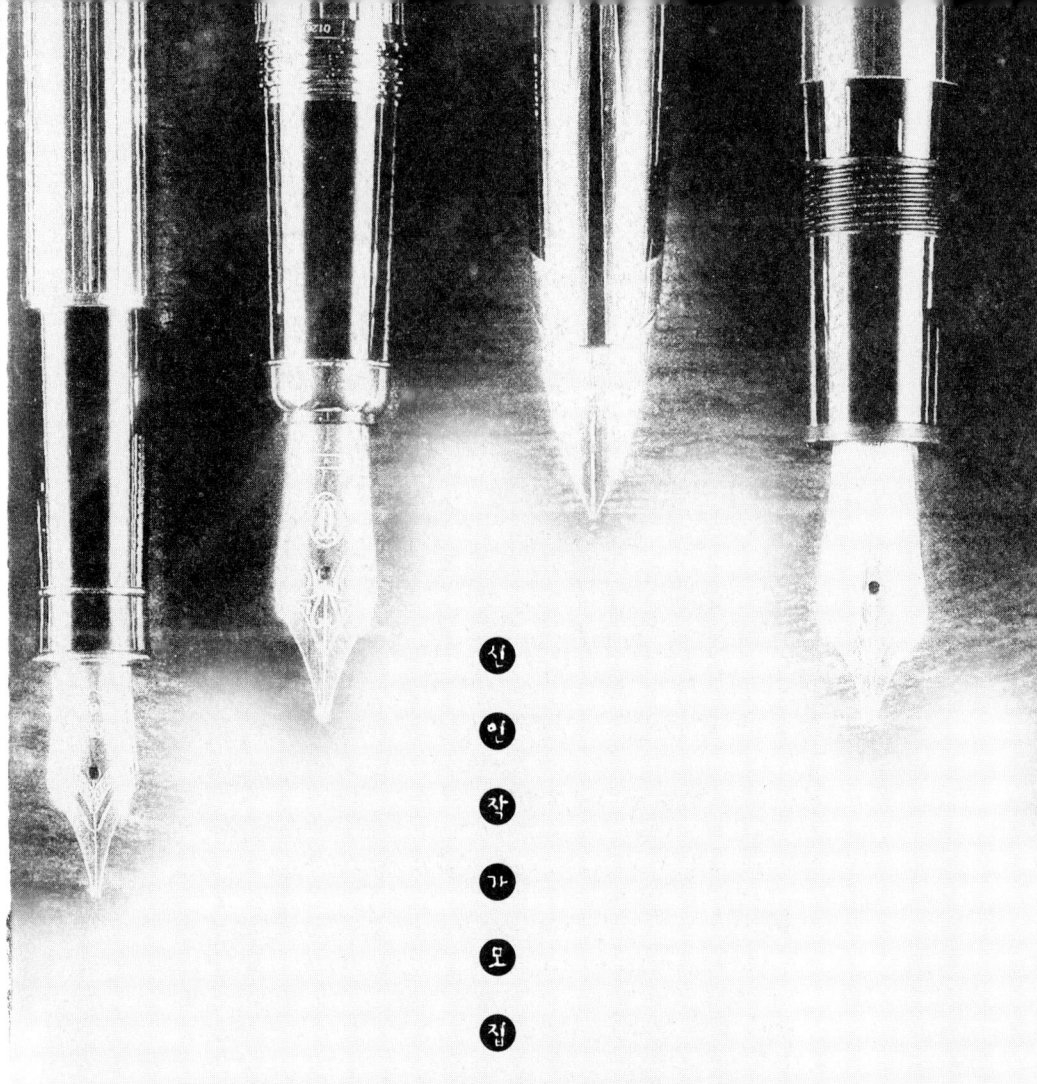

**시작이 반이라고 했습니다.
작가의 길에 대한 보이지 않는 벽을 과감히 깨뜨리십시오!
청어람은 작가 지망생 여러분들의
멋진 방향타가 되어드리겠습니다.**

저희 도서출판 청어람에서는
소설 신인 작가분들을 모집합니다.
판타지와 무협을 사랑하시는 분들의 많은 참여를 바랍니다.
소정의 원고(A4용지 150매)를 메일이나 우편으로 보내주시면
검토 후 출판 여부를 알려드리겠습니다.

주소:경기도 부천시 원미구 심곡1동 350-1 남성B/D 3F 우편번호420-011
TEL:032-656-4452 · **FAX**:032-656-4453
http://www.chungeoram.com
e-mail:chungeoram@chungeoram.com